全国高等职业教育规划教材·财务会计专业

企业会计实训

（第2版）

吴文青　主编

电子工业出版社·

Publishing House of Electronics Industry

北京·BEIJING

内 容 简 介

《企业会计实训（第2版）》是一本全面仿真企业会计业务的实训型教材。教材内容分为两部分：第一部分介绍会计实务操作基本知识，为会计实训操作，如填制会计凭证、登记账簿、对账和结账等奠定基础；第二部分介绍会计核算方法，如设置账户、期初余额和建账、审核和填制会计凭证、登记账簿、成本计算、财产清查、编制财务报告等，其内容涉及企业供应、生产、销售、经营成果和利润分配等主要会计业务环节。通过本教材的实训操作，可以模拟完成企业主要经济业务的会计核算、成本计算及相关会计报表的编制等。

本教材具有很好的实用性和可操作性，既可作为高等职业院校财务会计专业的实训教材，也可作为高等专科院校、成人教育会计专业的会计模拟实训教材。

图书在版编目（CIP）数据

企业会计实训 / 吴文青主编. —2 版. —北京：电子工业出版社，2011.6
（全国高等职业教育规划教材·财务会计专业）
ISBN 978-7-121-13483-8

Ⅰ．①企… Ⅱ．①吴… Ⅲ．①企业管理—会计—高等职业教育—教材 Ⅳ．①F275.2

中国版本图书馆 CIP 数据核字（2011）第 084547 号

策划编辑：王沈平
责任编辑：王沈平 特约编辑：李玉兰 杨 琳
印　　刷：北京丰源印刷厂
装　　订：三河市鹏成印业有限公司
出版发行：电子工业出版社
　　　　　北京市海淀区万寿路 173 信箱　邮编：100036
开　　本：787×1 092　1/16　印张：30.5　字数：536 千字　黑插：1
印　　次：2011 年 6 月第 1 次印刷
印　　数：3 000 册　定价：42.00 元

出 版 说 明

为了适应我国职业教育改革的要求，满足高等职业院校对新型财经类教材的需要，电子工业出版社从 2004 年开始出版财经类高等职业教育规划教材，目前已出版和正在出版"经济管理基础课"、"市场营销专业"、"财务会计专业"、"电子商务专业"、"连锁经营管理专业"、"国际贸易专业"及反映教学改革成果和经验的"教学改革示范"、"工作过程导向"、"任务驱动与项目导向"等系列教材。

由于教材主编多是全国性或地区性专业学会的专家、学者，国家级和省市级科研或教研项目的负责人和参与者，活跃在教学一线的"双师型"教师和企业精英，且教材全部配备了相应的教学资源；所以教材一经推出，就受到了相关院校师生的欢迎，众多教材荣获"普通高等教育'十一五'国家级规划教材"、省市级优秀教材或科研成果等奖项，不少教材成为了市场畅销书。

为了贯彻和落实教育部 16 号文件精神，反映近年来我国高等职业教育改革的成果和经验，新近修订和策划出版的财经类教材力求体现教育部 16 号文件精神，体现教材对就业能力的培养，提高学生的实践能力、创造能力、就业能力和创业能力。

财经类系列教材具有下列特点。

（1）教材内容和体系力图体现"工学结合"精神，突出教学过程的实践性、开放性和职业性，强化对高职学生职业能力的培养。

（2）教材内容兼顾学历课程与职业资格应试要求，多种教材融"教、学、做"为一体，以"工学交替"、"任务驱动"、"项目导向"等形式，按岗位工作流程和需要进行编写，以便学生在毕业时顺利取得学历证书和职业资格证书。

（3）教材内容适当引用实际案例，通过案例教学和实训操作，缩短学生校内学习与实际工作的距离，提升高职学生的岗位竞争能力，以期实现"教学与实践零距离，毕业与上岗零过渡"。

（4）教材配有丰富的教学资源，为教学提供全方位、立体化的解决方案。教学资源除包括教学所必需的课程教学建议、电子教案和习题参考答案外，许多教材还增加了成套的模拟试卷及其答案和课程教学网站。利用教学资源，可为课程教学安排提出指导性意见，减轻教师的备课负担，解决教师在组织教学资料方面遇到的困难；同时，精美、形象的电子教案也有利于学生更好地理解教材内容，提高学习兴趣。

我们相信，财经类教材的出版，对于高等职业教育的改革与发展以及高等职业专业人才的培养将起到积极的推动作用。我们希望，通过精心打造的优秀教学产品，让科学的教学理念、实用的专业知识在广大受众中得以传播。

电子工业出版社 职业教育分社

2011 年 3 月

教学资源网名称：华信教育资源网

教学资源网地址：http://www.hxedu.com.cn

客户服务热线：010-88254481；传真：010-88254483；电子邮件：hxedu@phei.com.cn

第 2 版前言

《企业会计实训》自 2006 年出版以来，得到读者的厚爱，取得了良好的教学效果。由于《企业会计准则——基本准则》和 38 项具体准则的颁布及第 1 版存在的不足，需要对本书进行修改和充实。为此，在电子工业出版社的统一安排下，我们对《企业会计实训》进行了修订。

在本次修订过程中，我们广泛收集了专家意见，参考了读者反馈信息，对第 1 版教材中存在的不足之处进行了修订，并根据新的会计准则补充了新的内容，使教材内容更为充实，体系更为完整。修订后的新教材具有以下特点。

（1）突出内容的新颖性。根据 2006 年颁布的企业会计准则，对相关内容进行了修订，教材内容具有新颖性和可操作性。

（2）突出实习业务的全面性。按新颁布的企业会计准则补充了新的业务类型，充实了教材内容，提供了类型全面的企业经济业务；同时，对部分会计凭证等会计实训资料进行了修改和补充。

（3）突出实习业务的综合性。结合新颁布的企业会计准则，增加了培养学生职业判断能力方面的业务，如各种资产减值准备计提、预计负债计提、金融资产和投资性房地产核算、递延所得税资产和递延所得税资产负债核算等。

（4）对教材整体结构进行了调整，增加了第 6 章"会计电算化实训"内容。

在对本教材的修订过程中，我们做了大胆的尝试，力图对企业会计实训教学起到一定的促进作用，对学生的会计专业技能和知识结构起到深化作用。本教材可作为高等职业院校财务会计专业的实训教材，也可作为成人大专会计专业的会计模拟实训教材以及在职人员岗位培训和自学参考用书。

本教材由吴文青担任主编，负责全书的组织和编写；洪发应和周玉战担任副主编，时宁担任主审。教材编写具体分工为：吴玉霞编写第 1 章；黄国钰编写第 2 章；吴文青、洪发应和周玉战共同编写第 3 章、第 4 章和第 5 章；陈如同编写第 6 章。

编　者
2011 年 3 月

第 1 版前言

21 世纪是充满竞争的时代。竞争的焦点是人才的竞争，社会急需同时具有理论知识和实际工作能力的复合型应用人才。会计是一门应用性很强的经济管理学科，会计专业的学生不仅应具有系统的会计理论知识，更应具有熟练的实务操作能力，因而会计实训是会计专业教学的重要环节。由于会计资料的保密性和会计工作原则等限制，会计专业的学生很难找到实习单位或在实习单位不能动手做账，得不到实际练习和操作的机会。《企业会计实训教程》搭建了会计理论教学与会计实务操作的桥梁，使学生在走上会计工作岗位之前，得到一次全面的会计实务仿真操作训练，以解决会计专业学生的实习难题。

本教材是作者在总结多年会计教学、会计工作及指导学生（模拟）实习等经验的基础上组织编写的一本全面仿真企业会计实务操作的实训型教材，系统阐述了会计基本操作技术，目的在于培养学生的分析问题和会计实务操作能力。本教材内容取材于工业企业一个会计期间正常生产经营过程中发生的经济业务，再经作者分析、筛选、补充编写而成，既全面介绍和应用了企业供应、生产、销售等主要经济业务的核算方法，又能使学生了解会计岗位设置、业务流程、会计内部控制制度等财务会计管理制度，帮助学生理解会计不仅具备会计核算、会计监督职能，而且是重要的管理系统。

本教材提供了类型全面的企业经济业务、会计凭证、会计账簿等会计实训资料，突出了工业企业成本核算的特点，有助于学生系统掌握会计核算的内容、方法和程序；介绍了会计政策、会计方法等会计理论知识，使学生在会计实训过程中能将会计实务与所学会计理论知识融会贯通，提高对会计学、会计工作的认识。通过本教材所提供的实习要求、实习目的、企业基本情况、企业的会计政策和方法、建账资料、各种原始凭证及会计报表等资料及相关实训操作，学生可以完成企业主要经济业务的会计核算过程、成本计算以及相关会计报表的编制。本教材附有参考答案和经济业务会计处理提示及说明，便于教师和学生在实训过程中进行检查与核对。

作者希望本教材有助于完善会计专业实践教学体系，丰富会计专业实训内容，有助于培养学生分析问题和解决问题的能力，有助于高等职业教育手段和教学内容的创新。

本书由吴文青担任主编，负责全书的组织和编写；由臧良运担任主审；王来根对会计政策、会计方法和成本计算方法提出了宝贵意见；张静参与了本教材的编写。

本书在编写过程中，参阅了相关的文献、资料，在此向有关作者表示深深的谢意，同时感谢电子工业出版社高等职业教育教材事业部的大力支持。本书作者在编写过程中虽做了力所能及的努力，但书中的疏误之处在所难免，请广大读者、同行和专家指正。

吴文青

2006 年 1 月

目　　录

第 1 章　企业会计实训基础知识

1.1　期初建账

　　设置和登记账簿是会计核算的一种专门方法，任何企业都应当根据本企业的经济业务特点和经营管理的需要，设置一定种类和数量的账簿。由于各企业的会计核算建立在持续经营和会计分期等会计假设基础之上，因此，在每个会计期初（年初），应将上期末各账户的期末余额过入到当期各账簿中，作为期初余额；对于期初无余额的账户（如损益类账户）或前一会计期间因未发生相关业务而未开设的账户，也要按照企业的实际需要建立账簿。这一过程称为期初建账。

　　总分类账、现金日记账、银行存款日记账和大多数明细分类账一般应每年更换一次，各种备查账可以跨年度使用。

1.1.1　会计账簿的启用和交接规则

　　（1）建立新账时，应在账簿封面上注明单位名称、账簿所属年度、账簿名称、本账页数等。

　　（2）为了明确记账责任，便于查找资料，在启用新账时，应在账簿扉页"账簿启用和经管人员一览表"中，详细载明单位（企业）名称、账簿编号、账簿册数、账簿页数、启用日期等，加盖单位公章，企业负责人、财务负责人、主管会计、复核和记账人员等账簿经管人员均需签名盖章，其格式如表 1.1 所示。

　　（3）填写账户目录。总账应按照会计科目编号顺序填写科目名称和启用页号。明细分类账按照明细科目所属总分类会计科目填写科目名称和页码，各账户的起始页要加贴账签，以便登记账簿及查找资料。

　　（4）启用订本式账簿时，应当从第一页到最后一页顺序编好页数，不得跳页、缺号。启用活页式账簿时，应按会计科目顺序编号，并需定期装订成册；装订后应按实际使用的账页顺序编定页码，另加目录，记录每个账户的名称和页次（订本式账簿在印刷时即顺序编定页码，活页式账簿在会计年度结束归档时编定页码）。

　　（5）会计人员调动时，要办理账簿交接手续。办理交接手续时，一般由企业负责人或企业会计负责人监交，并在如表 1.1 所示的"账簿启用和经管人员一览表"中注明交接日期，由移交人和接管人签名盖章；移交人在所经管的账簿各账户的最后一笔记录上加盖印章，以示对所登记的账户记录负责。

　　（6）粘贴印花税票。会计账簿属印花税应税凭证，应按规定在账簿扉页右上角粘贴印花税票，并盖章或画线予以注销。

表 1.1　账簿启用和经管人员一览表

单 位 名 称		负责人	职务	
账簿名称			姓名	
账簿编号			盖章	
账簿页数		会计主管	职务	
所属年度			姓名	
启用日期			盖章	
经管人员一览表										

经管人员		盖章	接管			移交			备注
职务	姓名		年	月	日	年	月	日	

1.1.2　建立分类账

1．建立总分类账

（1）总分类账的格式。总分类账是按照一级会计科目设置的账户，它能够全面、总括地反映经济活动的情况和结果，对明细账起着统驭控制作用；因而，会计主体必须设置总分类账簿。由于总分类账簿只能使用货币作为计量单位，反映各账户金额的增减变化及其结果，所以总分类账簿一般采用"三栏式"账簿，分为"借方"、"贷方"和"余额"三栏，其格式如表 1.2 所示。

（2）过入期初余额。将上期末有期末余额的总账账户过入到当期各账簿中，作为期初余额。例如，"应收账款"总账账户 2009 年年末借方余额为 100 000 元，在"应收账款"总账"日期"栏登记"2010 年 1 月 1 日"字样，在"摘要"栏登记"期初余额"或"上期结转"字样，在"借或贷"栏登记"借"，在"余额"栏登记"100 000.00"。

（3）总分类账的登记方法。总分类账的登记方法因企业所采用的账务处理程序不同而有所区别。一般企业根据科目汇总表或汇总记账凭证定期进行汇总登记，业务量较少的企业，也可以根据记账凭证逐笔登记。月终结账时，结出各总分类账户的本期发生额和期末余额。

2．建立明细分类账

1）明细分类账的格式

明细分类账是按照有关总分类科目及其所属明细分类科目设置的账户。明细分类账按明细分类科目所规定的核算内容，对某一类经济业务进行详细、具体的核算，能提供关于经济业务具体、详细的核算资料，对总分类账起补充、说明作用。各企业在设置总分类账的基础上，应根据本企业经济业务的特点和企业管理的需要，设置必要的明细分类账，以便进一步了解各总账科目具体、详细的情况。因不同的明细分类账所反映的内容及核算对象的特点不同，其格式不完全相同，一般有下列四种格式。

表 1.2　"三栏式"总分类账

会计科目：　　　　　　　　　　　　　　　　　　　　　　　　　　　　　　　　第　页

年		凭证号数	摘要	借方										贷方										借或贷	余额									
月	日			亿	千	百	十	万	千	百	十	元	角	分	亿	千	百	十	万	千	百	十	元	角	分		亿	千	百	十	万	千	百	十	元	角	分

（1）"三栏式"明细分类账。"三栏式"明细分类账的基本格式为"借方"、"贷方"和"余额"三栏，与总分类账的格式基本相同，适用于只进行金额核算，不需要进行数量核算的账户。如"应收账款"、"应付账款"、"实收资本"等账户。其格式如表1.3所示。

（2）"数量金额式"明细分类账。"数量金额式"明细分类账的基本格式为"收入"、"发出"和"结存"三栏，每栏再分设"数量"、"单价"和"金额"。这类账簿适用于需要从数量和价值两个方面进行核算的财产物资明细账户。例如，"原材料"、"库存商品"、"工程物资"等账户，其格式如表1.4所示。

（3）"多栏式"明细分类账。"多栏式"明细分类账是根据企业经济业务的内容、发生情况以及管理的需要设置的。在某一总分类账下，"多栏式"明细分类账对属于同一级的明细科目或经济业务的明细项目在账页中设置若干专栏，在一张账页上集中反映其明细科目或明细项目的详细资料。与其他明细分类账不同，"多栏式"明细分类账不按明细科目设置若干账页，而是在一张账页上记录某一会计科目所属的各明细科目的内容。"多栏式"明细分类账适用于在总分类会计科目下分设若干相对固定的明细科目或需要按经济业务明细项目提供详细资料的经济业务。

"多栏式"明细账有以下两种基本格式。

① 第一种基本格式为"借方"、"贷方"和"余额"三栏，在"借方"和"贷方"栏分别按照明细科目或项目分设专栏。这种格式适用于借方和贷方的经济业务均发生得比较多的账户，如"应交增值税"、"本年利润"等账户。应交增值税明细分类账格式如表1.5所示。

② 第二种基本格式只设"借方"，不设"贷方"。在"借方"按明细科目或项目分设专栏，当发生应记"贷方"的经济业务时，用红字在"借方"进行登记。这种格式适用于借方的经济业务发生比较多，而贷方的经济业务发生比较少的账户，如"生产成本"、"制造费用"、"管理费用"、"销售费用"等账户。对"主营业务收入"等贷方经济业务发生比较多的损益收入类账户，可以只设"贷方"，不设"借方"。专栏数量应根据企业经营业务的特点、管理的需要和重要性原则确定，主要费用项目和经常发生的费用项目设专栏单独列示，不经常发生的或次要的费用项目可合并反映。由于这种格式的多栏式明细账只设"借方"或只设"贷方"在会计实务中已约定俗成，因而账页中省略"借方"或"贷方"字样，其格式如表1.6所示。

（4）"横线登记式"明细分类账。"横线登记式"明细分类账又称为"同行登记式"明细分类账，是指在账户"借方"和"贷方"的同一行内，记录某一经济业务从发生到结束的所有事项；其特点为：应记"借方"的业务和应记"贷方"的业务不论时隔多久，在账户中都要记录在同一行内。"横线登记式"明细分类账适用于需要逐笔对照清算的经济业务，如"材料采购"、"其他应收款"等账户，其格式如表1.7所示。

2）过入期初余额

将上期末明细分类账户中的期末余额过入到当期各账簿中，作为期初余额。例如，"应付账款——红光公司"明细账户2009年年末贷方余额为10 000元，在2010会计年度"应付账款——红光公司"明细账户"日期栏"登记为"2010年1月1日"，在"摘要栏"登记"期初余额"或"上年结转"字样，在"借或贷"栏登记"贷"，在"余额"栏登记"10 000.00"。

表 1.3　"三栏式" 明细分类账

会计科目：　　　明细科目：　　　对方科目：

分页　　　总页

年		凭证号数	摘要	对方科目	借方											贷方											借或贷	余额										
月	日				亿	千	百	十	万	千	百	十	元	角	分	亿	千	百	十	万	千	百	十	元	角	分		亿	千	百	十	万	千	百	十	元	角	分

5

表1.12　付款凭证

付　款　凭　证

货方科目　　　　　　　　　　　年　　月　　日　　　　　　　　　　付字　第　号

摘要	总账科目	明细科目	记账√	借方金额										附单据
				千	百	十	万	千	百	十	元	角	分	
														张
合　计														

财务主管　　　　　　记账　　　　出纳　　　　　　审核　　　　　　　　制单

表1.13　转账凭证

转　账　凭　证

年　　月　　日　　　　　　　　　　转字　第　号

摘要	总账科目	明细科目	记账√	借方金额										记账√	贷方金额										附单据
				千	百	十	万	千	百	十	元	角	分		千	百	十	万	千	百	十	元	角	分	
																									张
合　计																									

财务主管　　　　　　记账　　　　出纳　　　　　　审核　　　　　　　　制单

1.3.3　记账凭证的填制要求

（1）记账凭证中要求填写的内容必须齐全，不得简化。

（2）记账凭证"摘要"栏中的文字应简明扼要。摘要的文字应能正确概括会计分录所体现的经济业务的内容，应使阅读者通过摘要就能了解经济业务的性质、特征，判断会计分录的正确与否，并据此登记账簿，以便日后查阅。为使摘要简明扼要，应尽可能使用会计代用符号，如人民币元的代用符号"￥"，单价的代用符号"@"；尽可能使用会计术语，如结转、转存、核销等。

（3）如实填写记账凭证。编制会计分录时，应根据经济业务的内容，按会计制度的规定，正确填列会计科目，不能随意变更会计科目及其核算内容，确保会计科目口径的一致，保证提供统一的核算资料。

（4）不同类的原始凭证不能汇总填制记账凭证。记账凭证可以根据每一张原始凭证填写，或根据若干张同类原始凭证汇总编制，也可以根据原始凭证汇总表填制；但不得将不同内容和类别的原始凭证汇总填制在一张记账凭证上。

（5）记账凭证的填制日期一般为编制记账凭证的日期。按照权责发生制原则编制计算收益，以及分配、结转成本与费用等调整分录和结转分录时，需要到下月初才能编制记账凭证，但应填写当月末日期，以便记入当月账内，正确计算当月的经营成果。

（6）记账凭证必须连续编号。对记账凭证进行编号，是为了便于记账凭证与账簿的核对。记账凭证按月编号，采用通用凭证的，可按经济业务发生的先后顺序编号，每月以第 1 号为起始号。采用专用凭证的，收款凭证、付款凭证和转账凭证应分类编号，如收字第 1 号、付字第 1 号、转字第 1 号等。月末最后一张记账凭证的编号旁加注"全"，以免凭证散失。如果一项经济业务需要填制多张记账凭证，应采用分数编号法。例如，一项经济业务需要填制 3 张凭证，序号为 18 号，3 张凭证的编号应分别为 18 1/3 号、18 2/3 号和 18 3/3 号。

（7）记账凭证附单据张数的填写要准确。为了保证原始凭证的完整无缺，记账凭证中附单据张数的计算要准确，一般以所附原始凭证的自然张数为准。如果记账凭证附有原始凭证汇总表，则应把所附原始凭证和原始凭证汇总表一起计入附单据张数。报销差旅费时，各种零散票券可以粘贴在一张纸上，作为一张原始凭证。一张原始凭证如果涉及多张记账凭证，可以将该票券附在主要记账凭证后，在其他记账凭证上注明该主要记账凭证的编号，或附上该原始凭证的复印件。计提折旧、预提各项费用和待摊费用的摊销，由会计人员编制计算表作为记账凭证的附件。需要说明的是，结账和更正错账的记账凭证可以不附原始凭证。

（8）记账凭证上的金额及登记方向要正确。记账凭证中数字书写应符合规定，角分位为零时，不能留空白，可写"00"或符号"一"；多余的金额栏应画对角线注销，会计分录之间不能留有空白栏；合计栏的借方金额合计和贷方金额合计必须相等，合计金额第一位数字前要填写人民币符号"￥"，以防随意更改会计记录。

（9）会计科目要同时填写总账科目和明细科目。记账凭证是登记账簿的依据，同时填写总账科目和明细科目，便于按会计科目归类汇总和登记总分类账簿及明细分类账簿。

（10）记账凭证签章要齐全。按内部控制制度的要求，对经济业务的处理，相关人员之间要相互制约，以减少差错和防止舞弊。记账凭证在填制和传递的过程中，填制人员、审核人员、记账人员、会计主管人员应依次在记账凭证上签字；与现金、银行存款收付有关的记账凭证，还应由出纳会计签字并加盖"收讫"、"付讫"戳记。

（11）更正错误记账凭证的规则。记账凭证填制错误，在记账前发现时，应重新填制；登记账簿后，年内发现记账凭证错误时，用红字填写一张与错误记账凭证内容相同的记账凭证，在"摘要"栏注明"冲销某月某号凭证"，同时用蓝字重新填写一张正确的记账凭证。如果会计科目无误，只是金额错误，可以将正确数字与错误数字之间的差额，另填制一张调整记账凭证。调增用蓝字，在"摘要"栏注明"补记某月某号凭证少记金额"；调减用红字，在"摘要"栏注明"冲销某月某号凭证多记金额"。发现以前年度记账凭证有错误的，应当用蓝字填制一张更正的记账凭证。

1.3.4　记账凭证的审核

记账凭证是登记账簿的直接依据，其正确性对会计信息的质量有重大影响，其规范性是会计基础工作的重要内容。为了加强对经济业务的监督，保证记账凭证的正确性和正确地登记账簿，财务部门还应建立相应的责任制度，配备专人对记账凭证进行审核。对记账凭证的审核，一般包括以下内容。

1．一致性审核

一致性审核主要审核记账凭证是否有原始凭证为依据，原始凭证是否齐全，记账凭证的内容与所附原始凭证的内容是否一致，记账凭证的金额与所附原始凭证的金额是否一致。

2．正确性审核

正确性审核主要审核记账凭证会计科目运用及应借、应贷的方向是否正确，账户对应关系是否清楚；是否如实反映经济业务的性质；计算是否正确。

3．完整性审核

完整性审核主要审核记账凭证的各项目是否填写齐全，所附原始凭证是否齐全，有关人员的签章是否齐全。

4．规范性审核

规范性审核主要审核记账凭证中的记录文字是否工整，数字是否清晰，错误的文字或数字是否按规定进行更正。

1.4　账簿的登记

1.4.1　账簿登记规则

1．根据审核无误的会计凭证进行登记

为保证账簿记录的正确性，记账时必须根据审核无误的会计凭证，按账页项目要求和账页行次顺序连续登记。按岗位责任制和内部控制制度的要求，记账人员应对已审核的凭证再审核一次，对于所发现的会计凭证中存在的问题，应向会计主管人员反映。不担任填制凭证工作的记账人员，不得自行更改记账凭证。

2．登记账簿要及时

登记账簿的间隔时间没有统一规定，一般视会计主体采用的核算形式、经济业务的多少而定。总分类账一般定期汇总登记，明细分类账的登记时间间隔应短于总账，可以每日逐笔登记，也可以每隔3～5天定期登记；现金、银行存款日记账应每天登记，以符合货币资金日清月结的要求，随时掌握银行存款的余额，避免开出空头支票；债权债务明细分类账也应每天登记，以便随时与对方结算。

3．内容完整准确

根据会计凭证登记账簿时，应将会计凭证的日期、编号、经济业务内容摘要、金额和其他有关资料逐项记入账簿，做到数字准确、摘要清楚、登记及时、字迹工整。账簿记录中的日期，应填写记账凭证上的日期，因为记账凭证是登记账簿的依据。发现漏记账目时，应进行补记，补记日期仍按记账凭证日期填写，并在账簿"摘要"栏注明"补记"字样。

4．顺序连续登记

各种账簿要按页次顺序连续登记，不得跳行、隔页。若发生跳行、隔页，应将空行、空页画对角线注销，并注明"作废"字样，或注明"此行空白"、"此页空白"字样，并加盖记账人员印章。

5．注明记账符号

记账凭证的记录过入相应账簿后，记账人员要在记账凭证上签名盖章，并注明记账符号，表示已经登记入账，以避免重记、漏记。

6．登记账簿的书写要求

（1）登记账簿必须用蓝色墨水或黑色墨水书写，不得使用圆珠笔（银行的复写账簿除外）或铅笔书写。这样做的主要理由：一是防止篡改会计记录；二是账簿需要长期保存，因而要求账簿记录保持清晰，以备长期查考。

（2）摘要栏应简明清晰，金额栏数字书写应清楚，账簿中书写文字和数字不要写满格，文字和数字上面要留有空隙，字体大小一般占账格的1/2到2/3，这样，一旦发生错误，便于进行更正。

（3）下列几种情况应使用红墨水记账：其一，根据红字冲账的记账凭证，冲销错误记录；其二，在不设借贷等栏的多栏式明细分类账页中，登记减少数；其三，在三栏式明细分类账户的余额栏前，若未设余额方向栏，在余额栏登记负数余额；其四，期末结账画线；其五，会计制度规定的可以用红字登记的其他记录。数字的颜色是特定的会计语言要素，它和数字、文字一样传达特定会计信息，使用错误会导致会计信息混乱。

7．结出余额

凡需要结出余额的账户，结出余额后，应当在"借或贷"等栏内写明"借"或者"贷"

等字样。没有余额的账户，应当在"借或贷"等栏内写上"平"字，并在余额栏内用"0"表示，余额栏内"0"应记入元位。现金日记账和银行存款日记账必须逐日结出余额。

8. 过次承前

每一账页登记完毕结转下页时，应当结出本页发生额合计数及余额，写在本页最后一行和下页第一行相应栏内，并在本页和下页摘要栏内注明"过次页"和"承前页"字样；也可以将本页合计数及余额只写在下页第一行有关栏内，并在摘要栏内注明"承前页"字样。

对需要结计本月发生额的账户，结计"过次页"的本页合计数应当为自本月初起至本页末止的发生额合计数；对需要结计本年累计发生额的账户，结计"过次页"的本页合计数应当为自年初起至本页末止的累计数；对既不需要结计本月发生额也不需要结计本年累计发生额的账户，可以只将每页末的余额结转次页。

9. 不得涂改、挖补等

账簿记录发生错误，不得涂改、挖补、刮擦或者用药水消除字迹，不得重新抄写，必须按规定的方法进行更正，保证账簿记录的清洁、规范。

1.4.2　总分类账和明细分类账的平行登记

总分类账户是所属明细分类账户的综合，对所属明细分类账户具有控制作用，明细分类账户是有关总分类账户的详细说明，某一总分类账户及其所属明细分类账户的核算对象是相同的，它们所提供的核算资料相互补充，只有把两者结合起来，才能既总括又详细地反映同一核算内容，因而，必须进行总分类账和明细分类账的平行登记。

总分类账和明细分类账平行登记的要点如下。

1. 同期间登记

每一项经济业务，在同一会计期间既要记入有关总分类账户，又要记入总分类账户所属明细分类账户。

2. 同方向登记

每一项经济业务，记入有关总分类账户的方向应与记入总分类账户所属明细分类账户的方向一致。

3. 同金额登记

每一项经济业务，记入有关总分类账户的金额应与记入总分类账户所属明细分类账户的金额之和相等。

1.4.3　科目汇总表账务处理程序下总分类账的登记

1．科目汇总表账务处理程序

科目汇总表账务处理程序是指根据原始凭证或原始凭证汇总表编制记账凭证，然后定期根据记账凭证编制科目汇总表，再根据科目汇总表登记总分类账的一种账务处理程序。

科目汇总表最主要的作用是简化总分类账的登记工作，同时起到试算平衡的作用。

2．科目汇总表的编制方法

（1）设立 T 形账户。为汇总期间的记账凭证所涉及的每一个会计科目设立 T 形账户，为方便登记总分类账，应按总分类账账户排列顺序设立 T 形账户，如图 1.1 所示。

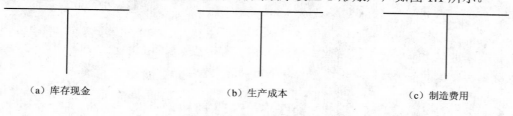

（a）库存现金　　　　　　　（b）生产成本　　　　　　　（c）制造费用

图 1.1　T 形账户

（2）定期汇总。将汇总期内全部记账凭证的内容过入 T 形账户。在过账时，为了反映账户之间的对应关系及便于查对，应在 T 形账户中标出每一数字对应的凭证字号，如图 1.2 所示。

（1）　232 800	（32）290 000	（3）　　2 700	（30）60 130
（8）　　14 000		（6）　　　750	
（18）　63 000		（13）56 680	
本期借方发生额： 309 800	本期贷方发生额： 290 000	本期借方发生额： 60 130	本期贷方发生额： 60 130
（a）生产成本		（b）制造费用	

图 1.2　在 T 形账户中标出凭证字号

（3）试算平衡。将汇总期内全部记账凭证记入 T 形账户后，首先计算每一账户的借方发生额和贷方发生额，然后加总所有账户的借方发生额和贷方发生额，进行发生额试算平衡。如果借、贷方发生额合计数平衡，表明汇总正确，否则需检查过账、加总或记账凭证是否存在错误，查明原因，直至试算平衡。

（4）编制科目汇总表。T 形账户发生额试算平衡后，按总分类账账户排列顺序将各账户名称和借、贷方发生额填入科目汇总表，将借、贷方发生额合计数填入科目汇总表的合计栏，并注明科目汇总表的编号（如科汇 1 号）和所汇总凭证的期间，以及所汇总的记账凭证起讫号和凭证张数。

（5）制表人签字。科目汇总表编制完成后，制表人应当在表上签上制表人的姓名。

（6）登记总账。将科目汇总表中各账户的借、贷方发生额分别登记到对应总账的借、贷方，并结出总账余额。

1.4.4 错账更正规则

会计人员应当认真遵守《会计工作基础规范》的规定和要求，按照账簿登记规则登记账簿，力求准确，尽可能避免错账的发生。若账簿记录发生错误，应根据具体情况，按下列方法进行更正。

1. 画线更正法

如果发现账簿记录发生错误，而所依据的记账凭证没有错误，可采用画线更正法进行更正。具体方法为：将错误的文字或者数字画红线注销，但必须使原有字迹仍可辨认；然后在画线上方用蓝字填写正确的文字或者数字，并由记账人员在更正处盖章，以明确责任。对于错误的数字，应当全部画红线更正，不得只更正其中的个别错误数字；对于文字错误，可以只画去错误的部分。

2. 红字更正法

红字更正法又称红字冲销法。根据错误的性质和原因，红字更正法可分为红字全部冲销法和红字差额冲销法两种。

（1）红字全部冲销法。账簿记录发生错误的原因是所依据的记账凭证应借应贷会计科目发生错误时，可采用红字全部冲销法进行更正。具体方法为：更正时，先用红字填写一张与错误记账凭证内容相同的记账凭证，在摘要栏注明"冲销×月×号凭证"，并据以用红字登记入账，同时用蓝字重新填写一张正确的记账凭证，并据以用蓝字登记入账。

【例1.1】 某公司收到基本存款账户利息收入200元，填制记账凭证时，编制如下会计分录，并已登记入账。

借：银行存款　　　　　　200
　　贷：投资收益　　　　　　200

记账后发现会计科目使用有误，基本存款账户利息收入应在"财务费用"账户核算，故更正时，应先用红字填写一张与错误记账凭证内容相同的记账凭证，并据以用红字登记入账，冲销原错误记录，编制如下会计分录。

借：银行存款　　　　　　200（红字）
　　贷：投资收益　　　　　　200（红字）

冲销原错误记录后，用蓝字填写一张正确的记账凭证，并用蓝字登记入账，编制如下会计分录。

借：银行存款　　　　　　200
　　贷：财务费用　　　　　　200

（2）红字差额冲销法。如果发现账簿记录发生错误，而所依据的记账凭证应借应贷会计科目并无错误，只是所记金额大于应记金额，这时可采用红字差额冲销法进行更正。具体方法为：更正时，在摘要栏注明"冲销×月×号凭证多记金额"，按多记金额用红字填写一张与错误记账凭证应借应贷会计科目相同的记账凭证，并据以用红字登记入账，以冲销多记金额。

【例1.2】 某公司收到客户电汇销售收入款10 100元，填制记账凭证时，编制如下会计分录，并已登记入账。

借：银行存款　　　　　　　11 000
　　贷：主营业务收入　　　　　11 000

记账后发现多记金额900元，更正时，按多记金额用红字填写一张与错误记账凭证内容相同的记账凭证，并据以用红字登记入账，冲销原多记金额，编制如下会计分录。

借：银行存款　　　　　　　900（红字）
　　贷：主营业务收入　　　　　900（红字）

3. 补充登记法

记账以后，如果发现账簿错误源自记账凭证错误，而记账凭证所用会计科目名称和记账方向并无错误，只是所记金额小于应记金额，这时可采用补充登记法予以更正。具体方法为：更正时，在摘要栏注明"补记×月×号凭证少记金额"，按少记金额用蓝字填写一张与错误记账凭证应借应贷会计科目相同的记账凭证，并据以用蓝字登记入账，以补充少记金额。

【例1.3】 某公司收到客户电汇前欠货款36 500元，填制记账凭证时，编制如下会计分录，并已登记入账。

借：银行存款　　　　　　　35 600
　　贷：应收账款　　　　　　　35 600

记账后发现少记金额900元，更正时，按少记金额用蓝字填写一张与错误记账凭证应借应贷会计科目相同的记账凭证，并据以用蓝字登记入账，以补充少记金额，编制如下会计分录。

借：银行存款　　　　　　　900
　　贷：应收账款　　　　　　　900

1.5 对账和结账

1.5.1 对账的内容和方法

对账是指对账簿记录进行的核对工作，即在期末结账前，进行的账簿记录与会计凭证之间、各种账簿之间、账簿记录与实物资产及货币资产实际结存数之间的核对。由于种种原因，如财产物资本身的自然属性以及使用和保管上的原因，会引起升溢或损耗，或由于人为原因造成记账、算账错误等，都会造成账实不符、账证不符、账账不符。对账是企业财务内部控制的一个重要环节。通过对账，可以发现和纠正记账错误，保证账簿记录的真实性、完整性和正确性，为编制财务会计报告提供真实、可靠的会计资料。每个会计主体都必须建立定期的对账制度。

对账内容主要包括账证核对、账账核对、账实核对等三个方面，它们构成一个查错、纠错和防止舞弊的保障体系。

1．账证核对

账证核对是指将各种账簿记录与记账凭证及其所附原始凭证进行核对，以做到账证相符。主要内容是核对账簿记录与会计凭证的时间、凭证字号、内容、记账方向、金额是否一致。若发现错误，应在查明原因的基础上，按规定的方法予以更正。

2．账账核对

账账核对是指对各种账簿之间的有关记录进行核对。账账核对是在账证核对的基础上，检查在记账过程中和在账户中进行有关计算的过程中是否发生差错，以保证记账及有关结算的正确性。账账核对的主要内容包括以下四个方面。

（1）总分类账与总分类账的核对。总分类账各账户本期借方发生额合计应等于总分类账各账户本期贷方发生额合计，总分类账各账户本期借方余额合计应等于总分类账各账户本期贷方余额合计。如果不相等，说明在记账和有关计算过程中发生影响平衡的错误，必须对各种会计记录进行检查，直至找出和更正错误。

（2）总分类账与明细分类账的核对。该核对指各总分类账户与所属明细分类账户之间的核对，各总分类账户的期初余额、本期借方发生额、本期贷方发生额和期末余额应与所属明细分类账户的期初余额合计数、本期借方发生额合计数、本期贷方发生额合计数和期末余额合计数核对相符。

（3）总分类账与日记账的核对。该核对指现金总分类账与现金日记账、银行存款总分类账与银行存款日记账之间的核对；日记账的期初余额、本期借方发生额、本期贷方发生额和期末余额应与总分类账相应项目的数字核对相符。

（4）会计账与保管账、实物账的核对。该核对指会计部门实物资产账簿记录与实物资产保管、使用部门的实物账、卡之间的核对，会计部门实物资产明细分类账簿期末结存数量和金额应与实物资产保管、使用部门的实物账的期末结存数量和金额核对相符。

3．账实核对

账实核对是指账簿记录与货币资产、各项财产物资实际结存数之间的核对。账实核对一般要通过财产清查进行，其内容主要包括以下四个方面。

（1）现金日记账余额与库存现金核对相符。

（2）银行存款日记账与银行对账单核对相符。银行存款日记账应与银行对账单逐笔核对相符；若有未达账项，应编制"银行存款余额调节表"试算调节相符。

（3）应收、应付款项余额与往来单位之间的核对。各种应收、应付款项明细账期末余额，应与有关债权、债务单位或个人核对相符；一般通过编制往来款项对账单送交对方进行核对。

（4）账簿记录与实物资产核对相符。各财产物资明细分类账余额应与各种财产物资清查盘点的实际结存数核对相符。

1.5.2 试算平衡

1. 试算平衡原理

试算平衡是通过编制总分类账户试算平衡表进行的，既可采用发生额平衡法，也可采用余额平衡法，基本原理都是借贷平衡。借贷平衡可用以下等式表示。

（1）发生额平衡。发生额试算平衡原理为

全部账户本期借方发生额合计＝全部账户本期贷方发生额合计

（2）余额平衡。余额试算平衡原理为

全部账户本期借方余额合计＝全部账户本期贷方余额合计

一般情况下，将总分类账户余额试算平衡与发生额试算平衡结合在一起，编制总分类账户本期发生额和期末余额试算平衡表，其格式如表 1.14 所示。

表 1.14　总分类账户本期发生额和期末余额试算平衡表

会计科目	期 初 余 额		本 期 发 生 额		期 末 余 额	
	借　方	贷　方	借　方	贷　方	借　方	贷　方
合　　计						

2. 试算平衡的作用

借贷记账法下，运用试算平衡可以检查账户记录的正确性。通过编制总分类账户试算平衡表，可以发现账务处理过程存在的以下错误。

（1）登记账簿或过账过程中的金额错误。

（2）金额位次颠倒造成的数据错误。

（3）违反记账规则产生的借贷方不平衡。

（4）期末余额计算错误。

需要说明的是，如果试算平衡，不能完全肯定账务处理没有错误，因为试算平衡不能发现用错会计科目或借贷方向颠倒、重复记录或漏记某项经济业务等错误。

1.5.3　结账的内容和方法

结账是在将一定时期（月份、季度、年度）内发生的全部经济业务登记入账的基础上，对账簿本期发生额和期末余额所进行的结算工作。

1. 结账内容

会计主体应于期末向会计信息使用者提供财务会计报告。为编制财务会计报告，必须在每个会计期末进行结账。结账的主要内容就是对各总分类账、明细分类账、日记账等有关账簿记录进行小结，结出本期的发生额和期末余额，并将期末余额作为下期的期初余额，以连贯和分清前后期会计记录。不能为减少本期工作量而提前记账，也不能将本期的会计业务推迟到下期或编制会计报表后再结账。

结账的主要内容包括：一是对损益类账户进行结账，在对损益类账户结账前，应按权责发生制原则进行账项调整，并据以确定本期的利润和亏损，把经营成果在账面上揭示出来；二是对资产类、负债类、所有者权益类账户进行结账，分别结出各总分类账户和明细分类账户的本期发生额和期末余额，并将期末余额结转为下期的期初余额。

结账前，应做好以下准备工作。

第一，为全面反映会计主体经济活动情况，应检查本期发生的经济业务是否已全部入账，不能漏记、错记、重记。

第二，按权责发生制的要求进行账项调整，对应收未收收入、预收收入、预提费用、待摊费用等应调整入账，对跨期收入、费用进行调整，只有将会计主体发生的收入和费用按权责发生制原则划分其应归属的会计期间，才能正确确定本期的收入和费用，才能真实反映会计主体本期的财务状况和经营成果。

第三，计算确定本期的产品生产成本和商品销售成本，并与商品销售收入相配比；将损益类账户结转至"本年利润"账户。

第四，进行对账，保证账账相符、账证相符、账实相符。

2. 结账方法

结账分月结、季结、年结三种。

（1）月结。月结是在月末结计出各账户的本月发生额和月末余额。月结时，在账户中本月最后一笔记录下面一行计算各账户的本月发生额合计及期末余额，分别记入借方、贷方和余额栏内，并在该行上下各画一道通栏单红线（自摘要栏开始至金额栏分位止），以与下期的记录相区别。

月结时，对不同的账户应采用不同的方法。对现金、银行存款和需要按月结计发生额的账户如损益类账户等，月末结账时，要在本月最后一笔记录下面画通栏单红线，在下一行结出本月发生额和余额，摘要栏中注明"本月合计"或"本月发生额及余额"字样，在下面画通栏单红线。对不需要按月结计本期发生额的账户如各项往来明细账和其他资产、负债账户，每次记账以后都要随时结出余额，每月最后一笔余额即为月末余额，月末结账时，在最后一笔经济业务记录下面画一道通栏单红线，表示本期记录的结束。

对需要结计本年累计发生额的账户如损益类账户等，每月结账时，要在"本月合计"行下结出自年初起至本月止的累计发生额，登记在月份发生额下面一行，在摘要栏中注明"本年累计"字样，并在该行下画一道通栏单红线。12 月末的"本年累计"就是全年的累计发生额。

（2）季结。季结是在每季度的季末，结计出本季度三个月的发生额累计数和本季末余额。季结应在本季度第三个月的月结下面一行进行，在摘要栏中注明"本季累计"或"本季发生额及余额"字样，结出本季发生额和余额，并在该行下画一道通栏单红线。

（3）年结。年结是在年末结计出全年 12 个月的发生额累计数和年末余额。年结应在第四季度季结下面一行进行，在摘要栏中注明"本年累计"或"本年发生额及余额"字样，结计出本年发生额和年末余额，并在该行下画通栏双红线。

年度终了，要把各账户的余额结转到下一会计年度。结转方法是：在本年度结计"本年累计"或"本年发生额及余额"的次行摘要栏注明"结转下年"字样，并将余额直接抄录到下一会计年度新建会计账簿相应账户第一行余额栏内。

1.5.4 凭证和账簿的归档

会计凭证和账簿应作为会计档案归类保管，期末结账后，应按照要求装订会计凭证。

会计凭证归档时应选择合适的凭证盒，凭证盒上要标明会计凭证所属的会计期间、会计主体名称、凭证的起讫号、案卷号和保管期限。由于原始凭证大小不一致，应该进行折叠和粘贴。对于比记账凭证长或宽的原始凭证应折叠成与记账凭证一样长或宽。折叠时，原始凭证左下角或右上角应进行斜折后再折叠，以免原始凭证的左下角或右上角被装订，造成原始凭证不能打开，影响查阅。对于比记账凭证小得多的原始凭证，应用与记账凭证一样大小的原始凭证粘贴单进行粘贴，粘贴时，应该均匀分布，以不影响装订后查阅为宜，避免集中叠加在一起，影响装订。这样装订后的记账凭证和原始凭证整齐划一，看起来很美观。对面积大或数量多的原始凭证如出入库单据、收费发票等，可以不附在记账凭证后而单独装订，但应在其封面上注明记账凭证的日期、编号，同时在记账凭证上注明"附件另订"和原始凭证名称、保管地点等。

会计凭证应按月及时装订成册。装订记账凭证一般采用"顶齐左上角法"，即将记账凭证及所附原始凭证顶齐左上角后装订。装订时会计凭证应按凭证序号排列，核对所附原始凭证无误后，加具本册所含的记账凭证汇总表或科目汇总表，选择与记账凭证大小一致或比记账凭证稍大的记账凭证封面、封底，其格式如表 1.15 和表 1.16 所示；整理整齐（以左、上平整，右、下折叠整齐为准），用夹子夹紧，加上包角，然后在左上角呈等腰直角三角形形状打三个孔，用装订线穿孔、系牢，将余线剪去，再将包角返后粘牢。装订完成后，装订人在封面包角骑缝处加盖个人名章，并在封面上注明单位名称、凭证名称、凭证册数、起止号数、年度、月份和会计主管人员、装订人员姓名等内容。

凭证装订以月为单位，每月装订成一册或若干册。一个月的记账凭证装订成几册，应视凭证的数量多少而定，一般而言，每册记账凭证的厚薄应基本一致；凭证既可定期装订，也可不定期装订。对于装订成册的会计凭证，为方便查阅，在年度终了时可暂由会计机构保管一年，期满后应移交本单位档案机构统一保管。单位未设立档案机构的，应当在会计机构内部指定专人保管。出纳人员不得兼管会计档案的保管。

表 1.15 记账凭证封面

<h2 style="text-align:center">凭 证 封 面</h2>
年　　月　　编号

单 位 名 称	
凭 证 名 称	
册数	本月共　　册　　本册是第　　册
起讫编号	自　字第　　号至　字第　　号
起讫日期	自 20　年　　月　　日至　　月　　日

主管：　　　　　　　　　　　　　　　　　装订：

表 1.16 记账凭证封底

<h2 style="text-align:center">抽出单据记录（凭证封底）</h2>

抽出日期			抽出单据 名　　称	张　数	抽出单据 理　　由	抽取人 签章	财务主管 签字	附　注
年	月	日						

　　年度终了，按规定的程序结账、过账后，除按规定可以跨年度使用的账簿以外，所有会计账簿都要经过整理，装订归档。总账、现金日记账和银行存款日记账采用的是订本式账簿，可以直接归档；各种明细账采用的是活页式账簿，年度终了后，应抽出空白账页，将已用账页按顺序编号，去掉账夹，填制一份账户目录，然后加具账簿封面、封底，沿左侧打孔装订后，由经管人员加盖骑缝章后进行归档，妥善存放，专人保管，以便日后查阅。

第2章 企业会计实训资料

2.1 企业会计实训的目的和要求

1. 实训目的

通过对企业会计实训资料的实际操作，使学生能够系统地掌握工业企业会计核算的基本程序和具体方法，将所学会计理论知识与会计工作实践相结合；能加强学生对会计学基本理论知识的理解，培养会计实务操作能力等专业基本功，达到使学生全面、正确地理解从填制凭证到编制财务报告这一会计流程中的会计程序和步骤的目的，为将来从事会计工作奠定良好的基础。

2. 实训要求

（1）按财政部2006年颁布的《企业会计准则》的规定设置会计科目。

（2）启用账簿时，按规定在账簿封面上注明单位名称、账簿所属年度、账簿名称等。在账簿扉页上详细载明单位名称、账簿编号、账簿册数、账簿共计页数、启用日期，加盖单位公章，并由企业负责人、财务负责人、主管会计、复核和记账人员等账簿经管人员签名盖章。

（3）根据建账资料提供的2010年12月初各账户余额和企业实际发生的经济业务，开设总分类账户、明细分类账户及现金日记账和银行存款日记账，并将期初余额过入各有关账户的余额栏。账页的格式按建账资料的规定设置。

（4）使用通用记账凭证，根据经济业务发生的先后按月顺序编号。记账凭证必须根据真实、完整并经审核无误的原始凭证编制。同时将原始凭证附在记账凭证后面，以备查考。

（5）严格按《中华人民共和国会计法》、《企业会计准则》、《会计基础工作规范》的规定填制、审核会计凭证、登记账簿、对账、结账和编制会计报表，记账如发生错误，应按规定的错账更正方法进行更正。

（6）企业会计实训附有所需要的核算资料和原始凭证，一部分原始凭证如现金支票、转账支票及收料单等，需要在实习过程中根据企业发生的业务按原始凭证填制要求自行填写，为防止篡改出票日期，银行结算凭证的填制日期需用汉字大写；一部分原始凭证如制造费用分配表、成本计算单等需按资料中规定的会计政策和会计方法计算后填写。

（7）月度终了，编制资产负债表、利润表和现金流量表。

（8）月度终了，会计凭证按会计档案管理要求装订成册。

3. 实训组织形式

根据本教材提供的资料和要求所进行的会计实训，可采用以下三种形式中的任何一种。

（1）分组完成。分组完成有利于模拟会计分工，明确责任，加强学生对会计内部控制制度的了解。按会计内部控制制度的要求，分组至少两人一组，各有分工，相互制约，有助于实训过程的规范化和会计记录的正确性。

（2）分组轮岗完成。4 人一组，设财务主管、记账会计、制证会计、出纳会计等岗位，由指导教师为小组每一成员指定会计岗位、岗位职责、轮换时间和轮换次序，在分工、牵制的基础上共同完成会计实训。能使学生了解会计内部控制制度的同时，熟悉各会计岗位的职责。

（3）一人独立完成。即每人均要独立完成会计实训的全过程，在实训中担任所有会计岗位的工作。一人独立完成有利于学生全面地掌握企业会计实务程序、步骤和方法，实习效果较好。

4．实训步骤

按照科目汇总表会计核算程序，实训步骤包括编制记账凭证、登记账簿、编制财务会计报告等。

（1）根据期初余额等资料开设账户、设置账簿，并登记期初余额。总账采用订本式账簿，按《企业会计准则》会计科目表中的会计科目顺序设置；现金日记账和银行存款日记账采用订本式账簿；所有总账账户均应设置明细账户，并按规定格式采用活页式账簿。有期初余额的，将期初余额记入账户。

（2）根据经济业务编制记账凭证。根据本次会计实训的会计主体——安徽惠源有限责任公司 2010 年 12 月发生的经济业务及取得的原始凭证，按照时间的先后顺序编制记账凭证，根据记账凭证，编制科目汇总表；记账凭证，科目汇总表按月顺序编号。

（3）根据记账凭证及所附原始凭证登记日记账、明细分类账；根据科目汇总表登记总分类账。月末，办理对账和结账。

（4）编制会计报表。根据总分类账和明细分类账等有关资料，编制 2010 年 12 月 31 日的资产负债表和 2010 年度利润表、现金流量表。

（5）整理、装订会计资料，撰写会计实训报告。

2.2　模拟工业企业基本情况

1．企业名称、类型、注册资金、经营范围等

- 企业名称：安徽惠源有限责任公司；
- 注册地址：合肥市蜀山区泰和路 158 号；
- 法定代表人：景方园；
- 注册资金：人民币 1 500 万元；
- 企业类型：有限责任公司；
- 行业：电子工业；
- 联系电话：（0551）55000001 或（0551）55000011；
- E-mail：AHHY@sina.com.cn；

- 记账本位币：人民币（元）；
- 经营范围：生产、销售接收机和混合器两种产品；
- 纳税人登记号：340104100012341；
- 企业法人组织机构代码：10001234-1。

2．开户银行及账号

（1）基本存款账户：中国光大银行蜀山支行；账号为23010001。
（2）一般存款账户：中国建设银行安徽省分行营业部；账号为34010001。

3．内部机构设置

（1）安徽惠源有限责任公司内设办公室、财务部、人力资源部、采购部、销售部、生产技术部、一车间、二车间、装配车间和机修车间。总经理景方园，办公室主任黄奇，财务部经理唐志诚，人力资源部经理闻玉，采购部经理陶远方，销售部经理刘方，生产技术部经理章明清，一车间主任雷鸣，二车间主任谢中兴，装配车间主任方类龙，机修车间主任苏小清。一车间、二车间和装配车间为基本生产车间，机修车间为辅助生产车间。办公室、财务部、人力资源部、生产技术部发生的费用作为管理费用；采购部发生的费用除了可以计入材料采购成本的，其余作为管理费用；销售部发生的费用作为销售费用；一车间、二车间、装配车间和机修车间发生的费用计入生产成本及制造费用。

（2）会计机构设置及人员分工。安徽惠源有限责任公司设置财务部，办理本单位的会计工作。财务部经理唐志诚，负责制定公司的会计政策和会计方法、财务管理制度、资金的筹集和运用，参与公司预算的制定、费用定额的制定和审核，公司内外财务工作的协调。财务主管陈慧，负责成本和损益核算、编制报表、纳税申报；记账李国忠，负责记账凭证的审核、总分类账和明细分类账的登记工作；制证柏茹，负责原始凭证的审核和记账凭证的编制工作；出纳会计杨瑶霞，负责办理现金、银行存款结算业务和现金日记账、银行存款日记账的登记工作。

2.3 企业会计政策和会计核算方法

1．会计核算方法

安徽惠源有限责任公司按《中华人民共和国会计法》和《企业会计准则》规定进行会计核算，以权责发生制为核算基础，记账方法为借贷记账法，以人民币为记账本位币，会计年度为日历年度。

安徽惠源有限责任公司采用科目汇总表账务处理程序，2010年12月15日、30日、31日编制科目汇总表并据以登记总账，账务处理程序如图2.1所示。

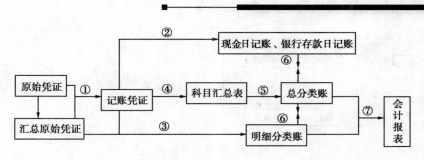

注：

① 根据原始凭证或汇总原始凭证填制记账凭证。

② 根据记账凭证及其所附的原始凭证登记现金日记账和银行存款日记账。

③ 根据记账凭证及其所附的原始凭证或原始凭证汇总表登记各种明细分类账。

④ 根据记账凭证编制科目汇总表。

⑤ 根据科目汇总表登记总分类账。

⑥ 期末，将现金日记账、银行存款日记账和各种明细分类账与总分类账的发生额和余额核对相符。

⑦ 期末，根据总分类账和明细分类账编制会计报表。

图 2.1　账务处理程序

2．货币资金的核算

货币资金的管理和核算，必须严格按财政部颁布的《企业内部控制规范》的规定办理。

（1）现金管理必须遵循钱账分管、钱票分管的原则，会计管账票，出纳管钱。加强与货币资金相关的票据的管理，明确各种票据的购买、保管、领用、背书转让、注销等环节的职责权限和程序，并专设登记簿进行记录，防止空白票据的遗失和被盗用。加强银行预留印鉴的管理，财务专用章应由专人保管，个人名章由本人或其授权人员保管，严禁一人保管支付款项所需的全部印章。

（2）按现金管理办法规定的范围使用现金，安徽惠源有限责任公司核定的库存现金限额为 4 000 元，要随支随取，及时补充限额，从银行提取现金时，应如实写明现金的用途，由本单位会计部门负责人签字盖章，经开户银行审查后支付；超过库存现金限额的现金当天要及时存入银行；严禁坐支现金；严禁"白条抵库"，不准保留账外公款。

（3）收入现金必须向对方开具收款票据作为收款凭据，并在票据上加盖"现金收讫"戳记；支付现金必须有收款人或经办人签字的凭证；支付给职工的费用报销款及现金借款由有审批权的领导在费用报销封面、差旅费报销单、借款单上批准签字，作为付款凭证，并在票据上加盖"现金付讫"戳记。

（4）对货币资金业务建立严格的授权批准制度。通过银行支付的款项，必须按经济业务流程填写"付款申请书"，按规定的审批手续和审批权限经领导签字批准后，方可转账付款。经济业务流程如图 2.2 所示。

（5）出纳必须及时登记现金、银行存款日记账，核对收入、支出和余额，并与库存现金核对相符，确保货币资金安全。月末，会计要与出纳核对现金余额和银行存款余额，做到账账相符、账实相符。

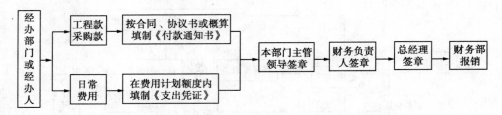

图 2.2　经济业务流程

（6）签发支票时，不准开具空白支票和空头支票。如果确实无法填写收款人名称或姓名及金额，必须在支票上注明出票日期、款项用途及限额。

3．材料费用核算方法

（1）材料按实际成本核算，其分类项目为：原材料（分为主要材料、辅助材料两类）、周转材料、自制半成品，以下按品种进行明细核算。

（2）周转材料（生产工具、修理工具等低值易耗品）摊销方法采用一次转销法。

（3）安徽惠源有限责任公司设原材料仓库、自制半成品仓库和产成品仓库，各仓库按原材料、自制半成品和产成品的类别、品种设实物明细账，由仓库保管员负责登记，财务部按原材料、自制半成品和产成品的类别、品种设数量金额式存货明细账，由记账会计负责登记。

（4）收入材料必须办理入库手续，填制原材料入库单。原材料入库单应一式三联，第一联为存根联，由仓库留存，据以逐笔登记原材料实物账；第二联为记账联，交财务部作为核算材料入库的依据；第三联为回执联，交采购部门留存。自制半成品、产成品完工应办理入库手续，填制自制半成品、产成品入库单，自制半成品、产成品入库单一式三联，第一联为存根联，由仓库留存，据以登记实物账；第二联为记账联，交财务部作为核算自制半成品入库的依据，第三联为回执联，交车间留存。

（5）发出原材料、自制半成品时必须办理出库手续，填制领料单。原材料、自制半成品领料单应一式三联，第一联为存根联，由仓库留存，据以登记原材料实物账；第二联为记账联，交财务部编制材料（自制半成品）发出汇总表，财务部以材料（自制半成品）发出汇总表作为编制记账凭证、分配材料费用的依据；第三联为回执联，交领料部门留存。

（6）月末，根据领料单按加权平均法编制"材料（自制半成品）发出汇总表"，结算发出材料实际成本，登记材料、自制半成品明细账。在建工程领用的材料和盘盈、盘亏的材料可按月初材料实际成本计算。

（7）每季度对存货进行一次盘点，每年12月份进行一次全面清查。财务部门根据财产清查结果编制"盘盈、盘亏报告单"，查明原因后，经领导批准后进行账务处理。

4．人工费用核算方法

企业发生的职工工资、福利费、养老保险、失业保险、医疗保险、住房公积金、工会经费、职工教育经费等人员费用应按职工所在部门及受益对象分别计入当期产品成本和期间费用；各车间生产工人的工资、奖金、福利费、社会保险等按生产工人的工时比例在各种产品之间进行分配。

5．职工福利费、社会保险、住房公积金和工会、职工教育经费的计提

职工福利费应当根据历史经验和实际情况合理预计当期金额，并按职工所在部门及受益对象分别计入当期产品成本和期间费用。

社会保险、住房公积金和工会、职工教育经费的计提标准如表 2.1 所示。

表 2.1　相关费用计提标准

项　目	计 提 基 数	计提比例/（％）
养老保险	本月工资总额	20
失业保险	本月工资总额	2
医疗保险	本月工资总额	8
工伤保险	本月工资总额	1
生育保险	本月工资总额	0.7
住房公积金	本月工资总额	10
工会经费	本月工资总额	2
职工教育经费	本月工资总额	1.5

6．资产减值准备的计提

按照《企业会计准则》和《企业会计制度》的规定，从谨慎性原则考虑，企业应在资产负债表日判断下列各项资产是否存在发生减值的迹象，对于发生减值的资产应提取减值准备。

（1）年末应对应收款项的账面价值进行检查，应收款项发生减值的，应当将应收款项的账面价值减记至预计未来现金流量现值，减记的金额确认减值损失，计提坏账准备。

（2）年末存货按成本和可变现净值孰低计量，存货成本高于可变现净值的，分类计提存货跌价准备，当期发生的存货跌价准备计入资产减值损失。

（3）年末长期股权投资按其可收回金额低于账面价值的差额，计提减值准备，当期发生的长期股权投资减值准备计入资产减值损失。

（4）年末固定资产按其可收回金额低于账面价值的差额，分项计提减值准备，当期发生的固定资产减值准备计入资产减值损失。

（5）年末无形资产按其可收回金额低于账面价值的差额，分项计提减值准备，当期发生的无形资产减值准备计入资产减值损失。

7．固定资产的核算

（1）安徽惠源有限责任公司对固定资产按其经济用途分为生产经营用固定资产、非生产经营用固定资产和租出固定资产。生产经营用固定资产指直接服务于企业的生产、经营过程，单位价值在 2 000 元以上、使用年限在一年以上的房屋、建筑物、机器设备、运输工具等。非生产经营用固定资产指不直接服务于企业的生产、经营过程，单位价值在 2 000 元以上的房屋、建筑物、机器设备、其他固定资产等。

（2）折旧政策。固定资产按年限平均法分类计提折旧，及预计使用年限和预计净残值率如表 2.2 所示。

企业会计实训（第 2 版）

表 2.2　固定资产的预计使用年限及预计净残值率

项　目	预计使用年限（年）	预计净残值率（%）
房屋、建筑物	40	5
机器设备	12	3
电子设备	10	0
管理设备	10	2
运输工具	10	5
非生产经营设备	10	5

（3）《企业会计准则》规定：当月增加的固定资产当月不计提折旧，当月减少的固定资产当月照提折旧。

（4）固定资产后续支出。固定资产的后续支出指固定资产在使用过程中发生的更新改造支出、修理费用等。固定资产的更新改造等后续支出，满足固定资产确认条件的，计入固定资产成本；不满足固定资产确认条件的固定资产修理费用等，应当在发生时计入当期损益。

（5）固定资产增加必须填制验收单，采购部门、使用部门、财务部门签字确认；出售或报废固定资产必须经相关部门及企业领导同意，并办理有关手续。

8．制造费用和辅助生产成本的分配方法

（1）制造费用的分配方法：各车间的制造费用按生产工人工时比例在各受益产品之间进行分配。

（2）辅助生产成本的分配方法：机修车间的辅助生产成本按各受益车间、部门实际耗用的修理工时比例进行分配。

各车间工时、产品产量资料如表 2.3 和表 2.4 所示。

表 2.3　生产工时明细表

2010 年 12 月份生产工时明细表　　　　　　　单位：工时

车　间	合　计	产品名称	生产工时
一车间	3 360	CPU	1 750
		中频处理器	1 610
二车间	3 192	耦合器	1 590
		放大模块	1 602
装配车间	3 696	接收机	1 786
		混合器	1 910
机修车间	2 640	一车间	890
		二车间	850
		装配车间	900
合　计	12 888		12 888

表 2.4 产品产量明细表

2010 年 12 月产品产量明细表 单位：台

车 间	产品名称	月初在产品	本月投产产品	本月完工产品	月末在产品	投料率（%）	期末在产品完工率（%）
一车间	CPU	340	600	700	240	100	50
	中频处理器	300	700	750	250	100	50
二车间	耦合器	300	700	800	200	100	50
	放大模块	250	750	800	200	100	50
装配车间	接收机	190	800	810	180	100	50
	混合器	240	800	850	190	100	50
合 计		1 620	4 350	4 710	1 260	—	—

9．产品制造成本的计算方法

1）产品构成与生产工艺流程

一车间生产接收机的主要配件 CPU 和中频处理器，CPU 由 1#芯片、2#芯片以及线路板构成；中频处理器由 3#芯片和 4#芯片构成；两种产品的辅助材料为铜丝、电焊条。

二车间生产混合器的主要配件耦合器和放大模块，耦合器由电感和电阻构成；放大模块由 5#芯片和 6#芯片构成；两种产品的辅助材料为铜丝、电焊条。

装配车间负责组装接收机、混合器，接收机主要由高频器、CPU、中频处理器和机箱构成；混合器主要由耦合器、放大模块和机箱构成；两种产品的辅助材料为铜丝、电焊条和钢材。

CPU、中频处理器、耦合器和放大模块等自制半成品完工检验合格后送半成品库，办理验收入库手续。装配车间领用时应办理自制半成品出库手续，接收机、混合器组装完工检验合格后送成品仓库，办理验收入库手续。

机修车间负责公司各部门机器设备的维修。

2）产品成本核算方法及流程

产品成本核算方法及流程如图 2.3 所示。

（1）产品成本由公司集中核算，各车间提供成本计算的原始资料，公司财务部负责成本核算。各车间成本计算采用品种法，公司成本计算采用分步法。

（2）一车间以 CPU、中频处理器作为成本计算对象，二车间以耦合器和放大模块作为成本计算对象。

（3）装配车间以接收机、混合器作为成本计算对象，一车间、二车间和装配车间之间采用逐步结转分步法结转产品成本。

3）在产品成本计算方法

生产费用在完工产品与月末在产品之间的分配采用约当产量法。一车间 CPU 和中频处理器、二车间耦合器和放大模块、装配车间接收机和混合器所耗用的原材料均在生产开始时一次性投入，完工产品和月末在产品均视同完工程度为 100% 的产品，参与分配材料费用；直接人工费用、燃料动力费用和制造费用等加工费用均按 50% 的完工程度计算和分配月末在产品的直接人工费用、燃料动力费用和制造费用。

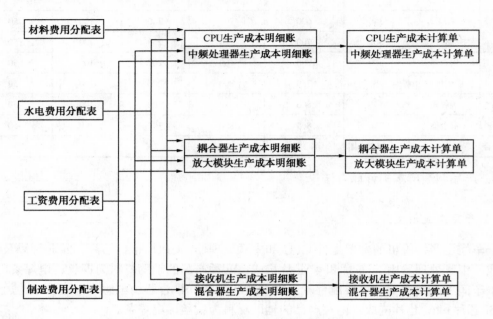

图 2.3　产品生产成本核算流程

4）品种法的计算步骤

（1）开设成本明细账，账内按费用要素设置成本项目进行明细核算。
（2）分配各种要素费用，登记生产成本、制造费用明细账。
（3）分配辅助生产费用。
（4）分配基本生产车间制造费用。
（5）分配各种完工产品成本和在产品成本。
（6）结转完工产品成本。

5）逐步结转法的计算步骤

逐步结转分步法按照成本在下一步骤成本计算单中的反映方式，分为综合结转和分项结转两种方法。安徽惠源有限责任公司使用综合结转法。

综合结转法，是指上一步骤转入下一步骤的半成品成本，以"直接材料"或专设"半成品"成本项目综合列入下一步骤的成本计算单中。安徽惠源有限责任公司专设半成品仓库，通过半成品仓库收、发自制半成品，装配车间耗用的半成品单位成本采用加权平均法计算。

10．产成品发出的核算及销售成本的计算方法

产成品发出时应办理出库手续，填制出库单。产成品出库单应一式三联，第一联为存

根联，由仓库留存，据以登记产成品实物账；第二联为记账联，交财务部作为登记产成品数量金额式明细账和计算产品销售成本的依据；第三联为回执联，交销售部留存。

对于产成品的发出，平时不结转销售成本。月末，按加权平均法计算确定销售成本，销售成本指已销售产品的生产成本。

11．各项税金和附加的计提依据和计提标准

各项税金和附加的计提基数和计提标准如表 2.5 所示。

表 2.5　各项税金和附加的计提基数和计提标准

项　目	计 提 基 数	税率（%）
增值税	本月销售收入	17
城市维护建设税	本月交纳的增值税/营业税额	7
教育费附加	本月交纳的增值税/营业税额	3
地方教育费附加	本月交纳的增值税/营业税额	1
企业所得税	应纳税所得额	25
个人所得税	根据职工个人薪金所得，按九级超额累进税率代扣代缴	
印花税	根据不同税目适用相应税率	

12．长期股权投资的核算方法

（1）自 2002 年开始，安徽惠源有限责任公司持有恒顺印务有限责任公司 25%的有表决权的资本，对恒顺印务有限责任公司的财务和经营政策有重大影响。按《企业会计准则》规定，该股权投资采用权益法进行核算。

（2）自 2003 年开始，安徽惠源有限责任公司持有永泰食品厂 10%的有表决权的资本，对永泰食品厂的财务和经营政策均无重大影响，该投资在活跃市场中没有报价，公允价值不能可靠计量。按《企业会计准则》规定，该股权投资采用成本法进行核算。

13．外币业务的核算方法

安徽惠源有限责任公司以人民币为记账本位币，对外币业务的记账方法为外币统账制。发生外币业务时，采用交易日的即期汇率，将外币金额折算为记账本位币。期末，将所有外币货币性项目金额，按照期末即期汇率折算为记账本位币金额，并与原记账本位币金额相比较，其差额确认为汇兑损益。

14．增值税的核算方法

安徽惠源有限责任公司为增值税一般纳税人，适用税率为 17%。购入原材料、低值易耗品、机器设备等固定资产交纳的增值税作为进项税抵扣，支付的电力费用、水费可分别根据取得的增值税专用发票按 17%、13%的税率进行抵扣，支付的运输费可按 7%的税率计算进项税进行抵扣。

15．所得税的核算方法

所得税的核算采用资产负债表债务法。

按《中华人民共和国企业所得税法》规定，企业所得税按年计算，分月或者分季度预缴，年终汇算清缴。安徽惠源有限责任公司适用 25%的企业所得税税率。12 月末对当年利润总额按税法规定进行调整，计算确定应纳税所得额、应交企业所得税和所得税费用、递延所得税资产及递延所得税负债。

16．借款费用的核算方法

安徽惠源有限责任公司因一车间扩建工程向中国建设银行和中国光大银行借入专项长期借款，两项专门借款发生的利息等借款费用，符合会计准则规定的借款费用确认原则和借款费用资本化的条件，本期专项长期借款发生的利息费用应予以资本化。

17．公允价值的应用

安徽惠源有限责任公司对交易性金融资产和投资性房地产采用公允价值模式进行计量，期末，公允价值和账面价值之间的差额作为公允价值变动损益处理。

第3章 建账资料

3.1 总账和明细账的期初余额

总账和明细账的期初余额如表 3.1 至表 3.6 所示。

表 3.1 总账和明细账的期初余额表

2010 年 12 月总账和明细账期初余额 　　　　　　　　　单位：元

一级科目	二级科目	明细科目	借方余额	贷方余额	账页格式
库存现金			2 150.00		三栏式
银行存款			3 397 220.50		三栏式
		光大银行	2 743 216.78		三栏式日记账
		建设银行	654 003.72		三栏式日记账
其他货币资金			160 000.00		三栏式
		外埠存款	50 000.00		三栏式
		信用卡存款	110 000.00		三栏式
交易性金融资产			120 000.00		三栏式
	股票投资	成本	110 000.00		三栏式
		公允价值变动	10 000.00		三栏式
应收票据			234 000.00		三栏式
	商业承兑汇票	南京三花公司	175 500.00		三栏式
	银行承兑汇票	芜湖惠普公司	58 500.00		三栏式
应收账款			672 250.00		三栏式
		蚌埠智能公司	58 500.00		三栏式
		合肥华普公司	87 250.00		三栏式
		安庆东方电子公司	234 000.00		三栏式
		上海家华公司	58 500.00		三栏式
		湖北安天机械厂	234 000.00		三栏式
其他应收款			5 500.00		三栏式
		销售部备用金	2 000.00		三栏式
		采购部陈新	2 000.00		三栏式
		人力资源部闻玉	1 500.00		三栏式
坏账准备				10 000.00	三栏式
预付账款			20 000.00		三栏式
		南京志邦公司	20 000.00		三栏式
在途物资			80 000.00		三栏式
	主要材料	高频器	80 000.00		横线登记式

一级科目	二级科目	明细科目	借方余额	贷方余额	账页格式
原材料			406 960.00		三栏式
	原料及主要材料	详细资料见表3.2	363 160.00		数量金额式
	辅助材料	详细资料见表3.3	43 800.00		数量金额式
周转材料			35 200.00		三栏式
	生产用低值易耗品	详细资料见表3.4	35 200.00		数量金额式
	办公用低值易耗品		0.00		数量金额式
委托加工物资			4 600.00		三栏式
		铜丝（100千克）	4 600.00		数量金额式
自制半成品			228 100.00		三栏式
		CPU等（详细资料见表3.5）	228 100.00		数量金额式
库存商品			955 000.00		三栏式
		接收机等（详细资料见表3.6）	955 000.00		数量金额式
存货跌价准备				0.00	三栏式
生产成本			427 684.90		三栏式
	基本生产成本	CPU（详细资料见表3.8）	50 324.30		多栏式
		中频处理器（详细资料见表3.8）	55 003.28		多栏式
		耦合器（详细资料见表3.8）	38 487.70		多栏式
		放大模块（详细资料见表3.8）	48 109.62		多栏式
		接收机（详细资料见表3.8）	153 255.00		多栏式
		混合器（详细资料见表3.8）	82 505.00		多栏式
	辅助生产成本	机修车间（详细资料见表3.9）	0.00		多栏式
制造费用			0.00		三栏式
	一车间等	详细资料见表3.10	0.00		多栏式
长期股权投资			525 000.00		三栏式
	恒顺印务公司	成本	450 000.00		三栏式
		损益调整	25 000.00		三栏式
	永泰食品厂	成本	50 000.00		三栏式
在建工程			815 000.00		三栏式
		一车间扩建工程	815 000.00		三栏式
固定资产			18 265 000.00		三栏式
	房屋、建筑物		5 320 000.00		三栏式
	机器设备		6 376 000.00		三栏式
	电子设备		2 873 000.00		三栏式
	管理设备		1 225 600.00		三栏式
	运输工具		965 400.00		三栏式

续表

一级科目	二级科目	明细科目	借方余额	贷方余额	账页格式
	非生产设备		1 505 000.00		三栏式
累计折旧				3 739 750.00	三栏式
固定资产减值准备				0.00	三栏式
投资性房地产			500 000.00		三栏式
	商用房	成本	500 000.00		三栏式
		公允价值变动	0.00		三栏式
长期待摊费用			581 949.20		三栏式
		经营租入固定资产改良支出	581 949.20		三栏式
无形资产			492 000.00		三栏式
		非专利技术	492 000.00		三栏式
		专利技术	0.00		三栏式
累计摊销				287 000.00	三栏式
无形资产减值准备				0.00	三栏式
研发支出			62 000.00		三栏式
	资本化支出		62 000.00		三栏式
递延所得税资产			0.00		三栏式
资产总计			23 952 864.60		三栏式
短期借款				200 000.00	三栏式
		光大银行		200 000.00	三栏式
应付票据				409 500.00	三栏式
	商业承兑汇票	芜湖通用机械厂		175 500.00	三栏式
	银行承兑汇票	马鞍山钢铁公司		234 000.00	三栏式
应付账款				1 135 270.00	三栏式
		上海宝申有限公司		325 640.00	三栏式
		马鞍山钢铁公司		578 520.00	三栏式
		南京合力有限责任公司		231 110.00	三栏式
预收账款				10 000.00	三栏式
		南京嘉乐公司		10 000.00	三栏式
应付职工薪酬				265 688.12	三栏式
	工资			0.00	三栏式
	职工福利			137 978.50	三栏式
	非货币性福利			20 475.00	三栏式
	辞退福利			0.00	三栏式
	社会保险			47 079.33	三栏式
		养老保险		32 204.10	三栏式

续表

一级科目	二级科目	明细科目	借方余额	贷方余额	账页格式
		失业保险		3 067.06	三栏式
		医疗保险		9 201.17	三栏式
		工伤保险		1 533.53	三栏式
		生育保险		1 073.47	三栏式
	住房公积金			15 335.29	三栏式
	工会经费			28 857.00	三栏式
	职工教育经费			15 963.00	三栏式
应付股利				0.00	三栏式
应交税费				140 681.50	三栏式
	应交增值税	进项税额			多栏式
		已交税金			多栏式
		转出未交增值税			多栏式
		销项税额			多栏式
		进项税额转出			多栏式
		转出多交增值税			多栏式
	未交增值税			123 450.00	三栏式
	应交城建税			8 641.50	三栏式
	应交企业所得税			0.00	三栏式
	应交个人所得税			3 652.00	三栏式
	教育费附加			3 703.50	三栏式
	地方教育费附加			1 234.50	三栏式
其他应付款				30 670.57	三栏式
	社会保险			15 335.29	三栏式
		养老保险		10 734.70	三栏式
		失业保险		1 533.53	三栏式
		医疗保险		3 067.06	三栏式
	住房公积金			15 335.28	三栏式
应付利息				1 666.66	三栏式
	借款利息	光大银行		1 666.66	三栏式
预计负债				10 000.00	三栏式
	产品质量保证			10 000.00	三栏式
	弃置费用			0.00	三栏式
长期借款				800 000.00	三栏式
		光大银行		300 000.00	三栏式
		建设银行		500 000.00	三栏式

一级科目	二级科目	明细科目	借方余额	贷方余额	账页格式
递延所得税负债				0.00	三栏式
负债合计				3 003 476.85	
实收资本				15 500 000.00	三栏式
	国家资本金			10 500 000.00	三栏式
	法人资本金			5 000 000.00	三栏式
资本公积				550 000.00	三栏式
	资本溢价			250 000.00	三栏式
	其他资本公积			300 000.00	三栏式
盈余公积				865 329.00	三栏式
	法定盈余公积			865 329.00	三栏式
本年利润				1 955 478.15	三栏式
		主营业务收入等		1 955 478.15	多栏式
利润分配				2 078 580.60	三栏式
	未分配利润			2 078 580.60	多栏式
所有者权益合计				20 949 387.75	
负债和所有者权益合计				23 952 864.60	

表 3.2 原材料明细账余额表

2010 年 12 月原材料明细账期初余额　　　　　单位：元

二级科目	明细科目	数　量	计量单位	单　价	借方余额	账页格式
原料及主要材料	1#芯片	80	百片	200	16 000	数量金额式
	2#芯片	135	百片	180	24 300	数量金额式
	3#芯片	112	百片	300	33 600	数量金额式
	4#芯片	150	百片	205	30 750	数量金额式
	5#芯片	135	百片	196	26 460	数量金额式
	6#芯片	125	百片	190	23 750	数量金额式
	高频器	80	件	200	16 000	数量金额式
	电感器	200	件	65	13 000	数量金额式
	电阻器	500	件	56	28 000	数量金额式
	机箱	1 630	件	70	114 100	数量金额式
	线路板	1 240	件	30	37 200	数量金额式
合　　计					363 160	

表 3.3　辅助材料明细账余额表

2010 年 12 月辅助材料明细账期初余额　　　　单位：元

二级科目	明细科目	数　量	计量单位	单　价	借方余额	账页格式
辅助材料	铜丝	350	千克	56	19 600	数量金额式
	电焊条	280	只	15	4 200	数量金额式
	钢材	2 000	千克	10	20 000	数量金额式
合　计					43 800	

表 3.4　周转材料明细账余额表

2010 年 12 月周转材料明细账期初余额　　　　单位：元

一级科目	明细科目	数　量	计量单位	单　价	借方余额	账页格式
低值易耗品	生产工具 1#	80	只	215	17 200	数量金额式
	生产工具 2#	30	只	260	7 800	数量金额式
	修理工具 1#	42	只	150	6 300	数量金额式
	修理工具 2#	20	只	195	3 900	数量金额式
合　计					35 200	

表 3.5　自制半成品明细账余额表

2010 年 12 月自制半成品明细账期初余额　　　　单位：元

一级科目	明细科目	数　量	计量单位	单　价	借方余额	账页格式
自制半成品	CPU	280	件	238	66 640	数量金额式
	中频处理器	280	件	232	64 960	数量金额式
	耦合器	253	件	200	50 600	数量金额式
	放大模块	255	件	180	45 900	数量金额式
合　计					228 100	

表 3.6　月初库存商品明细表

2010 年 12 月库存商品明细账期初余额　　　　单位：元

明细科目	数　量	计量单位	单　价	借方余额	账页格式
接收机	750	台	806.62	604 965	数量金额式
混合器	730	台	479.50	350 035	数量金额式
合　计				955 000	

3.2　成本费用明细项目

管理费用、销售费用、财务费用、基本生产成本、辅助生产成本、制造费用的明细项目如表 3.7 至表 3.10 所示。

表 3.7　管理费用、销售费用、财务费用的明细项目表

管理费用明细项目	销售费用明细项目	财务费用明细项目
工资福利费	工资福利费	手续费
办公费	办公费	利息支出
折旧费	折旧费	汇兑损益
交通费	交通差旅费	
业务招待费	广告宣传费	
水电费	水电费	
车辆费	业务费	
税费	运输费	
聘请中介机构费	展销费	
社会保险	产品质量保证	
住房公积金	社会保险	
职工教育经费	住房公积金	
工会经费	职工教育经费	
财产保险费	工会经费	
差旅费		
其他		

表 3.8　基本生产成本明细账期初余额表

2010 年 12 月生产成本明细账期初余额　　　　　　　　　单位：元

车　间	产品名称	自制半成品	直接材料费	直接人工费	燃料动力	制造费用	合　计
一车间	CPU		30 902.08	5 812.83	1 481.78	12 127.61	50 324.30
	中频处理器		33 775.25	6 353.29	1 619.55	13 255.19	55 003.28
二车间	耦合器		21 884.42	5 064.11	1 405.67	10 133.50	38 487.70
	放大模块		21 652.84	8 069.50	2 239.88	16 147.40	48 109.62
装配车间	接收机	79 980.00	52 374.79	13 563.00	1 020.00	6 317.21	153 255.00
	混合器	61 878.75	10 931.25	5 012.50	1 300.20	3 382.30	82 505.00

表 3.9　辅助生产成本明细项目表　　　　　　　　　单位：元

项　目	材料费	工资福利费	折旧费	燃料动力	办公费	其　他

表 3.10　制造费用明细项目表　　　　　　　　　单位：元

项　目	材料费	工资福利费	折旧费	修理费	办公费	其　他

第4章　企业经济业务与原始凭证

4.1　企业经济业务

安徽惠源有限责任公司 2010 年 12 月份发生如下经济业务。

（1）1 日，采购部陈新报销差旅费 1 552.00 元，退回现金 448.00 元，相关单证如图 4.1 和图 4.2 所示（交通费发票等原始凭证略）。

（2）1 日，向合肥华普公司销售混合器 100 台，不含税单价 1 000 元，收到转账支票一张，金额 117 000.00 元，如图 4.3 所示，存入中国光大银行。

要求：

① 填制产成品出库单（见图 5.70）。

② 填制增值税专用发票（见图 5.62）。

③ 填制银行进账单（见图 5.46）。（合肥华普公司税务登记号：34010100001267；地址：合肥市寿春路 5223 号；电话：(0551) 33665522；开户银行：中国工商银行淮河支行；账号：3401031100216。）

（3）2 日，办公室报销交通费 350.00 元，报销业务招待费 2 100.00 元，出纳以现金付讫，相关单证如图 4.4 和图 4.5 所示（交通费发票略）。

（4）2 日，接中国光大银行通知，安庆东方电子公司偿还前欠货款 234 000.00 元，相关单证如图 4.6 所示。

（5）3 日，签发现金支票一张，自中国光大银行提取现金 12 000.00 元备用。

要求：签发现金支票（见图 5.1）。

（6）3 日，签发转账支票一张，金额 86 580.00 元，通过中国光大银行向合肥锦湘元件器材厂支付货款。购入 1#芯片 200 百片，价格 190 元/百片；2#芯片 200 百片，价格 180 元/百片；另以现金支付运输费 7 956.99 元。原材料已验收入库，相关单证如图 4.7 至图 4.11 所示。

要求：

① 签发转账支票（见图 5.8）。

② 填制银行进账单（见图 5.31）。

③ 填制原材料入库单（见图 5.53）。

（7）3 日，财务部陈慧、李国忠报销会计人员后续教育培训费 800.00 元，出纳以现金付讫，相关单证如图 4.12 和图 4.13 所示。

（8）4 日，签发转账支票一张，通过中国光大银行向安徽电视台支付广告费 30 000.00 元，相关单证如图 4.14 和图 4.15 所示。

要求：

① 签发转账支票（见图 5.9）。

② 填制银行进账单（见图 5.32）。

（9）5 日，交纳上月未交增值税 123 450.00 元、城市维护建设税 8 641.50 元、教育费附加 3 703.50 元、地方教育费附加 1 234.50 元、代扣职工个人所得税 3 652.00 元，收到各项税金及附加的税收缴款书（上月增值税进项税 198 521.80 元，已交税金 56 327.20 元，销项税金 377 264.00 元，进项税额转出 1 035.00 元，应税销售额 2 219 200.00 元），相关单证如图 4.16 至图 4.22 所示。

要求：填制地方税、增值税纳税申报表（见 5.14 节）。

（10）5 日，通过合肥安太证券公司以 107 000.00 元的价格购入 2008 年 12 月 5 日发行的三年期国债，该债券到期还本付息，债券年利率 6%，票面价值 100 000.00 元，另支付相关税费 500.00 元，款项已通过中国光大银行转账支付，相关单证如图 4.23 和图 4.24 所示。

要求：

① 签发转账支票（见图 5.10）。

② 填制银行进账单（见图 5.33）。

（11）5 日，接中国光大银行通知，向合肥电信公司支付上月电话费 5 035.00 元；其中：管理部门电话费 2 790.00 元，销售部电话费 987.00 元，一车间电话费 285.00 元，二车间电话费 351.00 元，装配车间电话费 365.00 元，机修车间电话费 257.00 元，相关单证如图 4.25 至图 4.27 所示。

（12）6 日，向中国光大银行申请银行汇票一张，票面金额 140 000.00 元，收款人为马鞍山电子器材公司，交采购部陈新采购高频器和线路板，相关单证如图 4.28 所示。

要求：填制银行汇票申请书（见图 4.29）。

（13）6 日，办公室报销劳动保护用品 1 650.00 元，发放给各部门；销售部报销市内交通费 253.00 元，财务部报销购买支票款 120.00 元，出纳以现金付讫，相关单证如图 4.30 至图 4.34 所示。

（14）6 日，预付合肥朝阳工具厂货款 5 000.00 元，订购生产工具 2#、修理工具 1#、2#，款项通过中国光大银行转账支付，相关单证如图 4.35 和图 4.36 所示。

要求：

① 签发转账支票（见图 5.11）。

② 填制银行进账单（见图 5.34）。

（15）6 日，向安徽至诚会计师事务所支付年度会计报表审计费 22 500.00 元，款项已通过中国光大银行转账支付，相关单证如图 4.37 和图 4.38 所示。

要求：

① 签发转账支票（见图 5.12）。

② 填制银行进账单（见图 5.35）。

（16）7 日，南京三花公司开具的无息商业承兑汇票到期，委托银行收款；已收到中国光大银行的收款通知，相关单证如图 4.39 所示。

（17）8 日，向马鞍山电子器材公司采购高频器 500 件，价格 200 元/件；线路板 500 件，价格 30 元/件；已运抵安徽惠源有限责任公司并办理验收入库手续，增值税发票注明价款 115 000.00 元，税款 19 550.00 元，价税合计 134 550.00 元；用本月 6 日办理的银行汇票结算，相关单证如图 4.40 和图 4.41 所示。

要求：填制原材料入库单（见图 5.54）。

（18）8 日，公司领导决定购买商品作为节日福利发放给职工，通过中国光大银行转账支付 20 475.00 元。相关单证如图 4.42 至图 4.44 所示。

要求：

① 签发转账支票（见图 5.13）。

② 填制银行进账单（见图 5.36）。

（19）9 日，按与中国人民财产保险公司合肥分公司签订的保险合同，通过中国建设银行转账支付财产保险费 24 800.00 元，相关单证如图 4.45 和图 4.46 所示。

要求：

① 签发转账支票（见图 5.24）。

② 填制银行进账单（见图 5.28）。

（20）9 日，生产技术部报销一车间扩建发包工程施工费 155 000.00 元，通过中国建设银行转账支付。相关单证如图 4.47 和图 4.48 所示。

要求：

① 签发转账支票（见图 5.25）。

② 填制银行进账单（见图 5.29）。

（21）9 日，向蚌埠智能公司销售混合器 200 台，不含税价格 1 000 元/台；接收机 200 台，不含税价格 1 600 元/台；价税合计金额 608 400.00 元，尚未收到货款。

要求：

① 填制产成品出库单（见图 5.71）。

② 填制增值税专用发票（见图 5.63）。（蚌埠智能公司税务登记号：34020100001135；地址：蚌埠市自忠路 523 号；电话：(0553) 33665522；开户银行：中国工商银行珠城支行；银行账号：3402011100216。）

（22）10 日，对库存存货进行盘点，1# 芯片盘亏 0.5 百片，价格 200 元/百片；3# 芯片盘亏 1 百片，价格 300 元/百片。相关单证如图 4.49 所示。

（23）10 日，向安庆东方电子公司销售接收机 150 台，不含税价格 1 600 元/台，金额 280 800.00 元，收到银行承兑汇票一张，票面金额 280 800.00 元，相关单证如图 4.50 和图 4.51 所示。

要求：

① 填制产成品出库单（见图 5.72）。

② 填制增值税专用发票（见图 5.64）。

（24）10 日，向南京合力有限责任公司采购的钢材、电焊条运抵仓库并办理验收入库手续，其中：钢材 1 000 千克，单价 10 元/千克；电焊条 300 只，单价 15 元/只；货款未付。相关单证如图 4.52 至图 4.54 所示。

（25）10 日，销售部王静报销运输费 3 000.00 元，款项已通过中国光大银行转账支付，相关单证如图 4.55 和图 4.56 所示。

要求：

① 签发转账支票（见图 5.14）。

② 填制银行进账单（见图 5.37）。

（26）11 日，通过中国光大银行向合肥市社会保险基金管理中心缴纳上月计提的养老保险 42 938.80 元、失业保险 4 600.59 元、医疗保险 12 268.23 元、工伤保险 1 533.53 元、生育保险 1 073.47 元；向合肥住房公积金管理中心缴纳住房公积金 30 670.57 元，款项已划转，相关单证如图 4.57 至图 4.63 所示。

要求：填制养老保险、失业保险、医疗保险、工伤保险、医疗保险缴费申报表（见 5.15 节）。

（27）11 日，湖北安天机械厂 2008 年因购买产品欠安徽惠源有限责任公司货款 234 000.00 元。由于湖北安天机械厂财务状况恶化，现金流量不足，不能按合同规定支付货款，双方达成协议，湖北安天机械厂支付安徽惠源有限责任公司货款 180 000.00 元，余款不再偿还。该项应收账款已计提坏账准备 10 000.00 元。湖北安天机械厂当日支付现金 180 000.00 元，相关单证如图 4.64 和图 4.65 所示。

（28）11 日，将现金 180 000.00 元存入中国光大银行。

要求：填制现金缴款单（见图 5.6）。

（29）12 日，根据"工资汇总表"，委托中国光大银行代发工资 173 307.60 元，相关单证如图 4.66 所示。

（30）12 日，根据"工资汇总表"，结转本月代扣款项。

（31）12 日，按规定比例计提 12 月份工会经费和职工教育经费，根据工时资料，在有关产品之间进行人工费用分配，相关单证如图 4.67 所示。

（32）12 日，按规定比例计提 12 月份养老保险、失业保险、医疗保险、工伤保险、生育保险和住房公积金，根据工时资料，在有关产品之间进行人工费用分配，相关单证如图 4.68 所示。

（33）13 日，生产技术部从仓库领用钢材 100 千克用于一车间扩建工程，钢材单位价格 10 元/千克，相关单证如图 4.69 所示。

（34）14 日，向合肥昌达元件厂销售接收机 150 台，不含税价格 1 600 元/台，收到商业承兑汇票一张，票面金额 280 800.00 元，相关单证如图 4.70 和图 4.71 所示。

要求：

① 填制产成品出库单（见图 5.73）。

② 填制增值税专用发票（见图 5.65）。（合肥昌达元件厂税务登记号：34010300001835；地址：合肥市梦龄路 852 号；电话：（0551）55665522；开户银行：中国工商银行相山支行；银行账号：3401011000821。）

（35）15 日，从中国光大银行提取 6 500.00 元现金备用。

要求：签发现金支票（见图 5.2）。

（36）15 日，本月 6 日向合肥朝阳工具厂订购生产工具 2# 50 件，单价 260 元；修理工具 1# 20 件，单价 150 元；修理工具 2# 30 件，单价 195 元；已验收入库，余款 20 564.50 元通过光大银行转账支付，相关单证如图 4.72 至图 4.75 所示。

要求：

① 签发转账支票（见图 5.15）。

② 填制银行进账单（见图 5.38）。

（37）15 日，从美国汤姆电子公司进口电子设备 1 台，价值 25 200.00 美元，通过光大银行支付进口关税、增值税等税费人民币 39 916.80 元，设备已交付装配车间使用。当日美元的市场汇率为 1 美元＝7.20 元人民币，货款尚未支付。相关单证如图 4.76 至图 4.78 所示（外币发票略）。

要求：

① 签发转账支票（见图 5.16）。

② 填制银行进账单（见图 5.39）。

（38）15 日，办公室报销组织先进工作者旅游费用 4 855.00 元，出纳以现金付讫，相关单证如图 4.79 和图 4.80 所示。

（39）15 日，向芜湖惠普公司销售混合器 150 台，不含税价格 1 000 元/台，；接收机 100 台，不含税价格 1 600 元/台；货款和增值税合计 362 700.00 元，对方尚未支付货款。

要求：

① 填制产成品出库单（见图 5.74）。

② 填制增值税专用发票（见图 5.66）。（芜湖惠普公司税务登记号：34030100003511；地址：芜湖市镜湖路 6852 号；电话：（0552）55667822；开户银行：中国建设银行中心支行；账号：3403011002116。）

（40）16 日，向合肥华普公司销售接收机 200 台，不含税价格 1 600 元/台，收到转账支票一张，票面金额 374 400.00 元，存入中国光大银行，相关单证如图 4.81 所示。

要求：

① 填制产成品出库单（见图 5.75）。

② 填制增值税专用发票（见图 5.67）。

③ 填制银行进账单（见图 5.47）。

（41）16 日，按与南京嘉乐公司签订的销售混合器合同如期发货，对方未履行验货付款义务，将货物退回。根据合同规定，预收南京嘉乐公司的定金不再返还，相关单证如图 4.82 所示。

（42）16 日，通过中国建设银行转账支付公交旅游公司班车租赁费 5 300.00 元，相关单证如图 4.83 和图 4.84 所示。

要求：

① 签发转账支票（见图 5.26）。

② 填制银行进账单（见图 5.30）。

（43）17 日，向南京合力有限责任公司采购电感器 800 件，价格 65 元/件；电阻器 500 件，价格 56 元/件；另支付对方代垫的运输费 1 720.43 元，保险费 800.00 元，全部款项已通过中国建设银行办理电汇手续，电感器、电阻器已运抵仓库，办理验收入库手续。相关单证如图 4.85 至图 4.88 所示。

要求：

① 填制银行电汇凭证（见图 5.48）。

② 填制原材料入库单（见图 5.55）。

（44）18 日，通过中国建设银行向上海宝申有限责任公司电汇货款 101 848.50 元，其中：3#芯片 100 百片，价格 300 元/百片；4#芯片 100 百片，价格 205 元/百片；5#芯片 90 百片，价格 195 元/百片；6#芯片 100 百片，价格 190 元/百片；上述芯片已运抵仓库并办理验收入库手续，相关单证如图 4.89 至图 4.91 所示。

要求：

① 填制原材料入库单（见图 5.56）。

② 填制银行电汇凭证（见图 5.49）。

（45）18 日，经董事会研究决定，拟辞退职工 10 人，对自愿接受裁减建议的职工，补偿金额共计 100 000.00 元，相关单证如图 4.92 所示。

（46）18 日，接到银行的付款通知，向合肥电力公司支付生产经营电费 35 267.50 元，其中：管理部门电费 1 585.46 元，销售部电费 741.02 元，一车间电费 6 996.14 元，二车间电费 8 172.38 元，装配车间电费 5 384.61 元，机修车间电费 7 263.49 元，按生产工时比例将电费分配计入各受益产品成本，相关单证如图 4.93 至图 4.96 所示。

（47）19 日，销售部报销下列费用：11 月份业务费 1 936 元，办公用品费 600 元，出纳以现金付讫；合肥会展中心展销费 15 000 元，通过中国光大银行转账支付，相关单证如图 4.97 至图 4.101 所示。

要求：

① 签发转账支票（见图 5.17）。

② 填制银行进账单（见图 5.40）。

（48）19 日，自中国光大银行提取现金 5 000.00 元备用。

要求：签发现金支票（见图 5.3）。

（49）上月采购的高频器 400 件已运抵仓库，办理验收入库手续。

要求：填制原材料入库单（见图 5.57）。

（50）19 日，办公室王芳借支差旅费 2 000.00 元，出纳以现金付讫，相关单证如图 4.102 所示。

（51）20 日，办公室自合肥家具公司购买办公桌椅 5 套（低值易耗品），价格每套 800 元，通过中国光大银行转账支付，相关单证如图 4.103 至图 4.105 所示。

要求：

① 签发转账支票（见图 5.18）。

② 填制银行进账单（见图 5.41）。

（52）20 日，向上海家华公司销售混合器 200 台，不含税价格 1 000 元/台，货款和增值税合计 234 000.00 元，采用托收承付方式收款，已办理托收手续。（上海家华公司营业地址：上海虹口区宝山路 108 号；电话：（021）34222222；税务登记号码：210310000012567；开户银行：中国工商银行淮海支行；银行账号：02031100216；购销合同号码 S08-1201256。）

要求：

① 填制产成品出库单（见图 5.76）。

② 填制增值税专用发票（见图 5.68）。

③ 填制银行托收承付凭证（见图 5.51）。

（53）20 日，二车间一台机器因生产技术落后需要淘汰，经批准报废。该设备已使用 10 年，账面原值 240 000.00 元，已提折旧 194 000.00 元；清理过程中支付拆卸费、搬运费等 2 000.00 元，销售给物资回收公司收入 10 000.00 元，相关单证如图 4.106 至图 4.110 所示。

（54）21 日，经批准结转上述固定资产清理净损益。

（55）21 日，接到银行的付款通知，向合肥自来水公司支付生产经营水费 16 527.50 元；其中：管理部门水费 1 110.61 元，销售部水费 607.95 元，一车间水费 3 111.06 元，二车间水费 2 966.11 元，装配车间水费 4 070.80 元，机修车间水费 2 759.55 元；按生产工时比例将水费分配计入各受益产品成本，相关单证如图 4.111 至图 4.114 所示。

（56）21 日，向南京三花公司销售混合器 130 台，不含税价格 1 000 元/台，货款和增值税合计 152 100.00 元，对方尚未支付货款。

要求：

① 填制产成品出库单（见图 5.77）。

② 填制增值税专用发票（见图 5.69）。（南京三花公司地址：南京市钟山路 7108 号；电话：(025) 34222222；税务登记号：2030000012567；开户银行：中国工商银行淮海支行；银行账号：02431100216。）

（57）22 日，办公室王芳报销差旅费 2 365.00 元，出纳补付现金 365.00 元，相关单证如图 4.115 所示（交通费、住宿费发票等原始凭证略）。

（58）22 日，接中国光大银行付款通知，已从基本存款账户划转本季度应付短期借款利息 2 500 元，前两个月已预提 1 666.66 元。该项借款用于日常周转，相关单证如图 4.116 所示。

（59）22 日，接银行付款通知，支付中国光大银行手续费 255.50 元，支付中国建设银行手续费 31.50 元，相关单证如图 4.117 和图 4.118 所示（银行手续费应按笔支付，为减少凭证数量，本教材按汇总支付处理）。

（60）23 日，上月销售给蚌埠智能有限责任公司的混合器 100 台，货款未付；其中 5 台存在质量问题，经协商同意对方退货，不含增值税价格 1 000 元/台。由对方向主管税务机关申请取得"开具红字增值税专用发票通知单"，安徽惠源有限责任公司根据"开具红字增值税专用发票通知单"开具红字增值税专用发票，发票联和抵扣联交蚌埠智能有限责任公司，相关单证如图 4.119 至图 4.121 所示。

（61）23 日，安徽惠源有限责任公司用一辆桑塔纳 2000 型小汽车与长河电脑公司交换 20 台联想启天 4000 电脑；桑塔纳小车的账面原值为 120 000.00 元，在交换日已提折旧 24 000.00 元，公允价值为 85 000.00 元；联想启天电脑的单位价值为 4 600.00 元，在交换日的公允价值为 85 000.00 元，此项交易具有商业性质。相关单证如图 4.122 和图 4.123 所示。

（62）23 日，办公室报销汽油费 2 100.00 元，过路费 365.00 元，出纳以现金付讫，相关单证如图 4.124 至图 4.126 所示。

（63）24 日，自中国光大银行提取现金 4 000.00 元备用。

要求：签发现金支票（见图 5.4）。

（64）24 日，购买本月印花税票 652.50 元，通过中国光大银行转账支付，相关单证如图 4.127 和图 4.128 所示。

要求：

① 签发转账支票（见图 5.19）。

② 填制银行进账单（见图 5.42）。

（65）24 日，收到银行收款通知，一季度中国光大银行存款利息 1 157.32 元，中国建设银行存款利息 356.28 元，相关单证如图 4.129 和图 4.130 所示。

（66）24 日，发放职工困难补助 1 200.00 元，出纳以现金付讫，相关单证如图 4.131 所示。

（67）25 日，销售部王胜利报销差旅费 1 895.00 元，出纳以现金付讫，相关单证如图 4.132 所示（交通费、住宿费发票等原始凭证略）。

（68）25 日，通过中国光大银行支付税务局代征的工会经费 1 100.00 元，相关单证如图 4.133 所示。

（69）26 日，1#芯片、3#芯片盘亏经查明系定额内损耗，经批准同意作为管理费用；附件如图 4.134 所示。

（70）26 日，办公室报销邮寄费 1 505.00 元，出纳以现金付讫，相关单证如图 4.135 和图 4.136 所示。

（71）27 日，前欠马鞍山钢铁公司货款到期，通过中国光大银行支付 300 000.00 元，余额 278 520.00 元通过签发一张期限 3 个月的银行承兑汇票支付，相关单证如图 4.137 至图 4.139 所示。

（72）28 日，收到中国光大银行通知，采购高频器和线路板的银行汇票多余款已划回收账，相关单证如图 4.140 所示。

（73）28 日，通过中国光大银行向安徽省希望工程办公室汇款 20 000.00 元，相关单证如图 4.141 和图 4.142 所示。

要求：
① 签发转账支票（见图 5.20）。
② 填制银行进账单（见图 5.43）。

（74）29 日，通过光大银行支付铜丝加工费用 1 170.00 元，铜丝加工完毕收回。相关单证如图 4.143 至图 4.145 所示。

要求：
① 填制原材料入库单（见图 5.58）。
② 签发转账支票（见图 5.21）。
③ 填制银行进账单（见图 5.44）。

（75）29 日，发现一台应于 2009 年 1 月 1 日开始计提折旧的管理用固定资产，在 2008 年 12 月计入管理费用，该设备的原始价值 9 000.00 元，预计使用寿命 6 年，无净残值，采用年限平均法计提折旧。采用未来适用法更正该前期差错。

（76）29 日，通过光大银行转账支付 CPU 升级新技术开发阶段费用 58 000.00 元，相关单证如图 4.146 至图 4.148 所示。

要求：签发转账支票（见图 5.22）。

（77）30 日，收到四季度长期借款利息付款通知，计 16 000.00 元（年利率 8%），两项借款均用于一车间扩建工程，相关单证如图 4.149 至图 4.151 所示。

（78）30 日，收到广利商贸公司交来的第四季度房屋租赁费 25 000.00 元，营业税税率 5%，房产税税率 12%，相关单证如图 4.152 至图 4.154 所示。

要求：填制营业税、房产税计算表（营业税、房产税计算表如图 4.154 所示）。

（79）31 日，通过光大银行转账购入含有害物质的质检仪器一台，价税合计 175 500.00 元，预计使用期限 6 年，报废时需支付特殊处理费用 20 000.00 元（折现率 8%，折现系数 0.705）。相关单证如图 4.155 至图 4.158 所示。

要求：
① 签发转账支票（见图 5.23）。
② 填制银行进账单（见图 5.45）。

（80）31日，安徽惠源有限责任公司对已销售产品实行产品质量保证，2010年第四季度销售接收机2 000台，单价1 600元/台；混合器1 650台，单价1 000元/台；根据以往经验，发生的保修费为销售额的1%～1.5%。

（81）31日，CPU升级新技术研制成功，已获得发明专利，通过光大银行转账支付注册费、律师费共计25 000.00元。此项专利作为无形资产核算，按10年摊销。相关单证如图4.159至图4.166所示。

（82）31日，一车间扩建工程完工，已办理竣工移交手续，交付一车间使用，余款150 000.00元通过建设银行支付。相关单证如图4.167至图4.170所示。

要求：签发转账支票（见图5.27）。

（83）31日，接受投资单位本年度经营成果和利润分配情况如下：

恒顺印务有限责任公司本年度实现净利润427 310.00元，宣布向投资者分配现金股利200 000.00元，安徽惠源有限责任公司出资比例为25%，该股权投资采用权益法核算。

永泰食品厂宣布向投资者分配本年度实现的净利润50 000.00元，安徽惠源有限责任公司的出资比例为10%。该股权投资采用成本法核算（假设无清算性股利）。以上两企业均适用25%的所得税税率。相关单证如图4.171所示。

（84）31日，根据"工资汇总表"进行工资费用的分配；同时根据工时资料，在有关产品之间进行工资费用分配，相关单证如图4.172所示。

（85）31日，按工资总额的14%预提职工福利费，并进行职工福利费的分配；同时根据工时资料，在有关产品之间分配职工福利费，相关单证如图4.173和图4.174所示。

（86）31日，中国人民银行公布的外汇市场即期汇率为1美元＝7.22元人民币，计算汇兑损益。

要求：填制汇兑损益计算表，相关单证如图4.175所示。

（87）31日，计提12月份固定资产折旧，相关单证如图4.176所示。

（88）31日，按应收款项余额的5‰计提坏账准备。

要求：填制坏账准备计算表，相关单证如图4.177所示。

（89）31日，根据证券交易所公布的股票价格信息，安徽惠源有限责任公司持有的交易性金融资产——股票投资的市场价值为125 000.00元。

要求：填制交易性金融资产公允价值变动计算表，相关单证如图4.178所示。

（90）31日，采用成本和可变现净值孰低法对期末存货进行计量，按存货类别计提存货跌价准备，当期发生的存货减值为10 000.00元。

（91）31日，对投资性房地产进行评估，其公允价值为530 000.00元。

（92）31日，摊销无形资产价值5 308.33元，相关单证如图4.179所示。

（93）31日，对固定资产进行减值测试，发现固定资产发生减值，确认的减值损失为25 000.00元，计提固定资产减值准备。

（94）31日，根据本月原材料领料单、退料单，汇总本月原材料、周转材料耗用情况，在各部门、各产品之间进行原材料、周转材料费用的分配，相关单证如图4.180至图4.195所示。

要求：编制材料发出汇总表（见图5.78）。

（95）31日，因技术进步原因，安徽惠源有限责任公司持有的非专利技术贬值，计提无形资产减值准备10 000.00元，相关单证如图4.196所示。

（96）31 日，摊销长期待摊费用 6 927.97 元，相关单证如图 4.197 所示。

（97）31 日，分配 12 月份辅助生产成本。

要求：填制辅助生产成本分配表（辅助生产成本分配表如图 4.198 所示）。

（98）31 日，分配各车间 12 月份制造费用。

要求：填制制造费用分配表（制造费用分配表如图 4.199 至图 4.201 所示）。

（99）31 日，结转 12 月份完工自制半成品成本。

要求：

① 填制 CPU、中频处理器、耦合器、放大模块等产品成本计算单，如图 4.202 至图 4.205 所示。

② 填制自制半成品入库单（见图 5.59 和图 5.60）。

（100）31 日，根据本月自制半成品领料单汇总本月自制半成品耗用情况；在有关产品之间进行自制半成品费用的分配，相关单证如图 4.206 至图 4.209 所示。

要求：编制自制半成品发出汇总表（见图 5.79）。

（101）31 日，结转 12 月份完工产成品成本。

要求：

① 填制接收机、混合器等产品成本计算单，如图 4.210 和图 4.211 所示。

② 填制产成品入库单（见图 5.61）。

（102）31 日，计算结转 12 月份产品销售成本。

要求：填制接收机、混合器的销售成本计算单，相关单证如图 4.212 所示。

（103）31 日，计算 12 月份应交增值税，结转至"应交税金——未交增值税"账户。

要求：填制应交增值税计算单，相关单证如图 4.213 所示。

（104）31 日，计提 12 月份城市维护建设税以及教育费附加和地方教育费附加。

要求：填制应交城市维护建设税、教育费附加和地方教育费附加计算单，相关单证如图 4.214 所示。

（105）31 日，结转 12 月份损益类账户。相关单证如图 4.215 所示。

（106）31 日，限于资料，假定以本月税前利润进行企业所得税纳税调整。该公司递延所得税资产和递延所得税负债均无期初余额，假定本年度与所得税核算有关的暂时性差异为 12 月发生的以下事项：计提的除坏账准备以外的其他资产减值损失、交易性金融资产和投资性房地产公允价值变动、无形资产开发支出、提取的产品质量保证费用。该企业预计将来能够产生足够的应纳税所得额来抵扣可抵扣暂时性差异（企业所得税年度纳税申报表见 5.13 节）。

（107）31 日，结转"所得税费用"账户。

（108）31 日，董事会做出决议，按本年净利润的 10%提取法定盈余公积，按可分配利润的 40%向股东分配利润，款项尚未支付。

要求：填制法定盈余公积和应付利润计算表。相关单证如图 4.216 所示。

（109）将"本年利润"账户余额结转至"利润分配——未分配利润"账户。

（110）将"利润分配"账户其他明细账户的余额转入"未分配利润"明细账户。

4.2　记录企业经济业务的原始凭证

差旅费报销单

部门：　　　采购部　　　　　　　　　　　　　　　　　　　　　　　　2010年12月1日

出差人				陈新				出差事由			采购材料	
出		发		到		达		交通	交通	出差补贴	其他费用	
月	日	时	地点	月	日	时	地点	工具	费	天数	金额	项目	金额
11	25		合肥	11	25		上海	火车	158	3	60	市内交通费	102
11	28		上海	11	28		合肥	火车	158			住宿费	600
												邮电费	
												办公用品费	
												其他	474
合　　　计									316		60		1 176
报销总额		人民币（大写）壹仟伍佰伍拾贰元整						预借旅费	￥2 000.00		补领金额	￥
											退还金额	￥448.00

领导签字：　　　景方园　　　财务审核：唐志诚　　　出纳：杨瑶霞　　　领款人：陈新

图4.1　业务1单证（一）

收　　　据

入账日期：2010年12月1日

				第三联
交款单位：　陈新		收款方式：　现金		记
人民币（大写）肆佰肆拾捌元整		￥：　448.00		账
收款事由：　退还备用金				
		2010年12月1日		

单位盖章　　　财务负责人：唐志诚　　　　　　　出纳：杨瑶霞

图4.2　业务1单证（二）

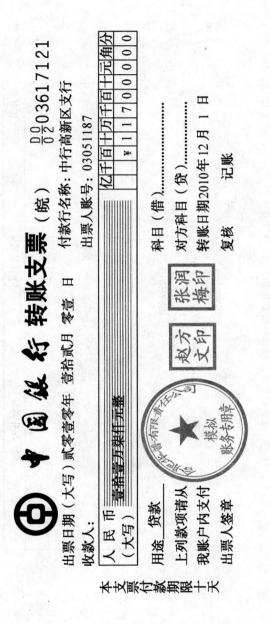

图 4.3 (a)　业务 2 银行转账支票（正面）

被背书人	被背书人	被背书人
背书人 年 月 日	背书人 年 月 日	背书人 年 月 日

图 4.3（b） 业务 2 银行转账支票（背面）

单据报销封面

编号：

开支项目 交通费、招待费　　　　附单据张数　　2　　附件张数　　

共报销人民币（大写）贰仟肆佰伍拾元整　　　现金付讫　　　　￥2 450.00

报销人部门：办公室	签名：王芳	日期：2010 年 12 月 2 日
负责人审批意见：同意报销。	财务审核意见：同意报销。	部门意见：属实。	说　明 1. 办理业务交通费 350 元； 2. 招待有关部门餐费 2 100 元。
景方园 2010 年 12 月 2 日	唐志诚 2010 年 12 月 2 日	黄奇 2010 年 12 月 2 日	王芳 2010 年 12 月 2 日

图 4.4　业务 3 单证（一）

合肥市服务业统一发票

合肥市地税局　　　　　　　　　　　　　　　（10）合地税 0114632

客户单位：安徽惠源有限责任公司　2010 年 12 月 1 日　　　No.1234567

项　　　目	单位	数　量	单　价	金　额	备　注
餐费				2 100.00	
合计				2 100.00	

合计金额：人民币（大写）贰仟壹佰元整

收款单位（盖章）　　　　　　开票人　　吴晔

第二联　发票联

图 4.5　业务 3 单证（二）

中国光大银行电汇凭证（收款通知）

委托日期 2010 年 12 月 2 日　　　　　　　　　　第　号

付款人	全称	安庆东方电子公司	收款人	全称	安徽惠源有限责任公司		
	账号或住址	安庆迎江区长江路 340105000022222		账号或住址	合肥蜀山区泰和路 23010001		
	汇出地点	安徽省安庆市（县）		汇出行名称	工行迎江分理处	地点	安徽省合肥市（县）	汇入行名称	建行省分行营业部
金额	人民币（大写）贰拾叁万肆仟元整				￥234 000.00		

收款用途：　货款

汇出行盖章

单位主管　　　会计　　　　复核　　　记账　　　　2010 年 12 月 2 日

图 4.6　业务 4 单证

付款通知书

2010 年 12 月 3 日

部　门	采购部	经办人	陈新
款项用途	采购材料	付款日期	2010 年 12 月 3 日
付款金额	小写　86 580.00	大写	人民币捌万陆仟伍佰捌拾元整
收款人名称		合肥锦湘元件器材厂	
开户行	商行包河办事处	账号	31002222
财务负责人	唐志诚	公司负责人	景方园

图 4.7　业务 6 单证（一）

安徽增值税专用发票

发票联

No.63001228

3400064336

开票日期：2010 年 12 月 3 日

购货单位	名称	安徽惠源有限责任公司				密码区	1257－1＜9－7－615962848＜032/52＞9/29533－49741626＜8－3024＞82906－2－47－6＜7＞2*－/＞*＞6/		加密版本：013400064336
	纳税人识别号	340104000012345							
	地址、电话	合肥市泰和路 158 号 0551-55000001							63001228
	开户行及账号	光大银行蜀山支行 23010001							

货物或应税劳务名称	规格型号	计量单位	数量	单价	金额	税率（%）	税额
芯片	1#	百片	200	190	38 000.00	17	6 460.00
芯片	2#	百片	200	180	36 000.00	17	6 120.00
合计					74 000.00		12 580.00

价税合计（大写）	人民币捌万陆仟伍佰捌拾元整		（小写）￥86 580.00

销售单位	名称	合肥锦湘元件器材厂		备注	
	纳税人识别号	340101000003575			
	地址、电话	庐阳区长江路 1125 号 0551-23456777			
	开户行及账号	徽商银行包河支行 31002222			

收款人：汪强　　复核：　　　　　　开票人：刘富　　　　销货单位（章）：

第二联　发票联　购货方记账

图 4.8　业务 6 单证（二）

安徽增值税专用发票

抵扣联

No.63001228

3400064336

开票日期：2010 年 12 月 3 日

购货单位	名称	安徽惠源有限责任公司				密码区	1257－1＜9－7－615962848＜032/52＞9/29533－49741626＜8－3024＞82906－2－47－6＜7＞2*－/＞*＞6/		加密版本：013400064336
	纳税人识别号	340104000012345							
	地址、电话	合肥市泰和路 158 号 0551-55000001							63001228
	开户行及账号	光大银行蜀山支行 23010001							

货物或应税劳务名称	规格型号	计量单位	数量	单价	金额	税率（%）	税额
芯片	1#	百片	200	190	38 000.00	17	6 460.00
芯片	2#	百片	200	180	36 000.00	17	6 120.00
合计					74 000.00		12 580.00

价税合计（大写）	人民币捌万陆仟伍佰捌拾元整		（小写）￥86 580.00

销售单位	名称	合肥锦湘元件器材厂		备注	
	纳税人识别号	340101000003575			
	地址、电话	庐阳区长江路 1125 号 0551-23456777			
	开户行及账号	徽商银行包河支行 31002222			

收款人：汪强　　复核：　　　　　　开票人：刘富　　　　销货单位（章）：

第三联　抵扣联　购货方扣税凭证

图 4.9　业务 6 单证（三）

单据报销封面

编号：

开支项目	运输费	附单据张数	1	附件张数	

共报销人民币（大写）柒仟玖佰伍拾陆元玖角玖分　　现金付讫　　　　￥7 956.99

报销人部门：采购部		签名：张娜	日期：2010 年 12 月 3 日	
负责人审批意见：同意报销。 景方园 2010 年 12 月 3 日	财务审核意见：同意报销。 唐志诚 2010 年 12 月 3 日	部门意见：属实。 陶远方 2010 年 12 月 3 日	说　明 外购材料运输费。 张娜 2010 年 12 月 3 日	

图 4.10　业务 6 单证（四）

安徽省公路运输收费发票

2010 年 12 月 3 日

托运单位	安徽惠源有限责任公司		受理单位			受理编号		
装货地点	合肥市		承运单位		蜀山搬运公司	运输公司		
卸货地点	合肥市					计费里程		
名称	件数	包装	托运重量	货物等级	计费运输量		费率		金额
					运量	周转量	空驶运率	运价率	
货物运输费	20								7 956.99
包车原因					包车费率				
加减成条件							加减成%		
合计金额（大写）		人民币柒仟玖佰伍拾陆元玖角玖分					合计		7 956.99

开票单位（章）　收款人：汪强　　　复核：　　　　开票人：刘富

第二联　托运单位报销凭证

图 4.11　业务 6 单证（五）

单据报销封面

编号：

开支项目　培训费　　　　　　　附单据张数　　　1　附件张数　　　　　

共报销人民币（大写）捌佰元整　　　　　**现金付讫**　　　　￥800.00

报销人部门：财务部		签名：李国忠	日期：2010 年 12 月 3 日
负责人审批意见：同意报销。	财务审核意见：同意报销。	部门意见：属实。	说　明 会计人员后续教育培训费。
景方园 2010 年 12 月 3 日	唐志诚 2010 年 12 月 3 日	陈慧 2010 年 12 月 3 日	李国忠 2010 年 12 月 3 日

图 4.12　业务 7 单证（一）

安徽省行政事业单位收款收据

2010 年 11 月 30 日　　　　　　Ⅳ　4557515

付款单位（或个人）：李国忠		付款方式：现金								
收款项目	单位金额	金					额			
		百	十	万	千	百	十	元	角	分
内部发行的文件资料工本费										
代收代办的收款										
捐赠款										
培训费					¥	8	0	0	0	0
合　　　　计					¥	8	0	0	0	0
人民币（大写）　捌佰元整										

经办人　　　　负责人　　　　收款单位（公章）

第二联　收据

图 4.13　业务 7 单证（二）

付款通知书

2010年12月4日

部　　门	销售部		经办人	万方
款项用途	广告费		付款日期	2010 年 12 月 4 日
付款金额	小写	30 000.00	大写	人民币叁万元整
收款人名称	安徽电视台			
开户行	工行长江分理处		账号	34015555
财务负责人	唐志诚		公司负责人	景方园

图 4.14　业务 8 单证（一）

合肥市广告专用发票

2010 年 12 月 4 日　　　　　　2010 广字（3）号

No：00142367

客户名称　安徽惠源有限责任公司

项目	单位	数量	单价	金　　　额							
				十	万	千	百	十	元	角	分
广告费	周	4	7 500	¥	3	0	0	0	0	0	0
合计金额	人民币(大写）叁万元整			¥	3	0	0	0	0	0	0

单位盖发票专用章　　　收款人：黄亚　　　　开票人：王睿

第二联　发票联

图 4.15　业务 8 单证（二）

光大银行电子缴税付款凭证

汇款/托收贷记通知

转账日期：2010 年 12 月 5 日　　　　　　　凭证字号：2010120500297716

纳税人编号：340104000012341

交款人名称：安徽惠源有限责任公司

开户行账号：23010001　　　　　　　征收机关：合肥国家税务局六分局

交款人开户银行：光大银行蜀山支行）　　收款国库（银行）名称：国家金库合肥市中心支库

小写金额：¥123 450.00　　　　　　　交款书交易流水号：00297716

大写金额：壹拾贰万叁仟肆佰伍拾元整　　税票号码：01080210081111

税种名称	所属期限	实缴金额
增值税	2010.11.01 至 2010.11.30	¥123 450.00

第二联　作付款回单（无银行收讫章无效）　　打印时间 2010/12/05　10：30：44

复核　　记账

图 4.16　业务 9 单证（一）

光大银行电子缴税付款凭证

汇款/托收贷记通知

转账日期：2010 年 12 月 5 日　　　　　　　凭证字号：2010120500955617

纳税人编号：340104000012341

交款人名称：安徽惠源有限责任公司

开户行账号：23010001　　　　　　　征收机关:合肥地方税务局征管分局

交款人开户银行：光大银行蜀山支行　　收款国库（银行）名称：国家金库合肥市中心支库

小写金额：¥17 231.50　　　　　　　交款书交易流水号：00297716

大写金额：壹万柒仟贰佰叁拾壹元伍角整　　税票号码：01080210081111

税种名称	所属期限	实缴金额
城市维护建设税	2010.11.01 至 2010.11.30	¥8 641.50
教育费附加	2010.11.01 至 2010.11.30	¥3 703.50
地方教育费附加	2010.11.01 至 2010.11.30	¥1 234.5
个人所得税	2010.11.01 至 2010.11.30	¥3 652.00

第二联　作付款回单（无银行收讫章无效）　　打印时间　2010/12/05　11：30：30

复核　　记账

图 4.17　业务 9 单证（二）

中华人民共和国税收通用缴款书

隶属关系：有限责任公司

注册类型：省属　　　　　　填发日期：2010 年 12 月 5 日　　　　皖地缴 11111 号

征收机关：合肥地税局征管分局

缴款单位	代码	340104000012341	预算科目	编码	70109
	全称	安徽惠源有限责任公司		名称	其他个人所得税
	开户银行	光大银行蜀山支行		级次	中央 60%，省 15%，市 25%
	账号	23010001	收款国库		合肥市金库

税款所属期间	2010 年 11 月 1 日—30 日		税款限缴日期	2010 年 12 月 10 日	
品目名称	课税数量	计税金额或销售收入	税率或单位税额	已缴或扣除额	实缴金额
工资、薪金所得			0.1	1 519.15	3 652.00
工资、薪金所得			0.05	2 132.85	
金额合计	（大写）人民币叁仟陆佰伍拾贰元整			￥3 652.00	

缴款单位（人）（盖章）经办人（章）

税务机关（盖章）填票人（章）

上列款项已收妥并划转收款单位账户
国库（银行）盖章 2010 年 12 月 5 日

备注：

逾期不缴按税法规定加收滞纳金

图 4.18 业务 9 单证（三）

缴款单位作完税凭证 第一联 （收据）国库（银行）收款盖章后退

中华人民共和国税收通用缴款书

隶属关系：有限责任公司

注册类型：省属　　　　　　填发日期：2010 年 12 月 5 日　　　　皖地缴 11112 号

征收机关：合肥地税局征管分局

缴款单位	代码	340104000012341	预算科目	编码	100300
	全称	安徽惠源有限责任公司		名称	城市维护建设税
	开户银行	光大银行蜀山支行		级次	市级
	账号	23010001	收款国库		合肥市金库

税款所属期间	2010 年 11 月 1 日—30 日		税款限缴日期	2010 年 12 月 10 日	
品目名称	课税数量	计税金额或销售收入	税率或单位税额	已缴或扣除额	实缴金额
增值税随征		123 450	0.07		8 641.50
金额合计	（大写）人民币捌仟陆佰肆拾壹元伍角整			￥8 641.50	

缴款单位（人）（盖章）经办人（章）

税务机关（盖章）填票人（章）

上列款项已收妥并划转收款单位账户
国库（银行）盖章 2010 年 12 月 5 日

备注：

逾期不缴按税法规定加收 2‰ 滞纳金

图 4.19 业务 9 单证（四）

缴款单位作完税凭证 第一联 （收据）国库（银行）收款盖章后退

中华人民共和国税收通用缴款书

隶属关系：有限责任公司　　　　　　　　　　　　　　　　　皖地缴　11113　　号
注册类型：省属　　　　　填发日期：2010 年 12 月 5 日　　　征收机关：合肥地税局征管分局

缴款单位	代码	340104000012341	预算科目	编码	700300
	全称	安徽惠源有限责任公司		名称	教育费附加收入
	开户银行	光大银行蜀山支行		级次	市级
	账号	23010001		收款国库	合肥市金库

税款所属日期	2010 年 11 月 1 日—30 日		税款限缴日期	2010 年 12 月 10 日	
品目名称	课税数量	计税金额或销售收入	税率或单位税额	已缴或扣除额	实缴金额
增消营税额		123 450	0.03		3 703.50
金额合计	（大写）人民币叁仟柒佰零叁元伍角整			￥3 703.50	

缴款单位（人）（盖章）经办（章）	税务机关（盖章）填票人（章）	上列款项已收妥并划转收款单位账户 国库（银行）盖章　2010 年 12 月 5 日	备注：

逾期不缴按税法规定加收 2‰滞纳金

图 4.20　业务 9 单证（五）

中华人民共和国税收通用缴款书

隶属关系：有限责任公司　　　　　　　　　　　　　　　　　皖地缴　11114　　号
注册类型：省属　　　　　填发日期：2010 年 12 月 5 日　　　征收机关：合肥地税局征管分局

缴款单位	代码	340104000012341	预算科目	编码	820300
	全称	安徽惠源有限责任公司		名称	地方教育费附加
	开户银行	光大银行蜀山支行		级次	市级
	账号	23010001		收款国库	合肥市金库

税款所属日期	2010 年 11 月 1 日—30 日		税款限缴日期	2010 年 12 月 10 日	
品目名称	课税数量	计税金额或销售收入	税率或单位税额	已缴或扣除额	实缴金额
增消营税额		123 450	0.01		1 234.50
金额合计	（大写）人民币壹仟贰佰叁拾肆元整			￥1 234.50	

缴款单位（人）（盖章）经办（章）	税务机关（盖章）填票人（章）	上列款项已收妥并划转收款单位账户 国库（银行）盖章　2010 年 12 月 5 日	备注：

逾期不缴按税法规定加收 2‰滞纳金

图 4.21　业务 9 单证（六）

中华人民共和国税收通用缴款书

隶属关系：有限责任公司　　　　　　　　　　　　　　　　　皖国缴　311517　　号

注册类型：省属　　　　　　　填发日期：2010 年 12 月 5 日　　　征收机关：合肥国税局六分局

<table>
<tr><td rowspan="4">缴款单位</td><td>代码</td><td>340104000012341</td><td rowspan="4">预算科目</td><td>编码</td><td colspan="2">10103</td></tr>
<tr><td>全称</td><td>安徽惠源有限责任公司</td><td>名称</td><td colspan="2">股份制企业增值税</td></tr>
<tr><td>开户银行</td><td>光大银行蜀山支行</td><td>级次</td><td colspan="2">中央 75%，地方 25%</td></tr>
<tr><td>账号</td><td>23010001</td><td>收款国库</td><td colspan="2">中央金库，合肥市金库</td></tr>
<tr><td colspan="3">税款所属日期　2010 年 11 月 1 日—30 日</td><td colspan="3">税款限缴日期　2010 年 12 月 10 日</td></tr>
<tr><td>品目名称</td><td>课税数量</td><td>计税金额或
销售收入</td><td>税率或单位
税额</td><td>已缴或扣
除额</td><td>实缴金额</td></tr>
<tr><td>制造业</td><td></td><td>1 702 500</td><td>0.17</td><td>165 975</td><td>123 450.00</td></tr>
<tr><td>金额合计</td><td colspan="3">（大写）人民币壹拾贰万叁仟肆佰伍拾元整</td><td colspan="2">￥123 450.00</td></tr>
<tr><td colspan="2">缴款单位（大
（盖　）
经办人（章）</td><td colspan="2">税务机关
（盖章）
真票人（章）</td><td colspan="2">上列款项已收妥并划转收款单位账户
国库（银行）盖章　2010 年 12 月 5 日

备注：</td></tr>
<tr><td colspan="6">逾期不缴按税法规定加收 2‰ 滞纳金</td></tr>
</table>

右侧竖排：缴款单位作完税凭证　第一联　（收据）国库（银行）收款盖章后退

图 4.22　业务 9 单证（七）

付款通知书

2010 年 12 月 5 日

<table>
<tr><td>部　门</td><td colspan="2">财务部</td><td>经办人</td><td>陈慧</td></tr>
<tr><td>款项用途</td><td colspan="2">购买债券投资</td><td>付款日期</td><td>2010 年 12 月 5 日</td></tr>
<tr><td>付款金额</td><td>小写</td><td>107 000.00</td><td>大写</td><td>人民币壹拾万柒仟元整</td></tr>
<tr><td>收款人名称</td><td colspan="4">安太证券公司</td></tr>
<tr><td>开户行</td><td colspan="2">工行黄山路支行</td><td>账号</td><td>340102006326</td></tr>
<tr><td>财务负责人</td><td colspan="2">唐志诚</td><td>公司负责人</td><td>景方园</td></tr>
</table>

图 4.23　业务 10 单证（一）

证券专用发票

2010 年 12 月 5 日　　　　　　　　　　No：0102035

收到：安徽惠源有限责任公司

摘　　要	金　　额									
	千	百	十	万	千	百	十	元	角	分
购国库券 107 000 元（面值 100 000）。		¥	1	0	7	5	0	0	0	0

合计人民币（大写）壹拾万柒仟伍佰元整

备注：利率 6%，　到期一次支付本息。

收款单位（盖章）　　　　　　　　　　　收款人：杨一　　开票人：杨柳

合肥安太证券公司

模拟

业务专用章

图 4.24　业务 10 单证（二）

安徽省合肥市电信资费发票

批准机关：合肥市地税局

批准文号：合地税第 333 号

话费时段：2010－11－1 至 2010－11－30　　　　　　　合地税 No：19174700

销账流水号：20100015279215　　2010 年 12 月 5 日

付款方	安徽惠源有限责任公司		收款方	合肥电信分公司		
业务号码	11220077		合同账户	ww0038094		
上次结余（元）		应收（元） 5 035.00	实收（元） 5 035.00	本次结余（元）		
费用项目	金额（元）	费用项目		金额（元）	注意事项：	
新业务费	180.00	网络使用费		1 000.00	1．费用逾期不缴立扣	
月租费	200.00				收违约金	
市话费	1 836.50				2．请妥善保存发票	
长话费	1 818.50					

合计人民币（大写）	伍仟零叁拾伍元整	十	万	千	百	十	元	角	分
			¥	5	0	3	5	0	0

单位主管：　　　　　会计：　　　　　复核：　　　　　记账：

图 4.25　业务 11 单证（一）

中国光大银行委托收款凭证（付款通知）

委托日期　　　　　　　　　　2010年12月5日　　　　　　　　　　第 800—065 号

委托人	全　　称	安徽惠源有限责任公司	收款人	全　　称	合肥电信分公司
	账号或地址	23010001		账号或地址	34015577
	开户银行	光大银行蜀山支行		开户银行	工行瑶海分理处

委收金额	人民币（大写）伍仟零叁拾伍元整	千	百	十	万	千	百	十	元	角	分
					￥	5	0	3	5	0	0

款项内容	5月份电话费	委托收款凭证名称	电信资费发票	附寄单证张数	

付款人的通知 此联付款人开户银行给付款人的通知

（中国光大银行蜀山支行 20 10.12.5. 模拟 转讫 (2)）

图 4.26　业务 11 单证（二）

通信费分配表

2010年12月5日　　　　　　　　　　　　　　　　　　　　单位：元

项　　目		金　　额	借记账户	贷记账户
本月电话费		5 035.00		
其中：	一车间	285.00	制造费用	银行存款
	二车间	351.00	制造费用	银行存款
	装配车间	365.00	制造费用	银行存款
	机修车间	257.00	辅助生产成本	银行存款
	管理部门	2 790.00	管理费用	银行存款
	销售部	987.00	销售费用	银行存款

制表人：柏茹

图 4.27　业务 11 单证（三）

付款通知书

2010年12月6日

部　　门	采购部		经办人	陈新
款项用途	办理银行汇票，购买高频器、线路板		付款日期	2010 年 12 月 6 日
付款金额	小写	￥140 000.00 元	大写	人民币壹拾肆万元整
收款人名称	马鞍山电子器材公司			
开户行	工行相山分理处		账号	340508000111
财务负责人	唐志诚		公司负责人	景方园

图 4.28　业务 12 单证（一）

中国光大银行汇票申请书（存根）（模拟）　1

第　　　号

此联申请人留存

申请人		收款人										
账　号 或住址		账　号 或住址										
兑付地点	省　市　县	兑付行										
汇票金额	人民币 （大写）	汇款用途	千	百	十	万	千	百	十	元	角	分

申请日期　　年　　月　　日

科　　目 _____

对方科目 _____

财务主管　　复核　　经办

备注：

图 4.29　业务 12 单证（二）

安徽省合肥市工业零售统一发票

发票联

发票代码：134010822111

皖国税（10）印字第20号

发票号码：00009007

客户名称：安徽惠源有限责任公司

2010 年 12 月 6 日

货 号	品名及规格	单 位	数 量	单 价	金 额						
					万	千	百	十	元	角	分
手套		双	500	3.00		1	5	0	0	0	0
毛巾		条	30	5.00			1	5	0	0	0
合计金额（大写）	人民币壹仟陆佰伍拾元整				¥	1	6	5	0	0	0
付款方式	现金	开户银行及账号									
		税务登记号	340104000015545								

企业（盖章有效）

收款：张芳　　　　　开票：杨溪

记账联

图 4.30　业务 13 单证（一）

单据报销封面

编号：

开支项目　交通费　　　　　　　附单据张数　　　2　　附件张数

共报销人民币（大写）贰佰伍拾叁元整　　　　　　　　　　　¥ 253.00

现金付讫

报销人部门：销售部		签名：王静	日期：2010 年 12 月 6 日	
负责人审批意见： 同意报销。	财务审核意见：同意报销。	部门意见：属实。	说　明： 1. 销售部11月办理业务交通费253元	
景方园 2010年12月6日	唐志诚 2010年12月6日	刘方 2010年12月6日		王静 2010年12月6日

图 4.31　业务 13 单证（二）

单据报销封面

编号：

开支项目　劳动保护费	附单据张数　1	附件张数

共报销人民币（大写）壹仟陆佰伍拾元整　　现金付讫　　　　¥ 1 650.00

报销人部门：办公室	签名：赵忠	日期：2010 年 12 月 6 日	
负责人审批意见：同意报销。	财务审核意见：同意报销。	部门意见：属实。	说　明：购买劳动保护用品
景方园 2010年12月6日	唐志诚 2010 年 12 月 6 日	黄奇 2010年12月6日	赵怀怀 2010 年 12 月 6 日

图 4.32　业务 13 单证（三）

单据报销封面

编号：

开支项目　支票款	附单据张数　1	附件张数

共报销人民币（大写）壹佰贰拾元整　　现金付讫　　　　¥ 120.00

报销人部门：财务部	签名：杨瑶霞	日期：2010 年 12 月 6 日	
负责人审批意见：同意报销。	财务审核意见：同意报销。	部门意见：属实。	说　明：1. 现金、转账支票款
景方园 2010 年 12 月 6 日	唐志诚 2010 年 12 月 6 日	陈慧 2010年12月6日	杨瑶霞 2010 年 12 月 6 日

图 4.33　业务 13 单证（四）

中国光大银行业务收费凭证

名称：安徽惠源有限责任公司　　　　2010年12月6日　　　　　　账号

项　　目	起止号码	单　价	数　量	金　　　　额				
				工本费	邮电费	手续费	其他	小计
现金支票	502626－502675	0.8	50	40				40
转账支票	213211－213310	0.8	100	80				80
合　　　　计								120
大写金额：（币种）人民币壹佰贰拾元整								
划款方式银行：1．现金　2．银行存款								
（银行签章）								

复核　马霞　　　　　经办　汪洋

图 4.34　业务 13 单证（五）

付款通知书

2010年12月6日

部　　门	生产技术部		经 办 人	章明清
款项用途	购买生产工具		付款日期	2010年12月6月
付款金额	小写	￥5 000.00	大写	人民币伍仟元整
收款人名称	合肥朝阳工具厂			
开户行	工行淮河分理处		账号	340101000123
财务负责人	唐志诚		公司负责人	景方园

图 4.35　业务 14 单证（一）

收　　据

收款日期：2010 年 12 月 6 日　　　　　　　　　　　No：001569

交款单位： 安徽惠源有限责任公司	收款方式	转账
人民币（大写）伍仟元整	￥：	5 000.00
收款事由： 收预付款，发货后换开发票		
		2010 年 12 月 6 日

单位盖章　　　　　　　　　　　财务负责人：王宾　　　　　　　　出纳：方柳

第二联　收据

收　　据

收款日期：2010 年 12 月 6 日　　　　　　　　　　　No：001569

交款单位： 安徽惠源有限责任公司	收款方式	转账
人民币（大写）伍仟元整	￥：	5 000.00
收款事由： 收预付款，发货后换开发票		
发货后付款人凭此换开发票		2010 年 12 月 6 日

单位盖章　　　　　　　　　　　财务负责人：王宾　　　　　　　　出纳：方柳

第三联　付款人留存

图 4.36　业务 14 单证（二）

付款通知书

2010年12月6日

部　门	财　务　部		经办人	陈慧
款项用途	审计费		付款日期	2010 年 12 月 6 日
付款金额	小写	￥22 500.00	大写	人民币贰万贰仟伍佰元整
收款人名称	安徽至诚会计师事务所			
开户行	工行蜀山分理处		账号	340101000222
财务负责人	唐志诚		公司负责人	景方园

图 4.37　业务 15 单证（一）

合肥市服务业统一发票

合地税（10）印字第22号　　　　　　　　　　　　　　　　发票代码：2340108227113

客户单位：安微惠源有限责任公司　　　　2010 年 12 月 6 日　　　发票号码：03456712

项　目	单　位	数　量	单　价	金　额	备　注
会计报表审计				22 500.00	
合　计				22 500.00	

合计金额：人民币（大写）贰万贰仟伍佰元整

收款单位（盖章）　　　　开票人：张力

第二联　　发票联

图 4.38　业务 15 单证（二）

委托收款凭证（收款通知）

号码　　　　　　　　日期：2010 年 12 月 7 日　　　　　　交易号

付款人	全称	南京三花有限责任公司	收款人	全称	安徽惠源有限责任公司
	账号或地址	23010000456		账号或地址	23010001
	开户银行	工行玄武支行		开户银行	光大银行蜀山支行

委收金额 （人民币大写）	壹拾柒万伍仟伍佰元整	金额（小写）
		￥175 500.00

款项内容	商业汇票到期兑付
委托收款凭证名称	
备注	上列款项 1. 已全部划回你方账户√ 2. 已收回部分款项收入你方账户 3. 全部未收到

中国光大银行合肥蜀山支行
20 10.12.7.
模拟
转讫
（5）
银行盖章

此联为收款人开户银行给收款人的收款通知

会计　　　　复核　　　　记账　　　　制票

图 4.39　业务 16 单证

安徽增值税专用发票

发票联

No.18345670

3400060016　　　　　　　　　　　　　　　　　开票日期：2010 年 12 月 6 日

购货单位	名称	安徽惠源有限责任公司	密码区	1257－1＜9－7－615962848＜032/52 ＞9/29533－49741626＜8－3024＞ 82906－2－47－6＜7＞2*－/＞*＞6/	加密版本： 13400060016 18345670
	纳税人识别号	340104000012345			
	地址、电话	合肥市泰和路 158 号 0551-55000001			
	开户行及账号	光大银行蜀山支行 23010001			

货物或应税劳务名称	规格型号	计量单位	数量	单价	金额	税率（%）	税额
高频器		件	500	200	100 000.00	17	17 000.00
线路板		件	500	30	15 000.00	17	2 550.00
合计					115 000.00		19 550.00

价税合计（大写）	人民币壹拾叁万肆仟伍佰伍拾元整	（小写）￥134 550.00

销售单位	名称	马鞍山电子器材公司	备注	
	纳税人识别号	340801000024680		34080100002468 0 模拟 发票专用章
	地址、电话	相山区淮河路 1225 号、0555-23456777		
	开户行及账号	工行相山分理处 340801000111		

第二联　发票联　购货方记账

收款人：王思阳　　复核：　　　　开票人：刘阳珠　　　　销货单位（章）：

图 4.40　业务 17 单证（一）

安徽增值税专用发票

抵扣联

No.18345670

3400060016

开票日期：2010 年 12 月 6 日

购货单位	名称	安徽惠源有限责任公司				密码区	1257－1＜9－7－615962848＜032/52 ＞9/29533－49741626＜8－3024＞ 82906－2－47－6＜7＞2*－/＞*＞6/		加密版本： 13400060016 18345670
	纳税人识别号	340104000012345							
	地址、电话	合肥市泰和路 158 号 0551-55000001							
	开户行及账号	光大银行蜀山支行 23010001							
货物或应税劳务名称	规格型号	计量单位	数量	单价		金额	税率（%）		税额
高频器		件	500	200		100 000.00	17		17 000.00
线路板		件	500	30		15 000.00	17		2 550.00
合计						115 000.00			19 550.00
价税合计（大写）	人民币壹拾叁万肆仟伍佰伍拾元整						（小写）￥134 550.00		
销售单位	名称	马鞍山电子器材公司				备注			
	纳税人识别号	340801000024680							
	地址、电话	相山区淮河路 1225 号 0555-23456777							
	开户行及账号	工行相山分理处 340801000111							

收款人：王思阳　　复核：　　　　　开票人：刘阳珠　　　　销货单位（章）：

第三联　抵扣联　购货方扣税凭证

图 4.41　业务 17 单证（二）

付款通知书

2010年12月6日

部　　门	办　公　室		经　办　人	王芳
款项用途	购买食品		付款日期	2010 年 12 月 6 日
付款金额	小写	￥20 475.00	大写	人民币贰万零肆佰柒拾伍元整
收款人名称	合肥第一百货公司			
开户行	工行庐办		账号	340101002788
财务负责人	唐志诚		公司负责人	景方园

图 4.42　业务 18 单证（一）

安徽增值税专用发票

No.12345678

模拟
发票联

3400060016

购货单位	名称	安徽惠源有限责任公司				密码区	1257－1＜9－7－615962848＜ 032/52＞9/29533－4974 1626＜8－3024＞82906－2－ 47－6＜7＞2*－/＞*＞6/		加密版本： 013400060016 12345678
	纳税人识别号	340104000012345							
	地址、电话	合肥市泰和路 158 号 0551-55000001							
	开户行及账号	光大银行蜀山支行 23010001							
货物或应税劳务名称		规格型号	计量单位	数量	单价	金额	税率（%）		税额
色拉油			桶	250	70	17 500.00	17		2 975.00
合计						17 500.00			2 975.00
价税合计		人民币（大写）贰万零肆佰柒拾伍元整					¥ 20 475.00		
销售单位	名称	合肥第一百货公司				备注			
	纳税人识别号	34010100003550							
	地址、电话	合肥市淮河路 1225 号							
	开户行及账号	工行庐办 002788							

第二联　发票联　购货方记账

收款人：刘阳　　　复核：　　　　　　开票人：张珠　　　　　　销货单位（章）：

图 4.43　业务 18 单证（二）

安徽增值税专用发票

No.63001228

模拟
抵扣联

3400060016

开票日期：2010 年 12 月 8 日

购货单位	名称	安徽惠源有限责任公司				密码区	1257 － 1 ＜9 － 7 － 615962848 ＜ 032/52 ＞ 9/29533－4974 1626＜8－3024＞82906－2 －47－6＜7＞2*－/＞*＞5/		加密版本： 13400060016 12345678
	纳税人识别号	340104000012345							
	地址、电话	合肥市泰和路 158 号 0551-55000001							
	开户行及账号	光大银行蜀山支行 23010001							
货物或应税劳务名称		规格型号	计量单位	数量	单价	金额	税率（%）	税额	
色拉油			桶	250	70	1 7500.00	17	2 975.00	
合计						1 7500.00		2 975.00	
价税合计		人民币（大写）贰万零肆佰柒拾伍元整					¥ 20 475.00		
销售单位	名称	合肥第一百货公司				备注			
	纳税人识别号	34010100003550							
	地址、电话	合肥市淮河路 1225 号							
	开户行及账号	工行庐办 002788							

第三联　抵扣联　购货方扣税凭证

收款人：刘阳　　　复核：　　　　　　开票人：张珠　　　　　　销货单位（章）：

图 4.44　业务 18 单证（三）

付款通知书

2010年12月6日

部　门		办 公 室	经 办 人	王芳
款项用途		财产保险费	付款日期	2010年12月9日
付款金额	小写	￥24 800.00	大写	人民币贰万肆仟捌佰元整
收款人名称		中国人民财产保险公司合肥分公司		
开户行		工行蜀山分理处	账号	34010400011102
财务负责人		唐志诚	公司负责人	景方园

图 4.45　业务 19 单证（一）

中国人民财产保险公司 合肥 分公司保费发票

发票联

2010年12月6日

发票代码：234010855677
发票号码：01230012

投保单位：安徽惠源有限责任公司

保险项目	保险单（证）编号	缴费所属期限	金　　额								
			百	十	万	千	百	十	元	角	分
企业财产保险	0056381			￥	2	4	8	0	0	0	0
合计				￥	2	4	8	0	0	0	0
代征印花税：											

合计人民币（大写）　贰万肆仟捌佰元整　　　　　　　　　　　￥: 24 800.00

保险公司（签章）　　　　　出纳：汪晋

图 4.46　业务 19 单证（二）

付款通知书

2010年12月9日

部　门	生产技术部		经办人	赵怀怀
款项用途	一车间扩建发包工程款		付款日期	2010 年 12 月 9 日
付款金额	小写	￥ 155 000.00	大写	人民币壹拾伍万伍仟元整
收款人名称	合肥市瑶海建筑安装公司			
开户行	工行瑶海分理处		账号	340104000055555
财务负责人	唐志诚		公司负责人	景方园

图 4.47　业务 20 单证（一）

安徽省合肥市建筑安装业统一发票

发票联

皖地税　　No: 00121766

付款单位：安徽惠源有限责任公司

开票日期：2010 年 12 月 9 日

工程名称	一车间扩建	类别	建筑工程	建筑面积	平方米	竣工日期	备注
结算项目	单位		数量	单价	金额		
厂房扩建工程			1	155 000	155 000.00		
管理费	%						
合计金额	人民币（大写）壹拾伍万伍仟元整					￥: 155 000.00	
承建单位	合肥市瑶海建筑安装公司					结算方式	银行转账
开户银行及账号	工行瑶海分理处 340104000055555						

开票单位（盖章有效）专用章　　收款人：钟祥　　开票人：李钟

第二联　发票联

图 4.48　业务 20 单证（二）

盘 存 表

单位：安徽惠源有限责任公司 2010 年 12 月 10 日

财产类别：原材料 存放地点：原材料库

序号	名称	规格	计量单位	实存数量	单价（元）	备注
1	1#芯片	1#	百片	199.5	200	
2	2#芯片	2#	百片	180	180	
3	3#芯片	3#	百片	299	300	
4	4#芯片	4#	百片	205	205	1#芯片盘亏 0.5 百片
5	5#芯片	5#	百片	196	196	3#芯片盘亏 1 百片
6	6#芯片	6#	百片	190	190	
7	以下略					
8						

盘点人签字：陆嘉 李国忠

图 4.49 业务 22 单证

银行承兑汇票

Ⅶ 7 5 3 8

签发日期：贰零壹零年壹拾贰月壹拾日

解讫通知

第 05063 号

收款人	全称	安徽惠源有限责任公司	承兑申请人	全称	安庆东方电子公司									
	账号	23010001		账号	340105000022222									
	开户银行	光大银行蜀山支行	行号		开户银行	工行迎江分理处	行号								
汇票金额		人民币（大写）贰拾捌万零捌佰元整				百	十	万	千	百	十	元	角	分
							¥	2	8	0	8	0	0	0	0
汇票到期日		贰零零玖年叁月壹拾日	承兑协议编号		13675	交易合同号码								

本汇票经本行承兑，到期由本行付交票款

承兑人签章

承兑日期 2010 年 12 月 10 日

汇票签发人盖章

负责 伍中新 经办 崔校红

此联收款人开户银行向承兑行收取票款时

作付出传票收账通知

图 4.50（a） 业务 23 单证（一）（正面）

一、收款人必须将本汇票和解讫通知同时提交开户银行，两者缺一无效。

二、本汇票经背书可以转让。

被背书人	被背书人	被背书人
背书人	背书人	背书人
日期　年　月　日	日期　年　月　日	日期　年　月　日

图 4.50（b）　业务 23 单证（一）（背面）

银行承兑汇票

VⅡ 7 5 3 8

签发日期：贰零壹零年壹拾贰月壹拾日　　　　第　　　号

收款人	全称	安徽惠源有限责任公司	承兑申请人	全称	安庆东方电子公司
	账号	23010001		账号	340105000022222
	开户银行	光大银行蜀山支行	行号	开户银行	工行迎江分理处　行号

汇票金额	人民币（大写）贰拾捌万零捌佰元整	百	十	万	千	百	十	元	角	分
			¥	2	8	0	8	0	0	0	0

| 汇票到期日 | 贰零零玖年叁月壹拾日 | 承兑协议编号 | 13675 | 交易合同号码 | |

本汇票已经承兑，到期无条件支付票款 承兑人签章 承兑日期：2010 年 12 月 10 日	汇票签发人盖章 负责　伍中新　　经办　崔华红

图 4.51　业务 23 单证（二）

江苏增值税专用发票

发票联

No.20567800

3200060016　　　　　　　　　　　　　　　　　　　开票日期：2010 年 12 月 9 日

购货单位	名称	安徽惠源有限责任公司	密码区	3357−1＜9−7−611122348＜032/52＞9/29533−4974 1626＜8−3024＞82906−2 −47−6＜7＞2*−/＞*＞6/	加密版本： 01320060016 20567800
	纳税人识别号	340104000012345			
	地址、电话	合肥市泰和路 158 号 0551-55000001			
	开户行及账号	光大银行蜀山支行 23010001			

货物或应税劳务名称	规格型号	计量单位	数量	单价	金额	税率（%）	税额
钢材		千克	1000	10	10 000.00	17	1 700.00
电焊条		只	300	15	4 500.00	17	765.00
合计					14 500.00		2 465.00

价税合计（大写）	人民币壹万陆仟玖佰陆拾伍元整	（小写）¥ 16 965.00

销售单位	名称	南京合力有限责任公司	备注	
	纳税人识别号	320104000055345		320104000055345
	地址、电话	南京市玄武路 1225 号 025-23456777		
	开户行及账号	工行玄武支行 32010400022		

收款人：方文宾　　　复核：　　　开票人：李思年　　　销货单位（章）：

图 4.52　业务 24 单证（一）

江苏增值税专用发票

抵扣联

No.20567800

3200060016

开票日期：2010 年 12 月 9 日

购货单位	名称	安徽惠源有限责任公司		密码区	3357－1＜9－7－611122348＜032/52＞9/29533－49741626＜8－5024＞82906－2－47－6＜7＞2*－/＞*＞6/		加密版本：01320060016 20567800
	纳税人识别号	340104000012345					
	地址、电话	合肥市泰和路 158 号、0551-55000001					
	开户行及账号	光大银行蜀山支行 23010001					

货物或应税劳务名称	规格型号	计量单位	数量	单价	金额	税率（%）	税额
钢材		千克	1000	10	10 000.00	17	1 700.00
电焊条		只	300	15	4 500.00	17	765.00
合计					14 500.00		2 465.00

价税合计（大写）	人民币壹万陆仟玖佰陆拾伍元整	（小写）￥16 965.00

销售单位	名称	南京合力有限责任公司	备注	
	纳税人识别号	320104000055345		
	地址、电话	南京市玄武路 1225 号、025-23456777		
	开户行及账号	工行玄武支行 32010400022		

收款人：方文宾　　　复核：　　　　开票人：李思年　　　　销货单位（章）：

图 4.53　业务 24 单证（二）

入 库 单

入库日期：2010 年 12 月 9 日

发票号码：20567800

供货单位：南京合力有限责任公司　　　　　　　　　　No.001997

类别	材料名称	入库数量	计量单位	单价（元）	金额（元）	备注
辅助材料	钢材	1 000	千克	10	10 000.00	
	电焊条	300	只	15	4 500.00	
合计					14 500.00	

负责人：王名　　　　财务：李国忠　　　　　　保管员：陆嘉

图 4.54　业务 24 单证（三）

111

上海铁路局运输费专用发票

运输号码　　　　　　　　　2010 年 12 月 10 日　　　　　　　　　　上海铁路局

发　站	合肥	到　站	芜湖	车种车号		货车自重	
集装箱型		运到期限	2010-12-15	保价金额		运价里程	
收货人 全称	芜湖惠普公司	发货人 全称	安徽惠源有限责任公司		现付费用		
地址	芜湖市镜湖区归山路	地址	合肥市蜀山区泰和路		项目	金额	
货物名称	件数	货物重量	计费重量	运价号	运价率	附记	运费	2 500
接收机	20						保险费	400
混合器	20						使用费	100
人民币大写：叁仟元整						合计	3 000.00

第二联　发票联

发站承运日期戳　　　　　　　　　　　　　　　　　　　　　　发站经办人：

图 4.55　业务 25 单证（一）

付款通知书

2010年12月10日

部　门	销售部	经办人	王静
款项用途	产品运输费	付款日期	2010 年 12 月 10 日
付款金额	小写　　　¥ 3 000.00	大写	人民币叁仟元整
收款人名称	合肥火车站货运处		
开户行	工行新站办事处	账号	3401020000033233
财务负责人	唐志诚	公司负责人	景方园

图 4.56　业务 25 单证（二）

安徽省　保险费通用缴款书　（养老）

经济类型:有限责任公司　　　填发日期: 2010 年12月 11 日　　　征收机关: 地税基金办

缴款单位	代码	24212649734142	缴款所属日期	起始日期: 2010 年 11 月 1 日		
	全称	惠源有限责任公司		截止日期: 2010 年 11 月 30 日		
	开户银行	光大银行蜀山支行	限缴日期	2010 年 12 月 11 日		
	账号	23010001	收款国库	合肥市金库	科目代码	33016501
项目	缴费人数	缴费基数	缴费率	应缴金额	实缴金额	
单位	118	153 352.9	0.20	32 204.10	¥ 42 938.80	
个人	118	153 352.9	0.07	10 734.70		

逾期不缴按日加收 2‰加收滞纳金

金额合计　人民币(大写)　　肆万贰仟玖佰叁拾捌元捌角整

缴款单位(人)（盖章）　税务机关（盖章）　　上列款项已收妥并划转收款单位账户
经办人（章）　填写人（章）　　国库（银行）盖章 2010 年 12 月 11 日

备注:

图 4.57　业务　证（一）

安徽省　保险费通用缴款书　（失业）

经济类型:有限责任公司　　　填发日期: 2010 年12月 11 日　　　征收机关: 地税基金办

缴款单位	代码	24212649734142	缴款所属日期	起始日期: 2010 年 11 月 1 日		
	全称	安徽惠源有限责任公司		截止日期: 2010 年 11 月 30 日		
	开户银行	光大银行蜀山支行	限缴日期	2010 年 12 月 11 日		
	账号	23010001	收款国库	合肥市金库	科目代码	49206302
项目	缴费人数	缴费基数	缴费率	应缴金额	实缴金额	
单位	118	153 352.90	0.02	3 067.06	¥ 4 600.59	
个人	118	153 352.90	0.01	1 533.53		

逾期不缴按日加收 2‰加收滞纳金

金额合计　人民币(大写)　肆仟陆佰元零伍角玖分

缴款单位(人)（盖章）　税务机关（盖章）　　上列款项已收妥并划转收款单位账户
经办人（章）　填写人（章）　　国库（银行）盖章 2010 年 12 月 11 日

备注:

图 4.58　业务 26 单证（二）

第一联（收据）国库经收处收款盖章后退缴

款单位（个人）作缴纳社会保险费的依据

安徽省　保险费通用缴款书　（医疗）

经济类型：有限责任公司　　　填发日期：2010 年 12 月 11 日　　　征收机关：地税基金办

缴款单位	代码	24212649734142	缴款所属日期	起始日期：2010 年 11 月 1 日			
	全称	安徽惠源有限责任公司		截止日期：2010 年 11 月 30 日			
	开户银行	光大银行蜀山支行		限缴日期	2010 年 12 月 11 日		
	账号	23010001	收款国库	合肥市金库	科目代码	33206501	
	项目	缴费人数	缴费基数	缴费率	应缴金额	实缴金额	
	单位	118	153 352.86	0.06	9 201.17	¥ 12 268.23	
	个人	118	153 352.86	0.02	3 067.06		
	逾期不缴按日加收 2‰加收滞纳金						
	金额合计	人民币（大写）壹万贰仟贰佰陆拾捌元贰角叁分					

缴款单位（人）（盖章）经办人（章）	税务机关（盖章）填票人（章）梅	上列款项已收妥并划转收款单位账户国库（银行）盖章　2010 年 12 月 11 日	备注

第一联（收据）国库经收处收款盖章后退缴　款单位（个人）作缴纳社会保险费的依据

图 4.59　业务 26 单证（三）

合肥市住房公积金专用收款收据

2010 年 12 月 11 日　　　　　　　　　　No：20325501

缴款单位	安徽惠源有限责任公司	公积金账号	002739	单位性质	有限责任公司									
单位人数	118人	汇缴期间	2010 年 11 月	缴款方式	委邮									
					千	百	十	万	千	百	十	元	角	分
人民币（大写）叁万零陆佰柒拾伍元伍角柒分								¥	3	0	6	7	0	5	7
住房公积金管理机构盖章		备注												
复核：汪华				制单：姚理										

（3）缴款单位记账

图 4.60　业务 26 单证（四）

安徽省保险费通用缴款书　（工伤）

经济类型：有限责任公司　　　填发日期：2008 年 12 月 11 日　　　征收机关：地税基金办

缴款单位	代码	340104000012341	缴款所属日期	起始日期：	2010 年 11 月 1 日		
	全称	安徽惠源有限责任公司		截止日期：	2010 年 11 月 30 日		
	开户银行	光大银行蜀山支行	限缴日期	2010 年 12 月 11 日			
	账号	23010001	收款国库	合肥市金库		科目代码	33016501
项目		缴费人数	缴费基数	缴费率	应缴金额	实缴金额	
单位		118	153 352.86	0.01	1 533.53		
						¥ 1 533.53	
逾期不缴按日加收 2‰加收滞纳金							
金额合计		（大写）壹仟伍佰叁拾叁元伍角叁分					

缴款单位（大）（盖章）　经办人（章）　模拟 财务专用章　税务机关（盖章）填票人拟 征税专用章　上列款项已收妥并划转收款单位账户 20 10.12.11 模拟 转讫（6）　国库（银行）盖章 2010 年 12 月 11 日　备注：

图 4.61　业务 26 单证（五）

安徽省保险费通用缴款书　（生育）

经济类型：有限责任公司　　　填发日期：2010 年 12 月 11 日　　　征收机关：地税基金办

缴款单位	代码	340104000012341	缴款所属日期	起始日期：	2010 年 11 月 1 日		
	全称	安徽惠源有限责任公司		截止日期：	2010 年 11 月 30 日		
	开户银行	光大银行蜀山支行	限缴日期	2010 年 12 月 11 日			
	账号	23010001	收款国库	合肥市金库		科目代码	33016501
项目		缴费人数	缴费基数	缴费率	应缴金额	实缴金额	
单位		118	153 352.86	0.007	1 073.47		
						¥ 1 073.47	
逾期不缴按日加收 2‰加收滞纳金							
金额合计		人民币（大写）壹仟零柒拾叁元肆角柒分					

缴款单位（大）（盖章）　经办人（章）　模拟 财务专用章　税务机关（盖章）填票人 模拟 征税专用章　上列款项已收妥并划转收款单位账户 光大银行蜀山支行 20 10.12.11 模拟 转讫（6）　国库（银行）盖章 2010 年 12 月 11 日　备注：

图 4.62　业务 26 单证（六）

款单位（个人）作缴纳社会保险费的依据　第一联（收据）国库经收处收款盖章后退缴

光大银行电子缴税付款凭证

汇款/托收贷记通知

转账日期：2010 年 12 月 11 日　　　　　　凭证字号：2010121100216552

纳税人编号：340104000012341

交款人名称：安徽惠源有限责任公司

开户行账号：23010001　　　　　　征收机关：合肥地方税务局基金办

交款人开户银行：光大银行蜀山支行　　收款国库（银行）名称：国家金库合肥市中心支库

小写金额：¥62 414.62　　　　　　交款书交易流水号：00297716

大写金额：陆万贰仟肆佰壹拾肆元陆角贰分　税票号码：01080210081111

税种名称	所属期限	实缴金额
生育保险基金	2010.11.01 至 2010.11.30	¥1 073.47
医疗保险基金	2010.11.01 至 2010.11.30	¥12 268.23
养老保险基金	2010.11.01 至 2010.11.30	¥42 938.80
工伤保险基金	2010.11.01 至 2010.11.30	¥1 533.53
失业保险基金	2010.11.01 至 2010.11.30	¥4 600.59

第二联　作付款回单（无银行收讫章无效）　　打印时间 2010/12/11　14：30：56

光大银行蜀山支行
2010.12.11
模拟
转讫
（6）

复核　　记账

图 4.63　业务 26 单证（七）

收 据

入账日期：2010 年 12 月 11 日

交款单位：	安天机械厂	收款方式	现金
人民币（大写）	壹拾捌万元整	¥：	180 000.00
收款事由：	收回欠款		
			2010 年 12 月 11 日

第三联 记账

单位盖章 财务负责人：唐志诚 出纳：杨瑶霞

图 4.64 业务 27 单证（一）

债务重组协议

甲方：湖北安天机械厂

乙方：安徽惠源有限责任公司

甲方 2008 年因购买乙方产品形成 234 000.00 元的债务至今未按期偿还乙方，由于甲方财务状况未得到改善，资金周转困难，不能按合同规定支付货款，向乙方申请进行债务重组，为保障乙方利益，同时考虑甲方实际财务状况，缓解甲方的资金困难，经协商，双方达成如下协议：

乙方同意甲方于协议签署日支付 180 000.00 元现金，余款 54 000.00 元作为乙方对甲方的让步，不再追偿。

本协议一式两份，双方各执一份，于签字之日起生效。

甲方：湖北安天机械厂（盖章）   乙方：安徽惠源有限责任公司（盖章）

法定代表人签字：汤豪   法定代表人签字：景方园

2010 年 12 月 11 日   2010 年 12 月 11 日

图 4.65 业务 27 单证（二）

单位：元

安徽惠源有限责任公司 2010 年 12 月份工资汇总表

部门		基本工资	岗位工资	业绩工资	应扣款项	应付工资	代扣款项						实发工资
							养老保险	失业保险	医疗保险	住房公积金	个人所得税	小计	
一车间	生产工人	20 000	4 900	11 000	1 120	34 780	2 434.60	347.80	695.60	3 478.00	115.80	7 071.80	27 708.20
	管理人员	2 000	600	700		3 300	231.00	33.00	66.00	330.00	68.20	728.20	2 571.80
	小计	22 000	5 500	11 700	1 120	38 080	2 665.60	380.80	761.60	3 808.00	184.00	7 800.00	30 280.00
二车间	生产工人	20 000	5 000	11 500	1 300	35 200	2 464.00	352.00	704.00	3 520.00	69.50	7 109.50	28 090.50
	管理人员	2 100	500	700		3 300	231.00	33.00	66.00	330.00	46.20	706.20	2 593.80
	小计	22 100	5 500	12 200	1 300	38 500	2 695.00	385.00	770.00	3 850.00	115.70	7 815.70	30 684.30
装配车间	生产工人	17 000	3 100	11 500		31 600	2 212.00	316.00	632.00	3 160.00	80.00	6 400.00	25 200.00
	管理人员	2 400	510	700		3 610	252.70	36.10	72.20	361.00	40.00	762.00	2 848.00
	小计	19 400	3 610	12 200	0	35 210	2 464.70	352.10	704.20	3 521.00	120.00	7 162.00	28 048.00
机修车间		12 000	3 000	5 100	100	20 000	1 400.00	200.00	400.00	2 000.00	69.20	4 069.20	15 930.00
办公室		11 000	3 000	6 800	110	20 690	1 448.30	206.90	413.80	2 069.00	352.60	4 490.60	16 199.40
财务部		8 000	2 800	7 500	100	18 200	1 274.00	182.00	364.00	1 820.00	402.60	4 042.60	14 157.40
人力资源部		5 000	1 500	2 000		8 500	595.00	85.00	170.00	850.00	261.20	1 961.20	6 538.80
采购部		6 000	2 000	5 000	110	12 890	902.30	128.90	257.80	1 289.00	224.50	2 802.50	10 087.50
销售部		8 900	5 200	5 600	150	19 550	1 368.50	195.50	391.00	1 955.00	235.10	4 145.10	15 404.90
生产技术部		3 100	1 900	2 800		7 800	546.00	78.00	156.00	780.00	263.50	1 823.50	5 976.50
合计		117 500	3 4010	70 900	2 990	219 420	15 359.4	2194.2	4 388.4	21 942	2 228.4	46 112.4	173 307.6

图 4.66　业务 29 单证

工会经费、职工教育经费计算表

2010 年 12 月 12 日　　　　　　　　　　　　　　　　单位：元

序号	部门		产品	工资	工会经费（2%）	职工教育经费（1.5%）	合计
1	一车间	生产工人	CPU	18 114.58	362.29	271.72	634.01
			中频处理器	16 665.42	333.31	249.98	583.29
		管理人员		3 300.00	66.00	49.50	115.50
2	二车间	生产工人	耦合器	17 533.83	350.68	263.01	613.68
			放大模块	17 666.17	353.32	264.99	618.32
		管理人员		3 300.00	66.00	49.50	115.50
3	装配车间	生产工人	接收机	15 269.91	305.40	229.05	534.45
			混合器	16 330.09	326.60	244.95	571.55
		管理人员		3 610.00	72.20	54.15	126.35
4	机修车间			20 000.00	400.00	300.00	700.00
5	办公室			20 690.00	413.80	310.35	724.15
6	财务部			18 200.00	364.00	273.00	637.00
7	人力资源部			8 500.00	170.00	127.50	297.50
8	采购部			12 890.00	257.80	193.35	451.15
9	销售部			19 550.00	391.00	293.25	684.25
10	生产技术部			7 800.00	156.00	117.00	273.00
	合计			21 9420.00	4 388.40	3 291.30	7 679.70

人力资源部（章）

图 4.67　业务 31 单证

社会保险、住房公积金计算表

2010 年 12 月 12 日

单位：元

序号	部门		产品	工资	养老保险 (20%)	医疗保险 (8%)	失业保险 (2%)	工伤保险 (1%)	生育保险 (0.7%)	住房公积金 (10%)	合计
1	一车间	生产工人	CPU	18 114.58	3 622.92	1 449.17	362.29	181.15	126.80	1 811.46	7 553.78
			中频处理器	16 665.42	3 333.08	1 333.23	333.31	166.65	116.66	1 666.54	6 949.48
		管理人员		3 300.00	660.00	264.00	66.00	33.00	23.10	330.00	1 376.10
2	二车间	生产工人	耦合器	17 533.83	3 506.77	1 402.71	350.68	175.34	122.74	1 753.38	7 311.61
			放大模块	17 666.17	3 533.23	1 413.29	353.32	176.66	123.66	1 766.62	7 366.79
		管理人员		3 300.00	660.00	264.00	66.00	33.00	23.10	330.00	1 376.10
3	装配车间	生产工人	接收机	15 269.91	3 053.98	1 221.59	305.40	152.70	106.89	1 526.99	6 367.55
			混合器	16 330.09	3 266.02	1 306.41	326.60	163.30	114.31	1 633.01	6 809.65
		管理人员		3 610.00	722.00	288.80	72.20	36.10	25.27	361.00	1 505.37
4	机修车间			20 000.00	4 000.00	1 600.00	400.00	200.00	140.00	2 000.00	8 340.00
5	办公室			20 690.00	4 138.00	1 655.20	413.80	206.90	144.83	2 069.00	8 627.73
6	财务部			18 200.00	3 640.00	1 456.00	364.00	182.00	127.40	1 820.00	7 589.40
7	人力资源部			8 500.00	1 700.00	680.00	170.00	85.00	59.50	850.00	3 544.50
8	采购部			12 890.00	2 578.00	1 031.20	257.80	128.90	90.23	1 289.00	5 375.13
9	销售部			19 550.00	3 910.00	1 564.00	391.00	195.50	136.85	1 955.00	8 152.35
10	生产技术部			7 800.00	1 560.00	624.00	156.00	78.00	54.60	780.00	3 252.60
	合计			219 420.00	43 884.00	17 553.60	4 388.40	2 194.20	1 535.94	2 1942.00	91 498.14

人力资源部（章）

图 4.68　业务 32 单证

领　料　单

出库日期：2010 年 12 月 13 日　　　　　　　　No：000001

领料单位：生产技术部　　　　材料用途：一车间扩建工程

材料名称	规格型号	计量单位	请领数量	实发数量	单价（元）	金额（元）	备注
钢材		千克	100	100	10	1 000	
合计							

批准人：景方园　　　　领用部门负责人：章明清　　　　请领人：王宾　　　　发货人：陆嘉

第二联　记账联

图 4.69　业务 33 单证

商业承兑汇票

Ⅱ 6 5 7 8

签发日期：贰零壹零年壹拾贰月壹拾肆日　　　　　　第　　号

付款人	全称	合肥昌达元件厂	收款人	全称	安徽惠源有限责任公司										
	账号	340101000821		账号	23010001										
	开户银行	工行相山支行	行号		开户银行	光大银行蜀山支行	行号		091						

汇票金额	人民币（大写）贰拾捌万零捌佰元整	百	十	万	千	百	十	元	角	分
	￥	2	8	0	8	0	0	0	0	0

汇票到期日	贰零零玖年零任月壹拾肆日	交易合同号码	WA0812014570

本汇票已经承兑，到期无条件付交票款
承兑人签章
承兑日期　2010 年 12 月

本汇票请予以承兑　到期日付款
出票人签章

此联收款人开户银行随委托收款凭证寄付款人开户行作借方凭证附件

图 4.70（a）　业务 34 单证（一）（正面）

被背书人	被背书人	被背书人
背书人 日期 年 月 日	背书人 日期 年 月 日	背书人 日期 年 月 日

图 4.70（b）　业务 34 单证（一）（背面）

商业承兑汇票

Ⅱ 6 5 7 8

签发日期：贰零壹零年壹拾贰月壹拾肆日　　　　第　　号

此联签发人存查

付款人	全称	合肥昌达元件厂	收款人	全称	安徽惠源有限责任公司
	账号	340101000821		账号	23010001
	开户银行	工行相山支行　行号		开户银行	光大银行蜀山支行　行号　091

汇票金额	人民币（大写）贰拾捌万零捌佰元整	百 十 万 千 百 十 元 角 分
		￥ 2 8 0 8 0 0 0 0 0

汇票到期日	贰零壹壹年零伍月壹拾肆日	交易合同号码	WA0812014570
备注：		负责人　李亚新　　经办人　崔娟红	

图 4.71　业务 34 单证（二）

入　库　单

入库日期：2010 年 12 月 15 日

供货单位：合肥朝阳工具厂　　　　　　　　　　　　No：000001

类别	材料名称	入库数量	计量单位	单价（元）	金额（元）	备注
周转材料	生产工具 2#	50	件	260	13 000	
	修理工具 1#	20	件	150	3 000	
	修理工具 2#	30	件	195	5 850	
合计		100			21 850	

负责人：　　　　　　　财务：李国忠　　　　　　　保管员：汤豪

第二联　记账联

图 4.72　业务 36 单证（一）

付款通知书

2010年12月15日

部门	生产技术部	经办人	章明清
款项用途	购买生产工具	付款日期	2010 年 12 月 15 日
付款金额	小写　20 564.50	大写	人民币 贰万零伍佰陆拾肆元伍角整
收款人名称		合肥朝阳工具厂	
开户行	工行淮河分理处	账号	340101000123
财务负责人	唐志诚	公司负责人	景方园

图 4.73　业务 36 单证（二）

安徽增值税专用发票

发票联

3400060016　　　　　　开票日期：2010 年 12 月 15 日　　　　　　No.18330670

购货单位	名称	安徽惠源有限责任公司						
	纳税人识别号	340104000012345			密码区	1257－1＜9－7－615962848＜ 032/52＞9/29533－4974 1626＜8－3024＞82906－2 －47－6＜7＞2*－/＞*＞6/		加密版本： 013400060016 18330670
	地址、电话	合肥市泰和路 158 号 0551—55000001						
	开户行及账号	光大银行蜀山支行 23010001						

货物或应税劳务名称	规格型号	计量单位	数量	单价	金额	税率（%）	税额
生产工具	2#	件	50	260	13 000.00	17	2 210.00
修理工具	1#	件	20	150	3 000.00	17	510.00
修理工具	2#	件	30	195	5 850.00	17	994.50
合计					21 850.00		3 714.50

价税合计（大写）	人民币贰万伍仟伍佰陆拾肆元伍角整	（小写）￥25 564.50

销售单位	名称	合肥朝阳工具厂	备注
	纳税人识别号	340102000045625	
	地址、电话	合肥市太湖路 1225 号 0551-423456777	
	开户行及账号	工行淮河分理处 340101000123	

收款人：方柳　　　复核：　　　开票人：王睿　　　销货单位（章）：

第二联 发票联 购货方记账

图 4.74　业务 36 单证（三）

安徽增值税专用发票

抵扣联

3400060016　　　　开票日期：2010 年 12 月 15 日　　　　No.18330670

购货单位	名称	安徽惠源有限责任公司				密码区	1257－1＜9－7－615962848＜ 032/52＞9/29533－4974 1626＜8－3024＞82906－2 －47－6＜7＞2*－/＞*＞6/		加密版本： 013400060016 18330670
	纳税人识别号	340104000012345							
	地址、电话	合肥市泰和路 158 号 0551－55000001							
	开户行及账号	光大银行蜀山支行 23010001							

货物或应税劳务名称	规格型号	计量单位	数量	单价	金额	税率（%）	税额
生产工具	2#	件	50	260	13 000.00	17	2 210.00
修理工具	1#	件	20	150	3 000.00	17	510.00
修理工具	2#	件	30	195	5 850.00	17	994.50
合计					21 850.00		3 714.50

价税合计（大写）	人民币贰万伍仟伍佰陆拾肆元伍角整		（小写）￥25 564.50

销售单位	名称	合肥朝阳工具厂	备注
	纳税人识别号	340102000045625	
	地址、电话	合肥市太湖路 1225 号 0551-423456777	
	开户行及账号	工行淮河分理处 340101000123	

收款人：方柳　　　复核：　　　开票人：王睿　　　销货单位（章）：

第三联　抵扣联　购货方扣税凭证

图 4.75　业务 36 单证（四）

芜湖海关进口关税专用缴款书

收款系统：海关系统　　　　填发日期：2010 年 12 月 15 日　　　　号码：No：0135-A05

收款单位	收入机关	中央金库			缴款单位	名称	惠源有限责任公司
	科目	进口关税	预算级次	中央		账号	23010001
	收款国库	工行国库 340205001778				开户银行	光大银行蜀山支行

税号	货物名称	数量	单位	完税价格（¥）	税率（%）	税款金额（¥）
	光电传输机	1	台	181 440	5	9 072.00

合计	金额人民币（大写）玖仟零柒拾贰元整				合计（¥）9072.00	
申请单位编号	5101035441	报关单编号	23032008121057407 5	填制单位	中国工商银行芜湖支行	
合同（批文）号	HKD20081213	运输工具	皖B-02717			
缴款期限	2008.12.22	提/装货单号	K0121483			
备注	贸易，照章纳税		制单人：57465			

芜湖海关 模拟 业务专用章

2010.12.15. 模拟 转讫 (5)

第三联　（收据）国库收据签章后交缴款单位或缴款人

图 4.76　业务 37 单证（一）

芜湖海关进口增值税专用缴款书

收款系统：海关系统　　　　　填发日期：2010 年 12 月 15 日　　　　　号码：No：0136-A05

收款单位	收入机关	中央金库			缴款单位	名称	惠源有限责任公司
	科目	进口增值税	预算级次	中央		账号	23010001
	收款国库	工行国库 340205001778				开户银行	光大银行蜀山支行

税号	货物名称	数量	单位	完税价格（¥）	税率（%）	税款金额（¥）
	光电传输机	1	台	181 440.00	17	30 844.80

金额人民币（大写）叁万零捌佰肆拾肆元捌角整　　　　　　合计（¥）30 844.80

申请单位编号	5201035441	报关单编号	230320081210574075	填制单位	中国工商银行蜀山
合同（批文）号	HKD20081213	运输工具	皖B-02717		
缴款期限	2008.12.22	提/装货单号	K0121483		
备注	贸易，照章纳税		制单人：57465		

图 4.77　业务 37 单证（二）

固定资产验收单

2010 年 12 月 15 日

名称	规格型号	单位	数量	设备价值（元）	预计使用年限（年）	使用部门	预计净残值（元）
光电传输机	KV-11	台	1	221 356.80	10	装配车间	5 000.00
合计				221 356.80			
备注	装配车间使用						

部门负责人：汪侠　　　实物负责人：刘文雯　　　　　　　生产技术部：章明清

图 4.78　业务 37 单证（三）

安徽省旅游业专用发票

发票联

安徽省地税局批准

付款单位（个人）：安徽惠源有限责任公司

皖地税 2010 0032

2010 年 12 月 10 日

旅游线路		合肥　至　黄山							
交通工具		人数							
项　目	标　准	金　额							
		十	万	千	百	十	元	角	分
车船费				1	0	0	0	0	0
住宿费									
餐饮费				1	0	0	0	0	0
导游费					5	0	0	0	0
服务费									
杂费				2	3	5	5	0	0
合计金额	人民币（大写）：肆仟捌佰伍拾伍元整								
备注									

收款单位（章）

第二联　报销凭证

收款人：刘阳

图 4.79　业务 38 单证（一）

单据报销封面

编号：

开支项目　工会经费　　　　附单据张数　　1　附件张数＿＿＿＿

共报销人民币（大写）肆仟捌佰伍拾伍元整　　现金付讫　　¥4 855.00

报销人部门：办公室	签　名：王芳	日期：2010 年 12 月 15 日	
负责人审批意见： 同意报销。 景方园 2010 年 12 月 15 日	财务审核意见： 同意报销。 唐志诚 2010 年 12 月 15 日	部门意见： 属实。 黄奇 2010 年 12 月 15 日	说　明： 工会组织职工旅游费用。 　　　　王芳 2010 年 12 月 15 日

图 4.80　业务 38 单证（二）

中国银行 转账支票 （皖）

D 0 03617121
0 2

出票日期（大写）贰零壹零年 壹拾贰 月 壹拾陆 日　付款行名称：中行高新区支行

收款人：　　　　　　　　　　　　　出票人账号：03051187

	亿	千	百	十	万	千	百	十	元	角	分
人民币（大写） 叁拾柒万肆仟肆佰元整				￥	3	7	4	4	0	0	0

用途　贷款

上列款项请从
我账户内支付

出票人签章

科目（借）..........

对方科目（贷）..........

转账日期 2010年 12月 15日

复核　　　记账

图 4.81(a) 业务 40 单证（正面）

本支票付款期限十天

被背书人	被背书人	被背书人
背书人 年 月 日	背书人 年 月 日	背书人 年 月 日

图 4.81(b) 业务 40 单证（背面）

关于没收南京嘉乐公司定金的通知

南京嘉乐公司：

　　根据我公司与贵公司 2010 年 10 月 16 日签订的购销合同第五条第三款之规定，你方未履行验货付款义务，将我方发去的混合器退回，根据合同规定，你方预付的定金人民币壹万元整（￥10 000.00）不再返还。

　　送：南京嘉乐公司

　　抄：财务部

安徽惠源有限责任公司（章）

2010 年 12 月 16 日

图 4.82　业务 41 单证

付款通知书

2010年12月16日

部　门	办公室		经办人	王　芳
款项用途	车辆租赁费		付款日期	2010-12-16
付款金额	小写	￥5 300.00	大写	人民币伍仟叁佰元整
收款人名称	合肥公交旅游公司			
开户行	工行瑶海分理处		账号	3401040023
财务负责人	唐志诚		公司负责人	景方园

图 4.83　业务 42 单证（一）

合肥市服务业统一发票

合地税（10）印字第18号		(08) 皖地税 0163201			发票代码：2340108111227	

客户单位：安徽惠源有限责任公司　　　　　　2010 年 12 月 16 日　　　　　　发票号码：34555501

项　目	单位	数量	单价	金额	备注
车辆租赁费	季度	1	5 300	5 300.00	
合计				5 300.00	

合计金额：人民币（大写）伍仟叁佰元整

收款单位（盖章）　340103000053231　　　　　　　　　　　开票人：张力

合肥公交旅游公司
模拟
发票专用章

图 4.84　业务 42 单证（二）

付款通知书

2010年12月17日

部门	采购部	经办人	陈新
款项用途	购买电感器和电阻器	付款日期	2010-12-17
付款金额	小写　￥96 120.43	大写	人民币玖万陆仟壹佰贰拾元零肆角叁分
收款人名称	南京合力有限责任公司		
开户行	工行玄武支行	账号	32010400222
财务负责人	唐志诚	公司负责人	景方园

图 4.85　业务 43 单证（一）

江苏省增值税专用发票

发票联

3200060018　　　　　　　开票日期：2010 年 12 月 16 日　　　　　No.58305670

购货单位	名称	安徽惠源有限责任公司					密码区	1257－1＜9－7－615962848 ＜032/52＞9/29533－4974 1626＜8－3024＞82906－2 －47－6＜9＞2*－/＞*＞6/		加密版本： 013200060018 58305670
	纳税人识别号	340104000012345								
	地址、电话	合肥市泰和路 158 号 0551-55000001								
	开户行及账号	光大银行蜀山支行 23010001								
货物或应税劳务名称	规格型号	计量单位	数量	单价	金额		税率（%）		税额	
电感器	A1	件	800	65	52 000.00		17		8 840.00	
电阻器	D6	件	500	56	28 000.00		17		4 760.00	
合计					80 000.00				13 600.00	
价税合计（大写）	人民币玖万叁仟陆佰元整						（小写）￥93 600.00			
销售单位	名称	南京合力有限责任公司					备注			
	纳税人识别号	330104000055345								
	地址、电话	南京市玄武路 1225 号 025-23456777								
	开户行及账号	工行玄武支行 32010400022								

收款人：方文宾　　　复核：　　　开票人：李思年　　　销货单位（章）：

图 4.86　业务 43 单证（二）

江苏省增值税专用发票

抵扣联

3200060018　　　　　　　开票日期：2010 年 12 月 16 日　　　　　No.58305670

购货单位	名称	安徽惠源有限责任公司					密码区	1257－1＜9－7－615962848 ＜032/52＞9/29533－4974 1626＜8－3024＞82906－2 －47－6＜9＞2*－/＞*＞6/		加密版本： 013200060018 58305670
	纳税人识别号	340104000012345								
	地址、电话	合肥市泰和路 158 号 0551-55000001								
	开户行及账号	光大银行蜀山支行 23010001								
货物或应税劳务名称	规格型号	计量单位	数量	单价	金额		税率（%）		税额	
电感器	A1	件	800	65	52 000.00		17		8 840.00	
电阻器	D6	件	500	56	28 000.00		17		4 760.00	
合计					80 000.00				13 600.00	
价税合计（大写）	人民币玖万叁仟陆佰元整						（小写）￥93 600.00			
销售单位	名称	南京合力有限责任公司					备注			
	纳税人识别号	320104000055345								
	地址、电话	南京市玄武路 1225 号 025-23456777								
	开户行及账号	工行玄武支行 32010400022								

收款人：方文宾　　　复核：　　　开票人：李思年　　　销货单位（章）：

图 4.87　业务 43 单证（三）

上海铁路局运杂费专用发票

运输号码   2010 年 12 月 16 日   上海铁路局

发 站	南京	到 站	合肥	车种车号		货车自重	
集装箱型		运到期限	2010-12-18	保价金额		运价里程	
收货人 全称	安徽惠源有限责任公司	发货人 全称	南京合力有限责任公司			现付费用	
收货人 地址	合肥市蜀山区泰和路	发货人 地址	南京市玄武路			项目	金额
货物名称	件数	货物重量	计费重量	运价号	运价率	附记	运费	1 720.43
电感器	800					保险费	800
电阻器	500					使用费	
人民币大写：贰仟伍佰贰拾贰元零肆角叁分						合计	2 520.43

发站承运日期戳   发站经办人：时祥

第二联 发票联

图 4.88 业务 43 单证（四）

付款通知书

2010年12月18日

部 门	采 购 部	经办人	陈新
款项用途	购买芯片	付款日期	2010 年 12 月 18 日
付款金额 小写	￥101 848.50	大写	人民币壹拾壹仟捌佰肆拾捌元伍角整
收款人名称	上海宝申有限责任公司		
开户行	工行浦东支行	账号	2051400222
财务负责人	唐志诚	公司负责人	景方园

图 4.89 业务 44 单证（一）

上海市增值税专用发票

发票联

2100060018　　　　　开票日期：2010 年 12 月 18 日　　　　No.84345679

购货单位	名称	安徽惠源有限责任公司				密码区	1257－1＜9－7－615962848 ＜032/52＞9/29533－49741626 ＜8－3024＞82906－2 －47－6＜7＞2*－/＞*＞6/		加密版本： 012100060018 84345679
	纳税人识别号	340104000012345							
	地址、电话	合肥市泰和路 158 号 0551-55000001							
	开户行及账号	光大银行蜀山支行 23010001							

货物或应税劳务名称	规格型号	计量单位	数量	单价	金额	税率（%）	税额
芯片	3#	百片	100	300	30 000.00	17	5 100.00
芯片	4#	百片	100	205	20 500.00	17	3 485.00
芯片	5#	百片	90	195	17 550.00	17	2 983.50
芯片	6#	百片	100	190	19 000.00	17	3 230.00
合计					87 050.00		14 798.50

价税合计（大写）	人民币壹拾万壹仟捌佰肆拾捌元伍角整	（小写）￥101 848.50

销售单位	名称	上海宝申有限责任公司	备注	
	纳税人识别号	215040000055332		
	地址、电话	浦东新区滨江路 1225 号 021-53456997		
	开户行及账号	工行浦东支行 02051400222		

收款人：李思思　　　复核：　　　开票人：武天源　　　销货单位（章）：

图 4.90　业务 44 单证（二）

上海市增值税专用发票

抵扣联

2100060018　　　　　开票日期：2010 年 12 月 18 日　　　　No.84345679

购货单位	名称	安徽惠源有限责任公司				密码区	1257－1＜9－7－615962848＜ 032/52＞9/29533－4974 1626＜8－3024＞82906－2 －47－6＜7＞2*－/＞*＞6/		加密版本： 012100060018 84345679
	纳税人识别号	340104000012345							
	地址、电话	合肥市泰和路 158 号 0551-55000001							
	开户行及账号	光大银行蜀山支行 23010001							

货物或应税劳务名称	规格型号	计量单位	数量	单价	金额	税率（%）	税额
芯片	3#	百片	100	300	30 000.00	17	5 100.00
芯片	4#	百片	100	205	20 500.00	17	3 485.00
芯片	5#	百片	90	195	17 550.00	17	2 983.50
芯片	6#	百片	100	190	19 000.00	17	3 230.00
合计					87 050.00		14 798.50

价税合计（大写）	人民币壹拾万壹仟捌佰肆拾捌元伍角整	（小写）￥101 848.50

销售单位	名称	上海宝申有限责任公司	备注	
	纳税人识别号	215040000055332		
	地址、电话	浦东新区滨江路 1225 号 021-53456997		
	开户行及账号	工行浦东支行 02051400222		

收款人：李思思　　　复核：　　　开票人：武天源　　　销货单位（章）：

图 4.91　业务 44 单证（三）

职工辞退补偿金额表

2010 年 12 月 18 日   单位：元

职位	拟辞退人数	工龄（年）	补偿标准	补偿金额
中级技工	4	5	16 000.00	64 000.00
一般技工	4	2	6 000.00	24 000.00
行政后勤人员	2	2	6 000.00	12 000.00
合计	10			100 000.00

人力资源部（盖章）

图 4.92　业务 45 单证

安徽增值税专用发票

发票联

3400060016　　　　　　开票日期：2010 年 12 月 18 日　　　　　　No.20005678

购货单位	名称	安徽惠源有限责任公司				
	纳税人识别号	340104000012345				
	地址、电话	合肥市泰和路 158 号 0551-55000001				
	开户行及账号	光大银行蜀山支行 23010001				

密码区
1257－1＜9－7－615962848＜
032/52＞9/29533－4974
1626＜8－3024＞82906－2
－47－6＜7＞2*－/＞*＞6/

加密版本：
013400060016
20005678

货物或应税劳务名称	规格型号	计量单位	数量	单价	金额	税率（%）	税额
生产用电		千瓦时	54 263	0.5555	30 143.10	17	5 124.40
合计					30 143.10		5 124.40

价税合计（大写）	人民币叁万伍仟贰佰陆拾柒元伍角整	（小写）￥35 267.50

销售单位	名称	合肥电力公司	备注
	纳税人识别号	340101000024680	
	地址、电话	合肥市黄山路 125 号 0551-43456700	
	开户行及账号	工行三孝口支行 340801000111	

合肥市电力公司
340101000024680
模拟
收费专用章

收款人：方文宾　　　复核：　　　开票人：李思年　　　销货单位（章）

第二联　发票联　购货方记账

图 4.93　业务 46 单证（一）

安徽增值税专用发票

抵扣联

3400060016	开票日期：2010 年 12 月 18 日	No.20005678

<table>
<tr><td rowspan="4">购货单位</td><td>名称</td><td colspan="2">安徽惠源有限责任公司</td><td rowspan="4">密码区</td><td colspan="2" rowspan="4">1257－1＜9－7－615962848＜
032/52＞9/29533－4974
1626＜8－3024＞82906－2
－47－6＜7＞2*－/＞*＞6/</td><td colspan="2">加密版本：</td></tr>
<tr><td>纳税人识别号</td><td colspan="2">340104000012345</td><td colspan="2">013400060016</td></tr>
<tr><td>地址、电话</td><td colspan="2">合肥市泰和路 158 号 0551-55000001</td><td colspan="2">20005678</td></tr>
<tr><td>开户行及账号</td><td colspan="2">光大银行蜀山支行 23010001</td><td colspan="2"></td></tr>
<tr><td colspan="2">货物或应税劳务名称</td><td>规格型号</td><td>计量单位</td><td>数量</td><td>单价</td><td>金额</td><td>税率（%）</td><td>税额</td></tr>
<tr><td colspan="2">生产用电</td><td></td><td>千瓦时</td><td>54 263</td><td>0.5555</td><td>30 140.10</td><td>17</td><td>5 124.40</td></tr>
<tr><td colspan="2">合计</td><td></td><td></td><td></td><td></td><td>30 140.10</td><td></td><td>5 124.40</td></tr>
<tr><td colspan="2">价税合计（大写）</td><td colspan="4">人民币叁万伍仟贰佰陆拾柒元伍角整</td><td colspan="3">（小写）￥35 267.50</td></tr>
<tr><td rowspan="4">销售单位</td><td>名称</td><td colspan="2">合肥电力公司</td><td rowspan="4">备注</td><td colspan="4" rowspan="4"></td></tr>
<tr><td>纳税人识别号</td><td colspan="2">340101000024680</td></tr>
<tr><td>地址、电话</td><td colspan="2">合肥市黄山路 125 号 0551-43456700</td></tr>
<tr><td>开户行及账号</td><td colspan="2">工行三孝口支行 340801000111</td></tr>
</table>

收款人：方文宾　　　复核：　　　开票人：李思年　　　销货单位（章）

图 4.94　业务 46 单证（二）

中国光大银行委托收款凭证（付款通知）

委邮　　　　　　　　委托日期：2010 年 12 月 16 日

<table>
<tr><td rowspan="3">付款人</td><td>全称</td><td>安徽惠源有限责任公司</td><td rowspan="3">收款人</td><td>全称</td><td colspan="11">合肥市电力公司</td></tr>
<tr><td>账号或地址</td><td>23010001</td><td>账号或地址</td><td colspan="11">340102000066533</td></tr>
<tr><td>开户银行</td><td>光大银行蜀山支行</td><td>开户银行</td><td colspan="11">工行三孝口支行</td></tr>
<tr><td rowspan="2">委收金额</td><td colspan="3" rowspan="2">人民币（大写）叁万伍仟贰佰陆拾柒元伍角整</td><td>千</td><td>百</td><td>十</td><td>万</td><td>千</td><td>百</td><td>十</td><td>元</td><td>角</td><td>分</td></tr>
<tr><td></td><td></td><td>￥</td><td>3</td><td>5</td><td>2</td><td>6</td><td>7</td><td>5</td><td>0</td></tr>
<tr><td rowspan="2">款项内容</td><td>电费</td><td>委托收款凭证名称</td><td></td><td colspan="3">附寄单证张数</td><td colspan="8">3</td></tr>
<tr><td colspan="2" rowspan="3">备注：
取消付款期，见单付款。</td><td colspan="12" rowspan="3">付款人注意：
　　1. 根据结算办法，上列委托收款，如在付款期限内未拒付时，即视同全部同意付款，以此联代付款通知。
　　2. 如需提前付款或多付款，应另写书面通知送银行办理。</td></tr>
<tr></tr>
<tr></tr>
<tr><td>单位主管</td><td>会计</td><td>复核</td><td colspan="3">记账</td><td colspan="8">开户银行盖章</td></tr>
</table>

图 4.95　业务 46 单证（三）

电费分配表

2010 年 12 月 5 日

单位：元

项目		金额			借记账户	贷记账户
本月电费		30 143.10				
其中	一车间	6 996.14	CPU	3 643.82	生产成本	银行存款
			中频处理器	3 352.32	生产成本	银行存款
	二车间	8 172.38	耦合器	4 070.83	生产成本	银行存款
			放大模块	4 101.55	生产成本	银行存款
	装配车间	5 384.61	接收机	2 601.98	生产成本	银行存款
			混合器	2 782.63	生产成本	银行存款
	机修车间	7 263.49			生产成本	银行存款
	管理部门	1 585.46			管理费用	银行存款
	销售部	741.02			销售费用	银行存款

制表人：柏茹

图 4.96　业务 46 单证（四）

单据报销封面

编号：

开支项目　业务费、办公费　　　　附单据张数　　　2　　　附件张数＿＿＿＿＿＿

共报销人民币（大写）贰仟伍佰叁拾陆元整　　现金付讫　　¥2 536.00

报销人部门：销售部	签　名：王静	日期：2010 年 12 月 19 日	
负责人审批意见： 同意报销。 景方园 2010 年 12 月 19 日	财务审核意见： 同意报销。 唐志诚 2010 年 12 月 19 日	部门意见： 属实。 刘方 2010 年 12 月 19 日	说　　明： 1. 销售部业务费 1 936 元； 2. 办公用品 600 元。 王静 2010 年 12 月 19 日

图 4.97　业务 47 单证（一）

付款通知书

2010年12月19日

部　　门	销售部		经办人	王静
款项用途	支付展销费		付款日期	2010 年 12 月 19 日
付款金额	小写	15 000.00	大写	人民币壹万伍仟元整
收款人名称	合肥会展中心			
开户行	工行经济开发区支行		账号	34010500001122
财务负责人	唐志诚		公司负责人	景方园

图 4.98　业务 47 单证（二）

安徽省合肥市商业零售统一发票

发票联

皖国税（2010）印字第19号
客户名称：安徽惠源有限责任公司

2010 年 12 月 19 日

发票代码：1340108622311
发票号码：00808820

货　号	品名及规格	单　位	数　量	单　价	金　额						
					万	千	百	十	元	角	分
办公用品	见清单					¥	6	0	0	0	0
合计金额（大写）	人民币陆佰元整					¥	6	0	0	0	0
付款方式	现金	开户银行及账号									
		税务登记号									

企业（盖章有效）　　　　收款：王林　　　　开票：王林

报销凭证

图 4.99　业务 47 单证（三）

安徽省合肥市商业零售统一发票

发票联　　皖合国税普票　　　　No：391007

客户名称：安徽惠源有限责任公司　　　　　　　　2010 年 12 月 19 日

货　号	品名及规格	单　位	数　量	单　价	金　额						
					万	千	百	十	元	角	分
礼品	见清单				¥	1	9	3	6	0	0
合计金额（大写）	壹仟玖佰叁拾陆元整				¥	1	9	3	6	0	0
付款方式	转账	开户银行及账号		商行四牌楼支行 006573							
		税务登记号									

企业（盖章有效）34010301 0219360　　收款：傅刚　　　　　　开票：傅刚

报销凭证

图 4.100　业务 47 单证（四）

合肥市服务业统一发票

（10）皖地税 0163201

客户单位：安徽惠源有限责任公司　　　2010 年 12 月 16 日　　　　No：5456712

项　目	单位	数量	单价	金额	备注
展销费	天	15	1 000.00	15 000.00	
合计				15 000.00	
合计金额：人民币（大写）壹万伍仟元整					

收款单位（盖章）34010202 0116311　　　　开票人：李力

第二联　发票联

图 4.101　业务 47 单证（五）

借　款　单

2010 年 12 月 19 日　　　　　　　　　　　　　　　　No：005481

借款部门：	办公室	借款人：		王芳	借款方式：		现金
借款用途	差旅费	收款单位	名　称				
			账　号				
			开户行				

借款金额	人民币（大写）贰仟元整	千	百	十	万	千	百	十	元	角	分
					￥	2	0	0	0	0	0

分管领导： 景方园	主管部门： 黄奇	财务审核：	财务负责人： 唐志诚

备注

第二联　记账联

出纳签章：杨瑶霞

图 4.102　业务 50 单证

安徽增值税专用发票

发票联

3400060016　　　　　　开票日期：2010 年 12 月 20 日　　　　　　No.23009680

购货单位	名称	安徽惠源有限责任公司	密码区	1257－1＜9－7－615962848＜ 032/52＞9/29533－4974 1626＜8－3024＞82906－2 －47－6＜7＞2*－/＞*＞6/	加密版本： 013400152140 00575238
	纳税人识别号	340104000012345			
	地址、电话	合肥市泰和路 158 号 0551-55000001			
	开户行及账号	光大银行蜀山支行 23010001			

货物或应税劳务名称	规格型号	计量单位	数量	单价	金额	税率（%）	税额
办公桌、椅		套	5	683.76	3 418.80	17	581.20
合计					3 418.80		581.20

价税合计（大写）	人民币肆仟元整	（小写）￥4 000.00

销售单位	名称	合肥家具公司	备注	
	纳税人识别号	340101000035750		340101000035750
	地址、电话	庐阳区淮河路 125 号 0551-43456700		
	开户行及账号	工行庐阳支行 002701		

收款人：戴马生　　　　复核：　　　　开票人：段苹　　　　销货单位（章）：

图 4.103　业务 51 单证（一）

第二联　发票联　购货方记账

安徽增值税专用发票

抵扣联

3400060016		开票日期:2010 年 12 月 20 日					No.23009680	

购货单位	名称	安徽惠源有限责任公司	密码区	1257-1<9-7-615962848 <032/52>9/29533-4974 1626<8-3024>82906-2 -47-6<7>2*-/>*>6/	加密版本: 013400152140 00575238
	纳税人识别号	340104000012345			
	地址、电话	合肥市泰和路 158 号 0551-55000001			
	开户行及账号	光大银行蜀山支行 23010001			

货物或应税劳务名称	规格型号	计量单位	数量	单价	金额	税率(%)	税额
办公桌、椅		套	5	683.76	3 418.80	17	581.20
合计					3 418.80		581.20

价税合计(大写)	人民币肆仟元整	(小写)¥4 000.00

销售单位	名称	合肥家具公司	备注
	纳税人识别号	340101000035750	
	地址、电话	庐阳区淮河路 125 号 0551-43456700	
	开户行及账号	工行庐阳支行 002701	

收款人:戴马生　　　　复核:　　　　开票人:段苹　　　　销货单位(章):

第三联 抵扣联 购货方扣税凭证

图 4.104　业务 51 单证(二)

付款通知书

部　门	办公室	经办人	王芳
款项用途	购买办公家具	付款日期	2010-12-20
付款金额	小写　¥4 000.00	大写	人民币肆仟元整
收款人名称	合肥家具公司		
开户行	工行庐阳分理处	账号	工行庐办 002701
财务负责人	唐志诚	公司负责人	景方园

图 4.105　业务 51 单证(三)

固定资产报废申请单

固定资产编号：116　　　　　　2010 年 12 月 20 日　　　　　　固定资产卡片编号：95

设备名称	车床	预计使用年限	12 年	已使用年限	10 年
规格型号	F110	设备原值（元）	240 000.00	已提折旧（元）	194 000.00
使用部门	二车间	折余价值（元）	46 000.00	预计净残值（元）	7 200.00
报废原因	设备陈旧，技术落后，加工的产品质量受影响。				
处理意见	使用部门	技术鉴定小组	固定资产管理部门		单位领导
	建议报废	同意报废	送废品公司回收		同意。景方园

图 4.106　业务 53 单证（一）

委托收款凭证（付款通知）

委邮

委托日期：2010 年 12 月 20 日

<table>
<tr><td rowspan="3">付款人</td><td>全称</td><td>安徽惠源有限责任公司</td><td rowspan="3">收款人</td><td>全称</td><td colspan="10">合肥市瑶海建筑安装公司</td></tr>
<tr><td>账号或地址</td><td>23010001</td><td>账号或地址</td><td colspan="10">340104000055555</td></tr>
<tr><td>开户银行</td><td>光大银行蜀山支行</td><td>开户银行</td><td colspan="10">工行瑶海分理处</td></tr>
<tr><td colspan="3">委收金额</td><td colspan="2">人民币（大写）贰仟元整</td><td>千</td><td>百</td><td>十</td><td>万</td><td>千</td><td>百</td><td>十</td><td>元</td><td>角</td><td>分</td></tr>
<tr><td colspan="3"></td><td colspan="2"></td><td></td><td></td><td></td><td>¥</td><td>2</td><td>0</td><td>0</td><td>0</td><td>0</td><td>0</td></tr>
<tr><td colspan="2">款项内容</td><td>拆卸、搬运费</td><td colspan="2">委托收款凭证
名称</td><td colspan="4">附寄单证张数</td><td colspan="6">3</td></tr>
<tr><td>备注：</td><td colspan="4">中国光大银行安徽蜀山支行
2010.12.20.
模拟
转讫
（5）</td><td colspan="10">付款人注意：
1．根据结算办法，上列委托收款，如在付款期限内未拒付时，即视同全部同意付款，以此联代付款通知。
2．如需提前付款或多付款，应另写书面通知送银行办理。</td></tr>
</table>

单位主管　　　会计　　　复核　　　记账　　　开户银行盖章

此联付款人开户银行给付款人按期付款的通知

图 4.107　业务 53 单证（二）

安徽省合肥市建筑安装业统一发票

发票联

付款单位　安徽惠源有限责任公司

皖地税　No：00121766

开票日期：2010 年 12 月 20 日

工程名称	设备拆卸清理	类别	其他	建筑面积	平方米	竣工日期		备注
结算项目		单位	数量	单价	金额			备注
设备拆卸清理费			1	2 000	2 000.00			
管理费								
合计金额	人民币（大写）贰仟元整						￥2 000.00	
承建单位		合肥市瑶海建筑安装公司			结算方式		银行转账	
开户银行及账号		行瑶海分理处 340104000055555						

开票单位（盖章有效）　　　　收款人：钟祥　　　　　　　　　　开票人：李钟

第二联　发票联

图 4.108　业务 53 单证（三）

中国光大银行委托收款凭证（收账通知）

委邮

委托日期：2010年12月20日

付款人	全称	合肥物资回收公司	收款人	全称	安徽惠源有限责任公司										
	账号或地址	34010056		账号或地址	23010001									
	开户银行	建行迴龙桥支行		开户银行	光大银行蜀山支行									
委收金额		人民币（大写）壹万元整			千	百	十	万	千	百	十	元	角	分
							￥	1	0	0	0	0	0	0
款项内容	设备回收收入	委托收款凭证名称			附寄单证张数			3						
备注：				付款人注意： 1．根据结算办法，上列委托收款，如在付款期限内未拒付时，即视同全部同意付款，以此联代付款通知。 2．如需提前付款或多付款，应另写书面通知送银行办理。										

单位主管　　　会计　　　　复核　　　　记账　　　　开户银行盖章

给收款人收账通知

此联收款人开户银行在款项收妥后

图 4.109　业务 53 单证（四）

产成品入库单

交库单位：销售部　　　　　　　　2010 年 12 月 23 日　　　　仓库：成品仓库　第 1012 号

产品名称	规格型号	计量单位	交付数量	检验结果	实收数量	单位成本（元）	总成本（元）
混合器		台	5		5	479.50	2 397.50
					5	479.50	2 397.50

车间负责人：　　　　　　仓库经办人：侯洁　　　　　　制单：王静

第二联　财务记账

图 4.121　业务 60 单证（三）

货物交换协议

甲方：长河电脑公司

乙方：安徽惠源有限责任公司

甲乙双方经协商，达成如下协议：

乙方以一辆桑塔纳 2000 型小车与甲方交换 20 台联想启天 4000 电脑。乙方保证对用于交换的标的物拥有所有权，标的物性能在移交时安全正常；甲方保证用于交换的标的物质量合格，并提供相关售后服务。上述资产应于 12 月 24 日前移交，所有权随实物移交转移。未尽事宜，由双方协商确定。

本协议一式两份，双方各执一份，于签字之日起生效。

甲方：长河电脑公司（盖章）　　　　乙方：安徽惠源有限责任公司（盖章）

法定代表人签字：刘建军　　　　　　法定代表人签字：景方园
　2010 - 12 - 23　　　　　　　　　　2010 - 12 - 23

图 4.122　业务 61 单证（一）

安徽惠源有限责任公司

固定资产验收单

2010 年 12 月 23 日

资产名称	规格型号	单位	数量	资产价值	预计使用年限	使用部门	预计净残值
联想电脑	启天 4000	台	20	85 000.00	6	办公室	0
合计				85 000.00			
备注	办公用固定资产由办公室负责实物管理						

使用部门负责人：黄奇　　　　实物负责人：马宜　　生产技术部：章明清

图 4.123　业务 61 单证（二）

单据报销封面

编号：

开支项目　**车辆费**　　　　　附单据张数　2　　　附件张数 _____

共报销人民币（大写）贰仟肆佰陆拾伍元整　　　　　　　　¥ 2 465.00

现金付讫

报销人部门：办公室	签名：王芳		日期：2010 年 12 月 23 日
负责人审批意见： 同意报销。 　　景方园 2010 年 12 月 23 日	财务审核意见： 同意报销。 　　唐志诚 2010 年 12 月 23 日	部门意见：属实。 　　黄奇 2010 年 12 月 23 日	说　明 1.11 月份过路费 365 元。 2.12 月 1 日至 15 日车辆用油 2 100 元。 　　　　　　　　　王芳 　　　　　　　2010 - 12 - 23

图 4.124　业务 62 单证（一）

安徽省合肥市加油站专用发票

发票联

皖国税印字（2010）第10号
客户名称：安徽惠源有限责任公司

2010 年12月22 日

发票代码：134010835671
发票号码：00820203

货名	品名及规格	单位	数量	单价	金额						
					万	千	百	十	元	角	分
汽油	93#	L	280	7.50	¥	2	1	0	0	0	0
合计金额（大写）	人民币 贰仟壹佰元整										

企业（盖章有效）340103000032151　　　收款　　　　　　　　开票　陈敦

第二联 收据

图 4.125　业务 62 单证（二）

安徽省公路桥梁隧道车辆通行费专用票据

No：00124678

车主	安徽惠源有限责任公司				
主车	皖 AA516632	皖 AA516632	座位	主车	5 人
挂车				挂车	
车类	轿车	主车吨费额		主车吨费额	
金额（大写）	叁佰陆拾伍元整			¥：365.00	
有效期	2010 年12月1日至 2010 年12月31 日			有效范围	
收费单位				填发人	
				收款人	张芙蓉
				填发日期	2010－12－23

图 4.126　业务 62 单证（三）

中华人民共和国印花税票销售凭证

2010 年12 月23 日

购票单位：安徽惠源有限责任公司

印花税票面值	单位	数量	税额	备注
壹角	枚			
贰角	枚			
伍角	枚	3	1.50	
壹元	枚	11	11.00	
贰元	枚	50	100.00	
伍元	枚	28	140.00	
壹拾元	枚	20	200.00	
伍拾元	枚	4	200.00	
壹佰元	枚			
合计人民币（大写）		陆佰伍拾贰元伍角整		

图 4.127 业务 64 单证（一）

付款通知书

2010年12月23日

部门	财务部		经办人	杨瑶霞
款项用途	交印花税		付款日期	2010－12－23
付款金额	小写	￥652.50	大写	人民币陆佰伍拾贰元伍角整
收款人名称	合肥地税局征管分局			
开户行	商行长江分理处		账号	11010055
财务负责人	唐志诚		公司负责人	景方园

图 4.128 业务 64 单证（二）

中国光大银行利息清单（收账通知）

单位：惠源有限责任公司　　　　　2010 年12月21 日　　　　　账号：34010001

起息日期	结息日期	天数	积数	日利率（%）	利息
2010 - 09 - 21	2010 - 12 - 20	90	642 955.56	0.002	1 157.32
合计：人民币（大写）壹仟壹佰伍拾柒元叁角贰分					
上列存款利息，已照收你单位 34010001 账户。 （银行盖章）					

图 4.129　业务 65 单证（一）

中国建设银行利息清单（收账通知）

单位：惠源有限责任公司　　　　　2010 年12月21 日　　　　　账号：23010001

起息日期	结息日期	天数	积数	日利率（%）	利息
2010 - 09 - 21	2010 - 12 - 20	90	197 933.33	0.002	356.28
合计：人民币（大写）叁佰伍拾陆元贰角捌分					
上列存款利息，已照收你单位 23010001 账户。 （银行盖章）					

图 4.130　业务 65 单证（二）

职工困难补助发放表

2010 年 12 月 24 日　　　　　　　　　　　　　　　　　　　　单位：元

姓　　名	部　　门	补助金额	签　　名	
王中奇	生产技术部	400		王中奇
景慧灵	一车间	400	现金付讫	景慧灵
张又涛	机修车间	400		张又涛
合　　计		1 200		

负责人：景方园　　　　　　　　　　　　　　　　人力资源部（盖章）

图 4.131　业务 66 单证

差旅费报销单

部门：办公室　　　　　　　　　　　　　　　　　　　　　　2010 年 12 月 25 日

出差人			王胜利、金强				交通工具	交通费	出差事由		到南京、上海参加展销会	
出　　　发			到　　　达						出差补贴		其他费用	
月	日	时	地点	月	日	时	地点			天数	金额	项目	金额
12	19		合肥	12	19		南京	火车	80	3	120	市内交通费	110
12	20		南京	12	20		上海	火车	220			住宿费	800
12	21		上海	12	21		合肥	火车	312			邮电费	
							现金付讫					办公用品费	
											其他	253
合　　　计								612		120		1 163
报销总额		人民币（大写）：壹仟捌佰玖拾伍元整					预借旅费			补领金额	¥	
										退还金额	¥	

附件 12 张

领导签字：景方园　　　　　财务审核：唐志诚　　　　　出纳：杨瑶霞　　　　领款人：王胜利

图 4.132　业务 67 单证

中华人民共和国税收通用缴款书

隶属关系：有限责任公司　　　　　　　　　　　　　　　　皖国缴　21151　号

注册类型：省属　　　　　填发日期：2010 年 12 月 25 日　　征收机关：合肥国税局六分局

<table>
<tr><td rowspan="4">缴款单位</td><td>代码</td><td>340104000012341</td><td rowspan="4">预算科目</td><td>编码</td><td>70109</td></tr>
<tr><td>全称</td><td>安徽惠源有限责任公司</td><td>名称</td><td>工会经费</td></tr>
<tr><td>开户银行</td><td>光大银行蜀山支行</td><td>级次</td><td>市级</td></tr>
<tr><td>账号</td><td>23010001</td><td>收款国库</td><td>合肥市金库</td></tr>
<tr><td colspan="2">税款所属日期</td><td colspan="2">2010 年 9 月—12 月</td><td>税款限缴日期</td><td>2010 年 12 月 25 日</td></tr>
<tr><td>品目名称</td><td>课税数量</td><td>计税金额或销售收入</td><td>税率或单位税额</td><td>已缴或扣除额</td><td>实缴金额</td></tr>
<tr><td>工会经费</td><td></td><td>2 750.00</td><td>40%</td><td>1 100.00</td><td>1 100.00</td></tr>
<tr><td>金额合计</td><td colspan="3">人民币　（大写）壹仟壹佰元整</td><td colspan="2">￥1 100.00</td></tr>
<tr><td>缴款单位（人）（盖章）
经办人（章）</td><td colspan="2">税务机关　（盖章）
填票人（章）

国库（银行）盖章　2010 年 12 月 25 日</td><td colspan="2">上列款项已收妥并划转收款单位账户</td><td>备注：</td></tr>
</table>

逾期不缴按税法规定加收滞纳金

图 4.133　业务 68 单证

实存账存对比表

单位：安徽惠源有限责任公司　　　填表日期：2010 年 12 月 26 日　　编号：08012

<table>
<tr><td rowspan="3">序号</td><td rowspan="3">类别名称</td><td rowspan="3">计量单位</td><td rowspan="3">单价</td><td colspan="2">实际结存数</td><td colspan="2">账面结存数</td><td colspan="4">对比结果</td><td rowspan="3">原因</td></tr>
<tr><td rowspan="2">数量</td><td rowspan="2">金额</td><td rowspan="2">数量</td><td rowspan="2">金额（元）</td><td colspan="2">盘盈</td><td colspan="2">盘亏</td></tr>
<tr><td>数量</td><td>金额</td><td>数量</td><td>金额</td></tr>
<tr><td>1</td><td>1#芯片</td><td>百片</td><td>200</td><td>199.5</td><td>15 900.00</td><td>200</td><td>16 000.00</td><td></td><td></td><td>0.5</td><td>100.00</td><td rowspan="7">定额内损耗</td></tr>
<tr><td>2</td><td>3#芯片</td><td>百片</td><td>300</td><td>299</td><td>33 300.00</td><td>300</td><td>33 600.00</td><td></td><td></td><td>1</td><td>300.00</td></tr>
<tr><td></td><td></td><td></td><td></td><td></td><td></td><td></td><td></td><td></td><td></td><td></td><td></td></tr>
<tr><td></td><td></td><td></td><td></td><td></td><td></td><td></td><td></td><td></td><td></td><td></td><td></td></tr>
<tr><td></td><td></td><td></td><td></td><td></td><td></td><td></td><td></td><td></td><td></td><td></td><td></td></tr>
<tr><td></td><td></td><td></td><td></td><td></td><td></td><td></td><td></td><td></td><td></td><td></td><td></td></tr>
<tr><td></td><td></td><td></td><td></td><td></td><td></td><td></td><td></td><td></td><td></td><td></td><td></td></tr>
<tr><td>合计</td><td></td><td></td><td></td><td></td><td></td><td></td><td></td><td></td><td></td><td></td><td>400.00</td><td></td></tr>
</table>

单位负责人：景方圆　　　　会计主管：陈慧　　　　　　制表：李国忠

图 4.134　业务 69 单证

195

单据报销封面

编号：＿＿＿＿＿

开支项目 __邮寄费__ 附单据张数 __1__ 附件张数 ＿＿＿＿＿

共报销人民币（大写）壹仟伍佰零伍元整	现金付讫	￥1 505.00

报销人部门：办公室	签名：王芳	日期：2010 年 12 月 26 日

| 负责人审批意见：
同意报销。

景方园

2010 年 12 月 26 日 | 财务审核意见：
同意报销。

唐志诚

2010 年 12 月 26 日 | 部门意见：
　　　属实。

　　　黄奇

2010 年 12 月 26 日 | 说　明
公司 12 月份邮寄费

王芳
2010 年 12 月 26 日 |

图 4.135　业务 70 单证（一）

安徽省合肥市邮政业务通用发票

发票联

合地税（10）印字第15号
客户名称：安徽惠源有限责任公司

发票代码：234010865111
发票号码：00198861
开票日期：2010 年 12 月 25 日

服务项目	单位	数量	单价	金额
邮寄费				￥1 505.00
合计（人民币大写）		壹仟伍佰零伍元整		

第二联　发票联

开票单位（盖章）　　　　　　收款：常眉　　　　　　开票：张一品

图 4.136　业务 70 单证（二）

中国光大银行电汇凭证（回单）

委托日期：2010 年 12 月 27 日　　　　　　　　　　第　号

<table>
<tr><td rowspan="3">付款人</td><td>全称</td><td colspan="2">安徽惠源有限责任公司</td><td rowspan="3">收款人</td><td>全称</td><td colspan="3">马鞍山钢铁公司</td></tr>
<tr><td>账号或住址</td><td colspan="2">光大银行蜀山支行 23010001</td><td>账号或住址</td><td colspan="3">工行钢城支行 340801000111</td></tr>
<tr><td>汇出地点</td><td>安徽省合肥市（县）</td><td>汇出行名称</td><td>光大银行蜀山支行</td><td>汇入地点</td><td>安徽省马鞍山市（县）</td><td>汇入行名称</td><td>工行钢城支行</td></tr>
<tr><td rowspan="2">金额</td><td colspan="3">人民币（大写）叁拾万元整</td><td colspan="4">￥300 000.00</td></tr>
<tr><td colspan="3">汇款用途：货款</td><td colspan="4"></td></tr>
<tr><td colspan="4">单位主管　　会计　　复核　　记账</td><td colspan="4">汇出行盖章　　　　　2010 年 6 月 27 日</td></tr>
</table>

此联汇出行给汇款人的回单

图 4.137　业务 71 单证（一）

银行承兑汇票（存根）

Ⅵ 6578

签发日期：贰零壹零年壹拾贰月贰拾柒日　　　　　　第　号

<table>
<tr><td rowspan="3">收款人</td><td>全称</td><td colspan="2">马鞍山钢铁公司</td><td rowspan="3">承兑申请人</td><td>全称</td><td colspan="9">安徽惠源有限责任公司</td></tr>
<tr><td>账号</td><td colspan="2">340108000321</td><td>账号</td><td colspan="9">23010001</td></tr>
<tr><td>开户银行</td><td>工行相山支行</td><td>行号</td><td>开户银行</td><td colspan="2">光大银行蜀山支行</td><td>行号</td><td></td><td></td><td></td><td></td><td></td><td></td></tr>
<tr><td colspan="4">汇票金额</td><td colspan="2">人民币（大写）贰拾柒万捌仟伍佰贰拾元整</td><td>百</td><td>十</td><td>万</td><td>千</td><td>百</td><td>十</td><td>元</td><td>角</td><td>分</td></tr>
<tr><td colspan="4"></td><td colspan="2"></td><td>￥</td><td>2</td><td>7</td><td>8</td><td>5</td><td>2</td><td>0</td><td>0</td><td>0</td></tr>
<tr><td colspan="2">汇票到期日</td><td colspan="2">贰零零玖年叁月贰拾柒日</td><td>承兑协议编号</td><td colspan="2">15676</td><td colspan="8">交易合同号码</td></tr>
<tr><td colspan="2" rowspan="2">本汇票已经承兑，到期无条件支付票款</td><td colspan="2" rowspan="2">承兑人签章</td><td colspan="12">1</td></tr>
<tr><td colspan="12"></td></tr>
<tr><td colspan="2">承兑日期　2010年 12 月 27 日</td><td colspan="6">负责　何中新</td><td colspan="8">经办　崔萧红</td></tr>
</table>

此联签发人存查

图 4.138　业务 71 单证（二）

银行承兑协议

编号：____0015676____

银行承兑汇票的内容：

出票人全称____安徽惠源有限责任公司____ 收款人全称____马鞍山钢铁公司____

开户银行____光大银行蜀山支行____ 开户银行____工行相山支行____

账　　号____23010001____ 账　　号____340108000321____

汇票号码____V26578____ 汇票金额（大写）贰拾柒万捌仟伍佰贰拾元整

出票日期__2010__年__12__月__27__日到期日期__2011__年__3__月__27__日

以上汇票经银行承兑，出票人愿遵守《支付结算办法》的规定及下列条款：

一、出票人于汇票到期日前将应付票款足额交存承兑银行。

二、承兑手续费按票面金额万分之五计算，在银行承兑时一次付清。

三、出票人与持票人如发生任何交易纠纷，均由其双方自行处理，票款于到期前仍按第一条办理不误。

四、承兑汇票到期日，承兑银行凭票无条件支付票款。如到期日之前出票人不能足额交付票款，承兑银行将不足支付部分的票款转作出票申请人逾期贷款，并按照每天万分之五计收罚息。

五、承兑汇票款付清后，本协议自动失效。

承兑银行签章  出票人签章

订立承兑协议日期__2010__年__12__月__27__日

图 4.139　业务 71 单证（三）

光 大 银 行

银 行 汇 票 （多余款）4
（收账通知）

ⅢⅤ　00451356

汇票号码

第005311号

付款期限
壹个月

出票日期
（大写）　贰零零年壹拾贰月零陆日

代理付款行：光大银行蜀山支行

账号：34010800000111

行号：6301

收款人：马鞍山电子器材公司

出票金额 人民币 壹拾肆万元整
（大写）

实际结算金额 人民币 壹拾叁万仟伍佰伍拾元整
（大写）

	千	百	十	万	千	百	十	元	角	分
				¥	1	3	5	5	0	0

申请人：安徽惠颂有限责任公司

出票行：光大银行蜀山支行　行号：6301

备 注：货款

出票行盖章

号或住址：

多余金额

	千	百	十	万	千	百	十	元	角	分
					¥	5	4	5	0	0

左列退回多余金额已收入账户内。

财务主管　　　复核　　　经办

此联出票行结清多余款后交申请人

图 4.140　业务 72 单证

中国光大银行安徽蜀山支行
模拟
转讫（3）
2010.12.6

203

安徽省行政事业单位收款收据

2010 年 12 月 28 日

Ⅳ5575415

付款单位（或个人）：安徽惠源有限责任公司　　　　　　　　　　付款方式：转账

收款项目	单位金额	金　额								
		百	十	万	千	百	十	元	角	分
内部发行的文件资料工本费										
代收代办的收款										
捐赠款			¥	2	0	0	0	0	0	0
培训费										
			¥	2	0	0	0	0	0	0
人民币（大写）	贰拾元整									

经办人　　　　　　　　负责人　　　　　　收款单位（公章）模拟

第二联　收据

图 4.141　业务 73 单证（一）

付款通知书

2010年12月28日

部门	办公室	经办人	王芳
款项用途	对希望工程捐款	付款日期	2010 年 12 月 28 日
付款金额	小写　¥ 20 000.00	大写	人民币贰万元整
收款人名称		安徽省希望工程办公室	
开户行	工行四牌楼支行	账号	340101000611
财务负责人	唐志诚	公司负责人	景方园

图 4.142　业务 73 单证（二）

安徽增值税专用发票

发票联

3400060063

No.50567801

开票日期：2010 年 12 月 29 日

购货单位	名称	安徽惠源有限责任公司	密码区	3457－1＜9－7－123692724 ＜032/52＞9/29533－4974 1626＜8－3024＞82906－2 －47－6＜7＞2*－/＞*＞6/	加密版本： 01340015222 000575238
	纳税人识别号	340104000012345			
	地址、电话	合肥市泰和路 158 号 0551-55000001			
	开户行及账号	光大银行蜀山支行 23010001			

货物或应税劳务名称	规格型号	计量单位	数量	单价	金额	税率（%）	税额
铜丝加工费		千克	100	10	1 000.00	17	170.00
合计					1 000.00		170.00

价税合计（大写）	人民币壹仟壹佰柒拾元整	（小写）￥1 170.00

销售单位	名称	合肥辉煌加工厂	备注	340104000034522
	纳税人识别号	340104000034522		
	地址、电话	合肥市宿州路 125 号 0551-26456700		
	开户行及账号	农行东城岗支行 3006658		

收款人：黄年来　　复核：　　　　开票人：李雯松　　销货单位（章）

图 4.143　业务 74 单证（一）

第二联 发票联 购货方记账

安徽增值税专用发票

抵扣联

3400060063

No.50567801

开票日期：2010 年 12 月 29 日

购货单位	名称	安徽惠源有限责任公司				密码区	3457−1<9−7−125962724 <032/52>9/29533−4974 1626<8−3024>82906−2 −47−6<7>2*−/>*>6/		加密版本： 01340015222 000575238
	纳税人识别号	340104000012345							
	地址、电话	合肥市泰和路 158 号 0551-55000001							
	开户行及账号	光大银行蜀山支行 23010001							
货物或应税劳务名称	规格型号	计量单位	数量	单价	金额		税率（%）		税额
铜丝加工费		千克	100	10	1 000.00		17		170.00
合计					1 000.00				170.00
价税合计（大写）		人民币壹仟壹佰柒拾元整					（小写）¥ 1 170.00		
销售单位	名称	合肥辉煌加工厂				备注			
	纳税人识别号	340104000034522							
	地址、电话	合肥市宿州路 125 号 0551-26456700							
	开户行及账号	农行东城岗支行 3006658							

收款人：黄年来　　复核：　　　　　　开票人：李雯松 销货单位（章）：

340104000034522

第三联 抵扣联 购货方扣税凭证

图 4.144　业务 74 单证（二）

付 款 通 知 书

2010 年 12 月 29 日

部门	一车间		经办人	方芳
款项用途	支付加工费		付款日期	2010.12.29
付款金额	小写	¥ 1 170.00 元	大写	人民币壹仟壹佰柒拾元整
收款人名称	合肥辉煌加工厂			
开户行	农行东城岗支行		账号	3006658
财务负责人	唐志诚		公司负责人	景方园

图 4.145　业务 74 单证（三）

付 款 通 知 书

2010 年 12 月 29 日

部门		技术部	经办人	方芳
款项用途		支付技术开发费	付款日期	2010.12.29
付款金额	小写	￥58 000.00	大写	人民币伍万捌仟元整
收款人名称		安徽电子研究所		
开户行		农行东城岗支行	账号	3006658
财务负责人		唐志诚	公司负责人	景方园

图 4.146 业务 76 单证（一）

合肥市服务业统一发票

合地税（10）印字第 16 号   发票代码：234010854322
客户单位：安徽惠源有限责任公司   2010 年 12 月 29 日   发票号码：03456888

项　　目	单位	数量	单价	金额	备注
CPU 技术开发费				58 000.00	
合计				58 000.00	
合计金额：人民币（大写）伍万捌仟元整					

收款单位（盖章）   开票人：   张力

图 4.147 业务 76 单证（二）

光大银行进账单（回单）　　　　1

2010 年 12 月 29 日

付款人	全称	安徽惠源有限责任公司		收款人	全称	安徽电子研究所											
	账号	23010001			账号	3006658											
	开户银行	光大银行蜀山支行			开户银行	农行东城岗支行											
人 民 币（大写）伍万捌仟元整						千	百	十	万	千	百	十	元	角	分
								¥	5	8	0	0	0	0	0
票据种类	转支														
票据张数	1														
单位主管　　会计　　复核　　记账				出票人开户银行盖章											

此联是出票人开户银行给出票人的回单

光大银行安徽蜀山支行
20 10.12.29.
模拟
转讫
（2）

图 4.148　业务 76 单证（三）

中国光大银行安徽省分行贷款利息凭证（付款凭证）

委托日期：2010 年 12 月 21 日　　　　　　　　第　　号

收款人	全称	光大银行蜀山支行	付款人	全称	安徽惠源有限责任公司
	账号	23010888		账号	23010001
	开户银行	光大银行蜀山支行		开户银行	光大银行蜀山支行
计息起讫日期		2010 年 9 月 21 日—2010 年 12 月 20 日			
积数	27000000	利率	8%	利息金额	6000.00
你单位上述应付借款利息已从你单位账户划出。					
	银行盖章		复核：		记账：

光大银行安徽蜀山支行
20 10.12.21.
模拟
转讫
（1）

图 4.149　业务 77 单证（一）

中国建设银行安徽省分行贷款利息凭证（付款凭证）

委托日期：2010 年 12 月 21 日　　　　　　　　　　　　　第　　号

收款人	全称	建设银行安徽省分行	付款人	全称	安徽惠源有限责任公司
	账号	34010555		账号	34010001
	开户银行	建设银行安徽省分行		开户银行	建设银行安徽省分行营业部

计息起讫日期	2010 年 9 月 21 日—2010 年 12 月 20 日				
积数	45000000	利率	8%	利息金额	10 000.00
你单位上述应付借款利息已从你单位账户划出。 银行盖章			复核：	记账：	

图 4.150　业务 77 单证（二）

借款费用资本化计算表

2010 年 12 月 30 日

	借款种类	长期专项借款	资本化利率		8%
	借款金额	800 000.00			
其中	光大银行	300 000.00	资本化支出		956 170.00
	建设银行	500 000.00			
	本期应计利息	16 000.00	本期资本化利息		16 000.00
其中	光大银行	6 000.00			
	建设银行	10 000.00			

制表人：柏茹

图 4.151　业务 77 单证（三）

光大银行进账单（收账通知）　　3

2010 年 12 月 31 日

付款人	全称	合肥广利商贸公司	收款人	全称	安徽惠源有限责任公司
	账号	23011268		账号	23010001
	开户银行	中行潜山路支行		开户银行	光大银行蜀山分行

人 民 币（大写）贰万伍仟元整	千	百	十	万	千	百	十	元	角	分
			￥	2	5	0	0	0	0	0

票据种类	转支
票据张数	1

建设银行安徽分行
20 10.12.21.
模拟
转讫
（2）

单位主管　　会计　　复核　　记账　　　　出票人开户银行盖章

图 4.152　业务 78 单证（一）

合肥市服务业统一发票

合地税（10）印字第 9 号　　　　　　　　　　　　　　　　发票代码：234010844587
客户单位：合肥广利商贸公司　　　　2010 年 12 月 31 日　　发票号码：00363201

项　　目	单位	数量	单价	金额	备注
房屋租赁费				25 000.00	
合计				25 000.00	

合计金额：人民币（大写）贰万伍仟元整

收款单位（盖章）　　　　　　　开票人：　　　　张力

第三联　记账联

图 4.153　业务 78 单证（二）

应交营业税、房产税计算表

2010 年 12 月 31 日

税费名称	计提依据	计提比例	金额	应入科目
营业税				
房产税				
合计				

制表人：柏茹

图 4.154　业务 78 单证（三）

安徽增值税专用发票

No.50575851

3400060056　　　　　　　　　　发票联　　　　　开票日期：2010 年 12 月 31 日

购货单位	名称	安徽惠源有限责任公司	密码区	1257－1＜9－7－615962848 ＜032/52＞9/29533－4974 1626＜8－3024＞82906－2 －47－6＜7＞2*－/＞*＞6/	加密版本： 01340015214 000575238
	纳税人识别号	340104000012345			
	地址、电话	合肥市泰和路 158 号 0551-55000001			
	开户行及账号	光大银行蜀山支行 23010001			

货物或应税劳务名称	规格型号	计量单位	数量	单价	金额	税率（%）	税额
检测仪	YR-08	台	1	150 000	150 000.00	17	25 500.00
合计					150 000.00		25 500.00

价税合计（大写）	人民币壹拾柒万伍仟伍佰元整	（小写）￥175 500.00

销售单位	名称	安徽电子器材公司	备注
	纳税人识别号	340101000034522	
	地址、电话	合肥市红星路 125 号 0551-26456700	
	开户行及账号	工行金寨路支行 3006658	

收款人：黄韶先　　　复核：　　　　　　开票人：李一松　销货单位（章）：340101000034522

图 1.155　业务 79 单证（一）

增值税专用发票

安徽省
模拟

抵扣联

3400060056

No.50575851

开票日期: 2010 年 12 月 31 日

购货单位	名称	安徽惠源有限责任公司				密码区	1257−1<9−7−615962848 <032/52>9/29533−4974 1626<8−3024>82906−2 −47−6<7>2*−/>*>6/		加密版本： 01340015214 000575238
	纳税人识别号	340104000012345							
	地址、电话	合肥市泰和路 158 号 0551-55000001							
	开户行及账号	光大银行蜀山支行 23010001							

货物或应税劳务名称	规格型号	计量单位	数量	单价	金额	税率（%）	税额
检测仪	YR-08	台	1	150 000	150 000.00	17	25 500.00
合计					150 000.00		25 500.00

价税合计（大写）	人民币壹拾柒万伍仟伍佰元整	（小写）¥175 500.00

销售单位	名称	安徽电子器材公司	备注
	纳税人识别号	340101000034522	
	地址、电话	合肥市红星路 125 号 0551-26456700	
	开户行及账号	工行金寨路支行 3006658	

收款人：黄韶先　　复核：　　　　开票人：李一松　销货单位（章）：340101000034522

安徽电子器材公司
模拟
发票专用章

第三联 抵扣联 购货方扣税凭证

图 4.156　业务 79 单证（二）

付款通知书

2010 年 12 月 31 日

部门	技术部		经办人	章明清
款项用途	购买检测仪		付款日期	2010.12.31
付款金额	小写	¥175 500.00	大写	人民币壹拾柒万伍仟伍佰元整
收款人名称	安徽电子器材公司			
开户行	工行金寨路支行		账号	3006658
财务负责人	唐志诚		公司负责人	景方园

图 4.157　业务 79 单证（三）

安徽惠源有限责任公司

固定资产验收单

2010 年 12 月 31 日

资产名称	规格型号	单位	数量	资产价值（元）	预计使用年限（年）	使用部门	预计净残值（元）
检测仪	YR-08	台	1	164 100.00	6	技术部	9 600
合计				164 100.00			
备注	已交生产技术部使用						

使用部门负责人：陶远方　　　　　　　　　　　　　　　实物负责人：章明清

图 4.158　业务 79 单证（四）

光大银行进账单（回单）　　　　1

2010 年　12 月 31 日

<table>
<tr><td rowspan="3">付款人</td><td>全称</td><td>安徽惠源有限责任公司</td><td rowspan="3">收款人</td><td>全称</td><td colspan="10">安徽纵横律师事务所</td><td rowspan="7">此联是出票人开户银行给出票人的回单</td></tr>
<tr><td>账号</td><td>23010001</td><td>账号</td><td colspan="10">6006677</td></tr>
<tr><td>开户银行</td><td>光大银行蜀山支行</td><td>开户银行</td><td colspan="10">徽商银行金寨路支行</td></tr>
<tr><td colspan="3" rowspan="2">人民币（大写）壹万元整</td><td>千</td><td>百</td><td>十</td><td>万</td><td>千</td><td>百</td><td>十</td><td>元</td><td>角</td><td>分</td></tr>
<tr><td></td><td></td><td>¥1</td><td>0</td><td>0</td><td>0</td><td>0</td><td>0</td><td>0</td></tr>
<tr><td>票据种类</td><td>转支</td><td colspan="11" rowspan="3"></td></tr>
<tr><td>票据张数</td><td>1</td></tr>
<tr><td colspan="2">单位主管　会计　复核　记账</td></tr>
</table>

中国光大银行安徽蜀山支行
出票人开户银行盖章
2010.12.31
模拟
转讫
（1）

图 4.159　业务 81 单证（一）

光大银行进账单（回单）　　　1

2010 年　12 月 31 日

付款人	全称	安徽惠源有限责任公司	收款人	全称	安徽省专利局
	账号	23010001		账号	3005899
	开户银行	光大银行蜀山支行		开户银行	工行雷锋支行

人 民 币（大写）壹万伍仟元整	千	百	十	万	千	百	十	元	角	分
			¥	1	5	0	0	0	0	0

票据种类	转支
票据张数	1

单位主管　　会计　　复核　　记账　　　　　　　出票人开户银行盖章

中国光大银行安徽蜀山支行
20 10.12.31.
模拟
转讫
（1）

此联是出票人开户银行给出票人的回单

图 4.160　业务 81 单证（二）

付 款 通 知 书

2010 年 12 月 31 日

部门		生产技术部	经办人	章明清
款项用途		付律师费	付款日期	2010.12.31
付款金额	小写	￥10 000.00	大写	人民币壹万元整
收款人名称		安徽纵横律师事务所		
开户行		徽商银行金寨路支行	账号	6006677
财务负责人		唐志诚	公司负责人	景方园

图 4.161　业务 81 单证（三）

225

付 款 通 知 书

2010 年 12 月 31 日

部门	技术部		经办人	章明清
款项用途	付专利申请费		付款日期	2010.12.31
付款金额	小写	¥ 15 000.00	大写	人民币壹万伍仟元整
收款人名称	安徽省专利局			
开户行	工行雷锋支行		账号	3005899
财务负责人	唐志诚		公司负责人	景方园

图 4.162 业务 81 单证（四）

中国光大银行 (皖)
转账支票存根
B0206951724

科　　目 ＿＿＿＿＿＿＿＿

对方科目 ＿＿＿＿＿＿＿＿

出票日期 2010 年 12 月 31 日

收款人：	安徽纵横律师事务所
金　额：	¥ 10 000.00
用　途：	支付律师费

单位主管 景方园　会计 杨瑶霞

图 4.163 业务 81 单证（五）

中国光大银行 (皖)
转账支票存根
B0206951725

科　　目 ＿＿＿＿＿＿＿＿

对方科目 ＿＿＿＿＿＿＿＿

出票日期 2010 年 12 月 31 日

收款人：	安徽省专利局
金　额：	¥ 15 000.00
用　途：	支付专利申请费

单位主管 景方园　会计 杨瑶霞

图 4.164 业务 81 单证（六）

合肥市服务业统一发票

合地税（10）印字第 6 号　　　　　　　　　　　　　　发票代码：234010836320

客户单位：安徽惠源有限责任公司　　　2010 年 12 月 30 日　　　　发票号码：0345688

项　目	单位	数量	单价	金额	备注
律师费				10 000.00	
合 计				10 000.00	

合计金额：人民币（大写）壹万元整

收款单位（盖章）　　　　　　　　　　　　　　开票人：　张力

第三联　记账联

图 4.165　业务 81 单证（七）

安徽省行政事业单位收款收据

2010 年 12 月 31 日　　　　　　　　　　　　　　　　Ⅳ4557515

付款单位（或个人）安徽惠源有限责任公司		付款方式：								
收款项目	单位金额	金　额								
		百	十	万	千	百	十	元	角	分
内部发行的文件资料工本费										
代收代办的收款（专利注册费）		¥	1	5	0	0	0	0	0	0
捐赠款										
培训费										
合　　　计		¥	1	5	0	0	0	0	0	0
人民币（大写）	壹万伍仟元整									

经办人　　　　　　　负责人　　　　　　　收款单位（公章）

第二联　收据

图 4.166　业务 81 单证（八）

无形资产摊销计算表

2010 年 12 月 31 日

无形资产类别	原始价值（元）	摊销期限（月）	已摊销月数	本期摊销额（元）	应入科目
非专利技术	492 000.00	120	70	4 100.00	制造费用——装配车间
专利技术	145 000.00	120	0	1 208.33	制造费用——一车间
合　　计	492 000.00			5 308.33	

图 4.179　业务 92 单证

领　料　单

出库日期：2010 年 12 月 8 日

领料单位：一车间　　　　　　　　材料用途：生产 CPU　　　　　　　　　　No：001002

材料类别	材料名称	计量单位	请领数量	实发数量	单价（元）	金额（元）	备　注
主要材料	1#芯片	百片	200	200			
	2#芯片	百片	200	200			
	线路板	只	500	500			
合　　计							

批准人：景方园　　　　领用部门负责人：雷鸣　　　　　　请领人：汪文宾　　　　发货人：陆嘉

第二联　记账联

图 4.180　业务 94 单证（一）

领　料　单

出库日期：2010 年 12 月 8 日

领料单位：一车间　　　　　　　　材料用途：机物料消耗　　　　　　　No：001003

材料类别	材料名称	计量单位	请领数量	实发数量	单价（元）	金额（元）	备　注
辅助材料	铜丝	千克	150	150			
	电焊条	只	100	100			
合　计							

批准人：景方园　　　领用部门负责人：雷鸣　　　　请领人：汪文宾　　　　发货人：陆嘉

第二联　记账联

图 4.181　业务 94 单证（二）

领　料　单

出库日期：2010 年 12 月 8 日

领料单位：机修车间　　　　　　　材料用途：修理　　　　　　　　　　No：001004

材料类别	材料名称	计量单位	请领数量	实发数量	单价（元）	金额（元）	备　注
主要材料	钢材	千克	1 000	1 000			
	电焊条	只	30	30			
合　计							

批准人：景方园　　　领用部门负责人：方类龙　　　请领人：陶倩星　　　　发货人：陆嘉

第二联　记账联

图 4.182　业务 94 单证（三）

领　料　单

出库日期：2010 年 12 月 8 日

领料单位：装配车间　　　　　　　　材料用途：组装接收机　　　　　　　No：001005

材料类别	材料名称	计量单位	请领数量	实发数量	单价（元）	金额（元）	备　注
主要材料	机箱	只	250	250			
	高频器	只	250	250			
合　计							

批准人：景方园　　　　领用部门负责人：方类龙　　　　请领人：陶倩星　　　　发货人：陆嘉

第二联　记账联

图 4.183　业务 94 单证（四）

领　料　单

出库日期：2010 年 6 月 10 日

领料单位：装配车间　　　　　　　　材料用途：机物料消耗　　　　　　　No：001006

材料类别	材料名称	计量单位	请领数量	实发数量	单价（元）	金额（元）	备　注
辅助材料	铜丝	千克	20	20			
	电焊条	只	30	30			
主要材料	钢材	千克	500	500			
合　计							

批准人：景方园　　　　领用部门负责人：方类龙　　　　请领人：陶倩星　　　　发货人：陆嘉

第二联　记账联

图4.184　业务94单证（五）

领 料 单

出库日期：2010 年 12 月 12 日

领料单位：一车间　　　　　　　　　　材料用途：机物料消耗　　　　　　　　　No：001007

材料类别	材料名称	计量单位	请领数量	实发数量	单价（元）	金额（元）	备　注
低值易耗品	生产工具 1#	只	35	35			
	生产工具 2#	只	35	35			
合　计							

批准人：景方园　　　　领用部门负责人：雷鸣　　　　请领人：汪文宾　　　　发货人：陆嘉

第二联　记账联

图 4.185　业务 94 单证（六）

领 料 单

出库日期：2010 年 12 月 12 日

领料单位：二车间　　　　　　　　　　材料用途：机物料消耗　　　　　　　　　No：001008

材料类别	材料名称	计量单位	请领数量	实发数量	单价（元）	金额（元）	备　注
辅助材料	铜丝	千克	180	180			
	电焊条	只	120	120			
合　计							

批准人：景方园　　　　领用部门负责人：谢中兴　　　　请领人：叶子　　　　发货人：陆嘉

第二联　记账联

图 4.186　业务 94 单证（七）

领　料　单

出库日期：2010 年12月15日

领料单位：装配车间　　　　　　　　　材料用途：组装混合器　　　　　　　　　No：001009

材料类别	材料名称	计量单位	请领数量	实发数量	单价（元）	金额（元）	备　注
主要材料	机箱	只	250	250			
合　计							

批准人：景方园　　　　　领用部门负责人：方类龙　　　　　请领人：陶倩星　　　　　发货人：陆嘉

第二联　记账联

图 4.187　业务 94 单证（八）

领　料　单

出库日期：2010 年12月 16 日

领料单位：机修车间　　　　　　　　　材料用途：修理　　　　　　　　　No：001010

材料类别	材料名称	计量单位	请领数量	实发数量	单价（元）	金额（元）	备　注
低值易耗品	修理工具 1#	只	50	50			
	修理工具 2#	只	40	40			
合　计							

批准人：景方园　　　　　领用部门负责人：苏小清　　　　　请领人：王嘉宾　　　　　发货人：陆嘉

第二联　记账联

图 4.188　业务 94 单证（九）

领　料　单

出库日期：2010 年 12 月 16 日

领料单位：二车间　　　　　　材料用途：机物料消耗　　　　　　No：001011

材料类别	材料名称	计量单位	请领数量	实发数量	单价（元）	金额（元）	备　注
低值易耗品	生产工具 1#	只	35	35			
	生产工具 2#	只	35	35			
合　计							

批准人：景方园　　　　领用部门负责人：谢中兴　　　　请领：叶子　　　　发货人：陆嘉

图 4.189　业务 94 单证（十）

第二联　记账联

领　料　单

出库日期：2010 年 12 月 18 日

领料单位：一车间　　　　　　材料用途：生产中频处理器　　　　　　No：001012

材料类别	材料名称	计量单位	请领数量	实发数量	单价（元）	金额（元）	备　注
主要材料	3#芯片	百片	200	200			
	4#芯片	百片	200	200			
合　计							

批准人：景方园　　　　领用部门负责人：雷鸣　　　　请领人：汪文宾　　　　发货人：陆嘉

图 4.190　业务 94 单证（十一）

第二联　记账联

领　料　单

出库日期：2010 年12月 18 日

领料单位：二车间　　　　　　　　材料用途：生产放大模块　　　　　　　　No：001013

材料类别	材料名称	计量单位	请领数量	实发数量	单价（元）	金额（元）	备　注
主要材料	5#芯片	百片	150	150			
	6#芯片	百片	150	150			
合　计							

批准人：景方园　　　　　领用部门负责人：谢中兴　　　　　请领人：叶子　　　　　发货人：陆嘉

第二联　记账联

图 4.191　业务 94 单证（十二）

领　料　单

出库日期：2010 年12月 18 日

领料单位：二车间　　　　　　　　材料用途：生产耦合器　　　　　　　　No：001014

材料类别	材料名称	计量单位	请领数量	实发数量	单价（元）	金额（元）	备　注
主要材料	电感	只	700	700			
	电阻	只	700	700			
合　计							

批准人：景方园　　　　　领用部门负责人：谢中兴　　　　　请领人：叶子　　　　　发货人：陆嘉

第二联　记账联

图 4.192　业务 94 单证（十三）

领　料　单

出库日期：2010 年12月 20 日

领料单位：装配车间　　　　　　材料用途：组装接收机　　　　　　No：001015

材料类别	材料名称	计量单位	请领数量	实发数量	单价（元）	金额（元）	备　注
主要材料	机箱	只	550	550			
	高频器	只	550	550			
合　计							

批准人：景方园　　　领用部门负责人：方类龙　　　请领人：陶倩星　　　发货人：陆嘉

第二联　记账联

图 4.193　业务 94 单证（十四）

领　料　单

出库日期：2010 年12月 20 日

领料单位：装配车间　　　　　　材料用途：组装混合器　　　　　　No：001016

材料类别	材料名称	计量单位	请领数量	实发数量	单价（元）	金额（元）	备　注
主要材料	机箱	只	550	550			
合　计							

批准人：景方园　　　领用部门负责人：方类龙　　　请领人：陶倩星　　　发货人：陆嘉

第二联　记账联

图 4.194　业务 94 单证（十五）

退 料 单

出库日期：2010 年 12 月 18 日

退料单位：二车间   材料用途：生产放大模块   No：001013

材料类别	材料名称	计量单位	退料数量	单价（元）	金额（元）	备 注
主要材料	5#芯片	百片	10			
	6#芯片	百片	10			
合 计						

第二联 记账联

批准人：景方园   退料部门负责人：谢中兴   退料人：叶子   发货人：陆嘉

图 4.195   业务 94 单证（十六）

无形资产减值准备计算表

2010 年 12 月 30 日

无形资产类别	账面摊余价值(元)	可收回金额(元)	已计提减值准备(元)	应计提减值准备(元)	应入科目
专利技术	200 900.00	190 900.00	0	10 000.00	资产减值损失
合计	200 900.00	190 900.00	0	10 000.00	

制表人：柏茹

图 4.196   业务 95 单证

长期待摊费用摊销表

2010 年12 月 31 日 单位：元

项目	原始金额	期初摊余价值	摊销期限	已摊销期数	本期应摊销额	应入科目
固定资产大修	581 949.20	415 678	7 年	24 个月	6 927.97	管理费用
合　计		415 678	7 年	24 个月	6 927.97	

制表人：柏茹

图 4.197　业务 96 单证

辅助生产成本分配表

2010 年12 月 31 日 单位：元

受益单位	修理工时	分配率（%）	分配金额（元）	应借账户
一车间				制造费用——一车间
二车间				制造费用——二车间
装配车间				制造费用——装配车间
合　计				

制表人：陈慧

图 4.198　业务 97 单证

一车间制造费用分配表

2010 年 12 月 31 日　　　　　　　　　　　　　　　　　　　单位：元

产品名称	生产工时	分配率（%）	分配金额（元）	应借账户
CPU				生产成本——CPU
中频处理器				生产成本——中频处理器
合　计				

制表人：陈慧

图 4.199　业务 98 单证（一）

二车间制造费用分配表

2010 年 12 月 31 日　　　　　　　　　　　　　　　　　　　单位：元

产品名称	生产工时	分配率（%）	分配金额（元）	应借账户
耦合器				生产成本——耦合器
放大模块				生产成本——放大模块
合　计				

制表人：陈慧

图 4.200　业务 98 单证（二）

装配车间制造费用分配表

2010 年 12 月 31 日　　　　　　　　　　　　　　　　　　　　　单位：元

产品名称	生产工时	分配率（%）	分配金额（元）	应借账户
接收机				生产成本——接收机
混合器				生产成本——混合器
合　　计				

制表人：陈慧

图 4.201　业务 98 单证（三）

CPU 成本计算单

2010 年 12 月 31 日　　　　　　　　　　　　　　　　　　　　　单位：元

成本项目	直接材料	直接人工	燃料动力	制造费用	合计
月初在产品成本					
本期生产费用					
合计					
完工产品数量					
在产品约当产量					
分配率					
完工产品成本					
月末在产品成本					
完工产品单位成本					

图 4.202　业务 99 单证（一）

中频处理器成本计算单

2010 年 12 月 31 日　　　　　　　　　　　　　　单位：元

成本项目	直接材料	直接人工	燃料动力	制造费用	合计
月初在产品成本					
本期生产费用					
合计					
完工产品数量					
在产品约当产量					
分配率					
完工产品成本					
月末在产品成本					
完工产品单位成本					

图 4.203　业务 99 单证（二）

耦合器成本计算单

2010 年 12 月 31 日　　　　　　　　　　　　　　单位：元

成本项目	直接材料	直接人工	燃料动力	制造费用	合计
月初在产品成本					
本期生产费用					
合计					
完工产品数量					
在产品约当产量					
分配率					
完工产品成本					
月末在产品成本					
完工产品单位成本					

图 4.204　业务 99 单证（三）

放大模块成本计算单

2010 年 12 月 31 日   单位：元

摘要	直接材料	直接人工	燃料动力	制造费用	合计
月初在产品成本					
本期生产费用					
合计					
完工产品数量					
在产品约当产量					
分配率					
完工产品成本					
月末在产品成本					
完工产品单位成本					

图 4.205　业务 99 单证（四）

领　料　单

出库日期：2010 年 12 月 8 日

领料单位：装配车间　　　　　材料用途：组装接收机　　　　　No：001017

材料类别	材料名称	计量单位	请领数量	实发数量	单价（元）	金额（元）	备注
自制半成品	CPU	只	250	250			
	中频处理器	只	250	250			
合　计							

批准人：景方园　　　领用部门负责人：方类龙　　　请领人：陶倩星　　　发货人：洪捷

第二联　记账联

图 4.206　业务100单证（一）

领　料　单

出库日期：2010 年 12 月 15 日

领料单位：装配车间　　　　　　　　材料用途：组装混合器　　　　　　　　No：001018

材料类别	材料名称	计量单位	请领数量	实发数量	单价（元）	金额（元）	备　注
自制半成品	耦合器	只	250	250			
	放大模块	只	250	250			
合　计							

批准人：景方园　　　　领用部门负责人：方类龙　　　　请领人：陶倩星　　　　发货人：洪捷

第二联　记账联

图 4.207　业务100单证（二）

领　料　单

出库日期：2010 年 12 月 20 日

领料单位：装配车间　　　　　　　　材料用途：组装接收机　　　　　　　　No：001019

材料类别	材料名称	计量单位	请领数量	实发数量	单价（元）	金额（元）	备　注
自制半成品	CPU	只	550	550			
	中频处理器	只	550	550			
合　计							

批准人：景方园　　　　领用部门负责人：方类龙　　　　请领人：陶倩星　　　　发货人：洪捷

第二联　记账联

图 4.208　业务100单证（三）

领 料 单

出库日期：2010 年 12 月 20 日

领料单位：装配车间 材料用途：组装混合器 No：001020

材料类别	材料名称	计量单位	请领数量	实发数量	单价（元）	金额（元）	备 注
自制半成品	耦合器	只	550	550			
	放大模块	只	550	550			
合 计							

批准人：景方园　　　领用部门负责人：方类龙　　　请领人：陶倩星　　　发货人：洪捷

第二联　记账联

图 4.209　业务100单证（四）

接收机成本计算单

2010 年 12 月 31 日 单位：元

成本项目	自制半成品	直接材料	直接人工	燃料动力	制造费用	合计
月初在产品成本						
本期生产费用						
合计						
完工产品数量						
在产品约当产量						
分配率						
完工产品成本						
月末在产品成本						
完工产品单位成本						

图 4.210　业务 101 单证（一）

混合器成本计算单

2010 年 12 月 31 日 　　　　　　　　　　　　　　　　　　　　　　　　单位：元

成本项目	自制半成品	直接材料	直接人工	燃料动力	制造费用	合计
月初在产品成本						
本期生产费用						
合计						
完工产品数量						
在产品约当产量						
分配率						
完工产品成本						
月末在产品成本						
完工产品单位成本						

图 4.211　业务 101 单证（二）

产品销售成本计算单

2010 年 12 月 31 日 　　　　　　　　　　　　　　　　　　　　　　　　单位：元

产品名称	计量单位	销售数量	单位成本	金　额
接收机	台			
混合器	台			
合　计				

制表人：柏茹

图 4.212　业务102单证

12月份应交增值税计算表

2010 年12月 31 日　　　　　　　　　　　　　单位：元

项　目	进项税	已交增值税	销项税	进项税额转出	应交增值税
本月进项税					
进项税额转出					
销项税					
合　计					

制表人：柏茹

图 4.213　业务103单证

应交城市维护建设税以及教育费附加和地方教育费附加计算表

2010 年12月 31 日　　　　　　　　　　　　　单位：元

税费名称	计提依据（元）	计提比例（%）	金　额（元）	应入科目
城市维护建设税				
教育费附加				
地方教育费附加				

制表人：柏茹

图 4.214　业务104单证

损益类账户发生额

2010 年 12 月　　　　　　　　　　　　　　　　单位：元

账户名称	借方发生额	贷方发生额
主营业务收入		
其他业务收入		
投资收益		
营业外收入		
公允价值变动损益		
主营业务成本		
其他业务成本		
营业税金及附加		
管理费用		
销售费用		
财务费用		
资产减值损失		
营业外支出		
合计		

图 4.215　业务 105 单证

法定盈余公积、应付利润计算表

2010 年 12 月 31 日　　　　　　　　　　　　　　单位：元

项目	计提基数	计提比例	金额
法定盈余公积	本年净利润	10%	
应付利润	可供分配利润	40%	
合计			

制表：柏茹

图 4.216　业务 108 单证

第 5 章 空白原始凭证及会计报表

5.1 现金支票

用于业务 5、业务 35、业务 48 和业务 63 的现金支票如图 5.1 至图 5.4 所示，备用现金支票如图 5.5 所示。

中国光大银行　现金支票（皖）

DO2 0448 5296

出票日期（大写）　　年　月　日

收款人：

付款行名称：

出票人账号：

亿	千	百	十	万	千	百	十	元	角	分

人民币

（大写）

用途

上列款项请从

我账户内支付

出票人签章

本支票付款期限十天

科目（借）⋯⋯⋯⋯

对方科目（贷）⋯⋯⋯⋯

付讫日期　年　月　日

出纳　复核　记账

贴对号单处

DO2 0448 5296

中国光大银行（皖）

现金支票存根

DO2 0448 5296

科　目

对方科目

出票日期　年　月　日

收款人：

金　额：

用　途：

单位主管　合计

图 5.1（a）　业务 5 现金支票（正面）

券别	壹佰元	伍拾元	贰拾元	壹拾元	伍元	贰元	壹元	伍角	贰角	壹角	取款人签字
整把券											
零张券											

图 5.1(b)　业务 5 现金支票（背面）

中国光大银行现金缴款单（回单）

年 月 日

缴款单位			收款单位										
款项来源		账号		开户银行									
缴款金额	人民币 （大写）			千	百	十	万	千	百	十	元	角	分
票面	张数	金额		收款银行盖章 年 月 日									

复核 经办

第一联：银行盖章后退缴款人

图 5.6 业务 28 现金缴款单

中国光大银行现金缴款单

年 月 日

缴款单位			收款单位												
款项来源		账号		开户银行											
大写金额	（币种）壹拾捌万元整			十	亿	千	百	十	万	千	百	十	元	角	分
券别		合计金额		收款银行盖章 年 月 日											
整把券															
零张券															

复核 经办

第一联：银行盖章后退缴款人

图 5.7 备用现金缴款单

5.3　银行转账支票

（1）中国光大银行转账支票 16 张，具体应用业务如图 5.8 至图 5.23 所示。

（2）中国建设银行转账支票 4 张，具体应用业务如图 5.24 至图 5.27 所示。

中国光大银行　转账支票（皖）

B 0 0
0 2 06951708

出票日期（大写）　年　月　日

收款人：

付款行名称：

出票人账号：

人民币
（大写）

亿千百十万千百十元角分

用途

上列款项请从

我账户内支付

出票人签章

本支票付款期限十天

科目（借）.............

对方科目（贷）.............

转账日期　年　月　日

复核　　　记账

中国光大银行（皖）

转账支票存根

B 0 0
0 2 06951708

科　　目

对方科目

出票日期　年　月　日

收款人：

金　额：

用　途：

单位主管

会计

图 5.8(a)　业务 6 银行转账支票（正面）

被背书人	被背书人	被背书人
背书人签章 年　月　日	背书人签章 年　月　日	背书人签章 年　月　日

图5.8（b）　业务6银行转账支票（背面）

中国光大银行　转账支票（皖）

B 02 06951709

出票日期（大写）　　年　　月　　日

收款人：

人民币（大写）

用途

上列款项请从
我账户内支付

出票人签章

本支票付款期限十天

付款行名称：

出票人账号：

亿	千	百	十	万	千	百	十	元	角	分

科目（借）..............
对方科目（贷）..............
转账日期　　年　　月　　日
复核　　　记账

中国光大银行（皖）

转账支票存根

B 02 06951709

科　目

对方科目

出票日期　年　月　日

收款人：

金　额：

用　途：

单位主管　　会计

图 5.9(a)　业务 8 银行转账支票（正面）

301

被背书人	被背书人	被背书人
背书人签章 年 月 日	背书人签章 年 月 日	背书人签章 年 月 日

图 5.9（b） 业务 8 银行转账支票（背面）

中国光大银行　转账支票（皖）

B02 06951710

出票日期（大写）　年　月　日

收款人：

付款行名称：

出票人账号：

亿	千	百	十	万	千	百	十	元	角	分

人民币
（大写）

科目（借）..........

对方科目（贷）..........

用途

转账日期　年　月　日

上列款项请从
我账户内支付

复核　　　记账

出票人签章

中国光大银行（皖）
转账支票存根

B02 06951710

科　目

对方科目

出票日期　年　月　日

收款人：

金　额：

用　途：

单位主管　　会计

本支票付款期限十天

图 5.10(a)　业务 10 银行转账支票（正面）

303

图5.10(b) 业务10银行转账支票（背面）

中国光大银行 转账支票（皖）

B02 0695 1711

出票日期（大写） 年 月 日

收款人：

付款行名称：

出票人账号：

人民币
（大写）

亿千百十万千百十元角分

用途

上列款项请从
我账户内支付

出票人签章

科目（借）............

对方科目（贷）............

转账日期 年 月 日

复核 记账

本支票付款期限十天

中国光大银行（皖）
转账支票存根

B02 0695 1711

科 目————

对方科目————

出票日期 年 月 日

收款人：

金 额：

用 途：

单位主管 合计

图 5.11(a) 业务 14 银行转账支票（正面）

被背书人

被背书人

被背书人

背书人签章
年　月　日

背书人签章
年　月　日

背书人签章
年　月　日

图5.11（b）　业务14银行转账支票（背面）

中国光大银行　转账支票（皖）

B 0 0 6951712
0 2

出票日期（大写）　　年　　月　　日

收款人：

付款行名称：

出票人账号：

亿	千	百	十	万	千	百	十	元	角	分

人民币
（大写）

用途

上列款项请从
我账户内支付

出票人签章

本支票付款期限十天

科目（借）．．．．．．

对方科目（贷）．．．．．．

转账日期　　年　　月　　日

复核　　　　记账

中国光大银行（皖）
转账支票存根

B 0 0 6951712
0 2

科　目

对方科目

出票日期　　年　　月　　日

收款人：

金　额：

用　途：

单位主管　　　　会计

图 5.12(a)　业务 15 银行转账支票（正面）

被背书人

被背书人

被背书人

背书人签章	背书人签章	背书人签章
年　月　日	年　月　日	年　月　日

图5.12（b）　业务15银行转账支票（背面）

中国光大银行　转账支票（皖）

B02 06951713

出票日期（大写）　　年　　月　　日

收款人：

付款行名称：

出票人账号：

人民币
（大写）

亿千百十万千百十元角分

用途

上列款项请从

我账户内支付

出票人签章

科目（借）

对方科目（贷）

转账日期　　年　　月　　日

复核　　　　记账

本支票付款期限十天

中国光大银行（皖）
转账支票存根

B02 06951713

科　目

对方科目

出票日期　　年　　月　　日

收款人：

金　额：

用　途：

单位主管　　　　合计

图 5.13（a）　业务 18 银行转账支票（正面）

被背书人	被背书人	被背书人
背书人签章 年　月　日	背书人签章 年　月　日	背书人签章 年　月　日

图5.13 (b)　业务18银行转账支票（背面）

中国光大银行 转账支票（皖）

B 0 0
0 2 06951714

出票日期（大写） 年 月 日

收款人：

付款行名称：

出票人账号：

人民币
（大写）

亿	千	百	十	万	千	百	十	元	角	分

用途

科目（借）……………

对方科目（贷）……………

上列款项请从
我账户内支付

转账日期 年 月 日

出票人签章

复核 记账

本支票付款期限十天

中国光大银行（皖）
转账支票存根

B 0 0
0 2 06951714

科 目

对方科目

出票日期 年 月 日

收款人：	
金 额：	
用 途：	
单位主管	合计

图 5.14（a） 业务 25 银行转账支票（正面）

被背书人		
背书人签章 年　月　日	被背书人 背书人签章 年　月　日	被背书人 背书人签章 年　月　日

图5.14（b）　业务25银行转账支票（背面）

中国光大银行　转账支票（皖）

B0 06951715
02

出票日期（大写）　年　月　日
收款人：

付款行名称：
出票人账号：

亿千百十万千百十元角分

人民币
（大写）

用途

上列款项请从
我账户内支付

出票人签章

本支票付款期限十天

科目（借）

对方科目（贷）

转账日期　年　月　日

复核　　记账

中国光大银行（皖）
转账支票存根

B0 06951715
02

科　目
对方科目
出票日期　年　月　日
收款人：
金　额：
用　途：
单位主管　　会计

图 5.15(a)　业务 36 银行转账支票（正面）

313

被背书人

被背书人

被背书人

背书人签章
年　月　日

背书人签章
年　月　日

背书人签章
年　月　日

图5.15(b)　业务36银行转账支票（背面）

中国光大银行 转账支票 （皖）

B02 0695 1716

出票日期（大写）　年　月　日

收款人：

付款行名称：

出票人账号：

人民币
（大写）

亿	千	百	十	万	千	百	十	元	角	分

用途

上列款项请从

我账户内支付

出票人签章

科目（借）..........

对方科目（贷）..........

转账日期　　年　　月　　日

复核　　　　记账

本支票付款期限十天

中国光大银行（皖）

转账支票存根

B02 0695 1716

科　　目

对方科目

出票日期　年　月　日

收款人：

金　额：

用　途：

合计

单位主管

图 5.16(a)　业务 37 银行转账支票（正面）

被背书人	被背书人	被背书人
背书人签章 年　月　日	背书人签章 年　月　日	背书人签章 年　月　日

图5.16（b）　业务37银行转账支票（背面）

中国光大银行　转账支票（皖）

B 0 2 0 6 9 5 1 7 1 7

出票日期（大写）　年　月　日

收款人：

付款行名称：

出票人账号：

人民币
（大写）

亿千百十万千百十元角分

用途

上列款项请从
我账户内支付

出票人签章

科目（借）................

对方科目（贷）................

转账日期　年　月　日

复核　　　　记账

中国光大银行（皖）
转账支票存根

B 0 2 0 6 9 5 1 7 1 7

科　　目

对方科目

出票日期　年　月　日

收款人：

金　额：

用　途：

单位主管　　　合计

本支票付款期限十天

图 5.17（a）　业务 47 银行转账支票（正面）

企业会计实训（第2版）

被背书人	被背书人	被背书人
背书人签章 年　月　日	背书人签章 年　月　日	背书人签章 年　月　日

图5.17（b）　业务47银行转账支票（背面）

中国光大银行 转账支票（皖）

B 0 2 06951718

出票日期（大写） 年 月 日

收款人：

付款行名称：

出票人账号：

人 民 币
（大写）

亿	千	百	十	万	千	百	十	元	角	分

科目（借）..............

对方科目（贷）..............

转账日期 年 月 日

复核 记账

用途

上列款项请从

我账户内支付

出票人签章

本支票付款期限十天

中国光大银行（皖）
转账支票存根

B 0 2 06951718

科 目

对方科目

出票日期 年 月 日

收款人：

金 额：

用 途：

单位主管 会计

图 5.18（a） 业务 51 银行转账支票（正面）

被背书人 | 被背书人 | 被背书人

背书人签章 年 月 日 | 背书人签章 年 月 日 | 背书人签章 年 月 日

图5.18（b） 业务51银行转账支票（背面）

中国光大银行　转账支票（皖）

B 0 0 2 0695 1719

出票日期（大写）　　年　月　日

收款人：

付款行名称：

出票人账号：

人民币
（大写）

亿千百十万千百十元角分

用途：

上列款项请从

我账户内支付

出票人签章

本支票付款期限十天

科目（借）.......

对方科目（贷）.......

转账日期　　　年　月　日

复核　　　记账

中国光大银行（皖）

转账支票存根

B 0 0 2 0695 1719

科　　目

对方科目

出票日期　年　月　日

收款人：

金　额：

用　途：

单位主管　　　合计

图 5.19(a)　业务 64 银行转账支票（正面）

被背书人	被背书人	被背书人
背书人签章 年　月　日	背书人签章 年　月　日	背书人签章 年　月　日

图5.19（b）　业务64银行转账支票（背面）

中国光大银行　转账支票（皖）

B 02 0695 1720

出票日期（大写）　　年　　月　　日

收款人：

付款行名称：

出票人账号：

人民币
（大写）

亿	千	百	十	万	千	百	十	元	角	分

用途

科目（借）

对方科目（贷）

上列款项请从
我账户内支付

转账日期　　年　　月　　日

出票人签章

复核　　　记账

本支票付款期限十天

中国光大银行（皖）
转账支票存根

B 02 0695 1720

科　目

对方科目

出票日期　　年　　月　　日

收款人：

金　额：

用　途：

单位主管　　会计

图 5.20（a）　业务 73 银行转账支票（正面）

被背书人

被背书人

被背书人

背书人签章
年 月 日

背书人签章
年 月 日

背书人签章
年 月 日

图5.20（b） 业务73银行转账支票（背面）

中国光大银行　转账支票（皖）

B02 06951721

出票日期（大写）　年　月　日
收款人：

付款行名称：
出票人账号：

人民币
（大写）

亿千百十万千百十元角分

用途
上列款项请从
我账户内支付
出票人签章

科目（借）..........
对方科目（贷）..........
转账日期　年　月　日
复核　　　记账

本支票付款期限十天

中国光大银行（皖）
转账支票存根

B02 06951721

科　目
对方科目
出票日期　年　月　日
收款人：
金　额：
用　途：
单位主管　　合计

图 5.21(a)　业务 74 银行转账支票（正面）

被背书人	被背书人	被背书人
背书人签章 年　月　日	背书人签章 年　月　日	背书人签章 年　月　日

图5.21（b）　业务74银行转账支票（背面）

中 国 光 大 银 行　转账支票（皖）

B 0 0 6951722
0 2

出票日期（大写）　　年　　月　　日　　付款行名称：

收款人：　　　　　　　　　　　　出票人账号：

人民币
（大写）

亿	千	百	十	万	千	百	十	元	角	分

用途　　　　　　　　　　　科目（借）............

上列款项请从　　　　　　　对方科目（贷）............

我账户内支付　　　　　　　转账日期　　年　　月　　日

出票人签章　　　　　　　　复核　　　　记账

本支票付款期限十天

中国光大银行（皖）
转账支票存根

B 0 0 6951722
0 2

科　　目

对方科目

出票日期　年　　月　　日

收款人：

金　额：

用　途：

单位主管　　　　合计

图 5.22（a）业务 76 银行转账支票（正面）

被背书人	被背书人	被背书人
背书人签章	背书人签章	背书人签章
年　月　日	年　月　日	年　月　日

图5.22（b）　业务76银行转账支票（背面）

中国光大银行　转账支票（皖）

B 0 0 6951723
　 0 2

出票日期（大写）　　年　　月　　日

收款人：

付款行名称：

出票人账号：

亿	千	百	十	万	千	百	十	元	角	分

人民币
（大写）

用途

上列款项请从
我账户内支付

出票人签章

科目（借）..............

对方科目（贷）..............

转账日期　年　月　日

复核　　　记账

本支票付款期限十天

中国光大银行（皖）
转账支票存根

B 0 0 6951723
　 0 2

科　　目

对方科目

出票日期　年　月　日

收款人：

金　额：

用　途：

单位主管　　合计

被背书人	被背书人	被背书人
背书人签章 年　月　日	背书人签章 年　月　日	背书人签章 年　月　日

图5.23（b）　业务79银行转账支票（背面）

中国建设银行　转账支票 （皖）

出票日期（大写）　　年　　月　　日

收款人：

付款行名称：

出票人账号：

亿	千	百	十	万	千	百	十	元	角	分

人民币
（大写）

用途

上列款项请从
我账户内支付

出票人签章

E 02 0 0492 2650

科目（借）.............

对方科目（贷）.............

转账日期　　年　　月　　日

复核　　　　记账

本支票付款期限十天

中国建设银行（皖）
转账支票存根
E 02 0 0492 2650

科　目

对方科目

出票日期　年　月　日

收款人：

金　额：

用　途：

单位主管　　　　合计

图 5.24（a）　业务 19 银行转账支票（正面）

被背书人	被背书人	被背书人
背书人签章 年　月　日	背书人签章 年　月　日	背书人签章 年　月　日

图 5.24（b）　业务 19 银行转账支票（背面）

中国建设银行 转账支票（皖）

E$\frac{0}{2}$04922651

出票日期（大写） 年 月 日

收款人：

付款行名称：

出票人账号：

亿	千	百	十	万	千	百	十	元	角	分

人民币
（大写）

科目（借）............

对方科目（贷）............

转账日期 年 月 日

用途

上列款项请从
我账户内支付

复核 记账

出票人签章

本支票付款期限十天

中国建设银行（皖）
转账支票存根

E$\frac{0}{2}$04922651

科 目

对方科目

出票日期 年 月 日

收款人：	
金 额：	
用 途：	

单位主管 会计

图 5.25(a) 业务 20 银行转账支票（正面）

被背书人

被背书人

被背书人

背书人签章
年　月　日

背书人签章
年　月　日

背书人签章
年　月　日

图5.25（b）　业务20银行转账支票（背面）

中国建设银行　转账支票（皖）

E 0
0 2 04922652

付款行名称：
出票人账号：

出票日期（大写）　年　月　日

收款人：

人民币
（大写）

亿	千	百	十	万	千	百	十	元	角	分

用途

上列款项请从
我账户内支付

出票人签章

科目（借）……
对方科目（贷）……
转账日期　年　月　日
复核　　记账

本支票
付款期限十天

中国建设银行（皖）
转账支票存根

E 0
0 2 04922652

科　　目
对方科目
出票日期　年　月　日

收款人：
金　额：
用　途：
单位主管　　合计

图 5.26(a)　业务 42 银行转账支票（正面）

被背书人	被背书人	被背书人
背书人签章 年　月　日	背书人签章 年　月　日	背书人签章 年　月　日

图5.26（b）　业务42银行转账支票（背面）

中国建设银行　转账支票（皖）

E 0 2 0 4922653

出票日期（大写）　　年　　月　　日

收款人：

付款行名称：

出票人账号：

亿	千	百	十	万	千	百	十	元	角	分

人民币
（大写）

用途

上列款项请从

我账户内支付

出票人签章

科目（借）..........

对方科目（贷）..........

转账日期　　年　　月　　日

复核　　　　记账

本支票付款期限十天

中国建设银行（皖）

转账支票存根

E 0 2 0 4922653

科　　目 _____

对方科目 _____

出票日期　　年　　月　　日

收款人：

金　额：

用　途：

单位主管　　　　合计

图 5.27(a)　业务 82 银行转账支票（正面）

被背书人

被背书人

被背书人

背书人签章
年　月　日

背书人签章
年　月　日

背书人签章
年　月　日

图5.27（b）　业务82银行转账支票（背面）

5.4　银行进账单

（1）中国建设银行进账单 3 张，具体应用业务如图 5.28 至图 5.30 所示。

（2）中国光大银行进账单 17 张，其中"回单"15 张，"收账通知"2 张，具体应用业务如图 5.31 至图 5.47 所示。

中国建设银行进账单（回单）　1

年　月　日

付款人	全称		收款人	全称											
	账号			账号											
	开户银行			开户银行											
人民币（大写）						千	百	十	万	千	百	十	元	角	分
票据种类															
票据张数															
单位主管　　会计　　复核　　记账				出票人开户银行盖章											

此联是出票人开户银行给出票人的回单

图 5.28　业务 19 中国建设银行进账单

中国建设银行进账单（回单）　1

年　月　日

付款人	全称		收款人	全称											
	账号			账号											
	开户银行			开户银行											
人民币（大写）						千	百	十	万	千	百	十	元	角	分
票据种类															
票据张数															
单位主管　　会计　　复核　　记账				出票人开户银行盖章											

此联是出票人开户银行给出票人的回单

图 5.29　业务 20 中国建设银行进账单

中国建设银行进账单（回单）　1

年　月　日

付款人	全称		收款人	全称	
	账号			账号	
	开户银行			开户银行	

人民币（大写）		千	百	十	万	千	百	十	元	角	分

票据种类	
票据张数	

单位主管　　会计　　复核　　记账	出票人开户银行盖章

此联是出票人开户银行给出票人的回单

图 5.30　业务 42 中国建设银行进账单

中国光大银行进账单（回单）　1

年　月　日

付款人	全称		收款人	全称	
	账号			账号	
	开户银行			开户银行	

人民币（大写）		千	百	十	万	千	百	十	元	角	分

票据种类	
票据张数	

单位主管　　会计　　复核　　记账	出票人开户银行盖章

此联是出票人开户银行给出票人的回单

图 5.31　业务 6 银行进账单（回单）

中国光大银行进账单（回单） 1

年 月 日

付款人	全称		收款人	全称										
	账号			账号										
	开户银行			开户银行										
人民币（大写）					千	百	十	万	千	百	十	元	角	分
票据种类														
票据张数														
单位主管 会计 复核 记账				出票人开户银行盖章										

此联是出票人开户银行给出票人的回单

图 5.32 业务 8 银行进账单（回单）

中国光大银行进账单（回单） 1

年 月 日

付款人	全称		收款人	全称										
	账号			账号										
	开户银行			开户银行										
人民币（大写）					千	百	十	万	千	百	十	元	角	分
票据种类														
票据张数														
单位主管 会计 复核 记账				出票人开户银行盖章										

此联是出票人开户银行给出票人的回单

图 5.33 业务 10 银行进账单（回单）

中国光大银行进账单（回单）　1

年　月　日

付款人	全称		收款人	全称										
	账号			账号										
	开户银行			开户银行										
人民币（大写）					千	百	十	万	千	百	十	元	角	分
票据种类														
票据张数														
单位主管　　会计　　复核　　记账				出票人开户银行盖章										

此联是出票人开户银行给出票人的回单

图 5.34　业务 14 银行进账单（回单）

中国光大银行进账单（回单）　1

年　月　日

付款人	全称		收款人	全称										
	账号			账号										
	开户银行			开户银行										
人民币（大写）					千	百	十	万	千	百	十	元	角	分
票据种类														
票据张数														
单位主管　　会计　　复核　　记账				出票人开户银行盖章										

此联是出票人开户银行给出票人的回单

图 5.35　业务 15 银行进账单（回单）

中国光大银行进账单（回单）　　1

年　月　日

付款人	全称		收款人	全称	
	账号			账号	
	开户银行			开户银行	

人民币（大写）		千	百	十	万	千	百	十	元	角	分

票据种类	
票据张数	

单位主管　　会计　　复核　　记账　　　　　　出票人开户银行盖章

此联是出票人开户银行给出票人的回单

图 5.36　业务 18 银行进账单（回单）

中国光大银行进账单（回单）　　1

年　月　日

付款人	全称		收款人	全称	
	账号			账号	
	开户银行			开户银行	

人民币（大写）		千	百	十	万	千	百	十	元	角	分

票据种类	
票据张数	

单位主管　　会计　　复核　　记账　　　　　　出票人开户银行盖章

此联是出票人开户银行给出票人的回单

图 5.37　业务 25 银行进账单（回单）

中国光大银行进账单（回单）   1

年　月　日

付款人	全称		收款人	全称										
	账号			账号										
	开户银行			开户银行										
人民币（大写）					千	百	十	万	千	百	十	元	角	分
票据种类														
票据张数														
单位主管　　会计　　复核　　记账				出票人开户银行盖章										

此联是出票人开户银行给出票人的回单

图 5.38　业务 36 银行进账单（回单）

中国光大银行进账单（回单）   1

年　月　日

付款人	全称		收款人	全称										
	账号			账号										
	开户银行			开户银行										
人民币（大写）					千	百	十	万	千	百	十	元	角	分
票据种类														
票据张数														
单位主管　　会计　　复核　　记账				出票人开户银行盖章										

此联是出票人开户银行给出票人的回单

图 5.39　业务 37 银行进账单（回单）

中国光大银行进账单（回单）　　1

年　月　日

付款人	全称		收款人	全称											
	账号			账号											
	开户银行			开户银行											
人民币（大写）					千	百	十	万	千	百	十	元	角	分	
票据种类															
票据张数															
单位主管　　会计　　复核　　记账				出票人开户银行盖章											

此联是出票人开户银行给出票人的回单

图 5.40　业务 47 银行进账单（回单）

中国光大银行进账单（回单）　　1

年　月　日

付款人	全称		收款人	全称											
	账号			账号											
	开户银行			开户银行											
人民币（大写）					千	百	十	万	千	百	十	元	角	分	
票据种类															
票据张数															
单位主管　　会计　　复核　　记账				出票人开户银行盖章											

此联是出票人开户银行给出票人的回单

图 5.41　业务 51 银行进账单（回单）

中国光大银行进账单（回单）   1

年 月 日

付款人	全称		收款人	全称											
	账号			账号											
	开户银行			开户银行											
人民币（大写）						千	百	十	万	千	百	十	元	角	分
票据种类															
票据张数															
单位主管　　会计　　复核　　记账				出票人开户银行盖章											

此联是出票人开户银行给出票人的回单

图 5.42　业务 64 银行进账单（回单）

中国光大银行进账单（回单）   1

年 月 日

付款人	全称		收款人	全称											
	账号			账号											
	开户银行			开户银行											
人民币（大写）						千	百	十	万	千	百	十	元	角	分
票据种类															
票据张数															
单位主管　　会计　　复核　　记账				出票人开户银行盖章											

此联是出票人开户银行给出票人的回单

图 5.43　业务 73 银行进账单（回单）

中国光大银行进账单（回单）　　1

年　月　日

付款人	全称			收款人	全称									
	账号				账号									
	开户银行				开户银行									
人民币（大写）						千	百	十	万	千	百	十	元	角	分
票据种类														
票据张数														
单位主管　　会计　　复核　　记账				出票人开户银行盖章										

此联是出票人开户银行给出票人的回单

图 5.44　业务 74 银行进账单（回单）

中国光大银行进账单（回单）　　1

年　月　日

付款人	全称			收款人	全称									
	账号				账号									
	开户银行				开户银行									
人民币（大写）						千	百	十	万	千	百	十	元	角	分
票据种类														
票据张数														
单位主管　　会计　　复核　　记账				出票人开户银行盖章										

此联是出票人开户银行给出票人的回单

图 5.45　业务 79 银行进账单（回单）

中国光大银行进账单（收账通知）　3

年　月　日

付款人	全称		收款人	全称										
	账号			账号										
	开户银行			开户银行										
人民币（大写）					千	百	十	万	千	百	十	元	角	分
票据种类														
票据张数														
单位主管　　会计　　复核　　记账				出票人开户银行盖章										

此联是出票人开户银行给出票人的回单

图 5.46　业务 2 银行进账单（收账通知）

中国光大银行进账单（收账通知）　3

年　月　日

付款人	全称		收款人	全称										
	账号			账号										
	开户银行			开户银行										
人民币（大写）					千	百	十	万	千	百	十	元	角	分
票据种类														
票据张数														
单位主管　　会计　　复核　　记账				出票人开户银行盖章										

此联是出票人开户银行给出票人的回单

图 5.47　业务 40 银行进账单（收账通知）

中国光大银行托收承付凭证（回单）　　1

委托日期　　年　月　日

付款人	全称		收款人	全称										
	账号			账号										
	开户银行			开户银行				行号						
托收金额					千	百	十	万	千	百	十	元	角	分
附件		商品发运情况				合同名称号码								
备注：电划		款项收妥日期 年　月　日		收款人开户银行盖章　　月　日										

此联是收款人开户银行给收款人的回单

单位主管　　　　　　　会计　　　　复核　　　　　记账

图 5.51　业务 52 银行托收承付凭证（回单）

中国光大银行托收承付凭证（回单）　　1

委托日期　　年　月　日

付款人	全称		收款人	全称										
	账号			账号										
	开户银行			开户银行				行号						
托收金额					千	百	十	万	千	百	十	元	角	分
附件		商品发运情况				合同名称号码								
备注：电划		款项收妥日期 年　月　日		收款人开户银行盖章　　月　日										

此联是收款人开户银行给收款人的回单

单位主管　　　　　　　会计　　　　复核　　　　　记账

图 5.52　备用银行托收承付凭证（回单）

5.7　原材料入库单

原材料入库单 6 张，具体应用业务如图 5.53 至图 5.58 所示。

入　库　单

入库日期：　　　年 月 日

供货单位：　　　　　　　　　　发票号码：　　　　　　　　　　　　　　　　No：002001

类　别	材料名称	入库数量	计量单位	单价（元）	金额（元）	备　注
合　计						

采购人：　　　　　　　　　　财务：　　　　　　　　　　保管员：

第二联　记账联

图 5.53　业务 6 入库单

入　库　单

入库日期：　　　年 月 日

供货单位：　　　　　　　　　　发票号码：　　　　　　　　　　　　　　　　No：002002

类　别	材料名称	入库数量	计量单位	单价（元）	金额（元）	备　注
合　计						

采购人：　　　　　　　　　　财务：　　　　　　　　　　保管员：

第二联　记账联

图 5.54　业务 17 入库单

入 库 单

入库日期： 年 月 日

供货单位： 发票号码： No：002003

类 别	材料名称	入库数量	计量单位	单价（元）	金额（元）	备 注
合 计						

采购人： 财务： 保管员：

第二联 记账联

图 5.55 业务 43 入库单

入 库 单

入库日期： 年 月 日

供货单位： 发票号码： No：002004

类 别	材料名称	入库数量	计量单位	单价（元）	金额（元）	备 注
合 计						

采购人： 财务： 保管员：

第二联 记账联

图 5.56 业务 44 入库单

入　库　单

入库日期：　　年　月　日

供货单位：　　　　　　　　发票号码：　　　　　　　　　　　　　　　No：002005

类　别	材料名称	入库数量	计量单位	单价（元）	金额（元）	备　注
合　计						

采购人：　　　　　　　　财务：　　　　　　　　　　保管员：

第二联　记账联

图 5.57　业务 49 入库单

入　库　单

入库日期：　　年　月　日

供货单位：　　　　　　　　发票号码：　　　　　　　　　　　　　　　No：002006

类　别	材料名称	入库数量	计量单位	单价（元）	金额（元）	备　注
合　计						

采购人：　　　　　　　　财务：　　　　　　　　　　保管员：

第二联　记账联

图 5.58　业务 74 入库单

5.8　自制半成品入库单和产成品入库单

自制半成品入库单 2 张，产成品入库单 1 张，具体应用业务如图 5.59 至图 5.61 所示。

自制半成品入库单

仓库：半成品仓库

交库单位：一车间　　　　　　　　　年　月　日　　　　　　　　　No：001111

产品名称	规格型号	计量单位	交付数量	检验结果	实收数量	总成本（元）	单位成本（元）

车间负责人：　　　　　　　　　仓库经办人：　　　　　　　　制单：

第二联　财务记账

图 5.59　业务 99 自制半成品入库单

自制半成品入库单

仓库：半成品仓库

交库单位：二车间　　　　　　　　　年　月　日　　　　　　　　　No：001112

产品名称	规格型号	计量单位	交付数量	检验结果	实收数量	总成本（元）	单位成本（元）

车间负责人：　　　　　　　　　仓库经办人：　　　　　　　　制单：

第二联　财务记账

图 5.60　业务 99 自制半成品入库单

产成品入库单

仓库：产成品仓库

交库单位：装配车间　　　　　　　　　　　年　月　日　　　　　　　　No：002111

产品名称	规格型号	计量单位	交付数量	检验结果	实收数量	总成本（元）	单位成本（元）

车间负责人：　　　　　　　　　　仓库经办人：　　　　　　　　　制单：

第二联　财务记账

图 5.61　业务 101 产成品入库单

5.9　增值税专用发票

增值税专用发票 8 张，如图 5.62 至图 5.69 所示。

安徽增值税专用发票

记账联

| 3401060066 | | | 开票日期: 20　年　月　日 | | | | No.23009678 |

购货单位	名称		密码区	1257－1＜8－6－333962848 ＜032/52＞9/29533－4974 1626＜8－3024＞82906－2 －47－6＜7＞2*－/＞*＞6/	加密版本: 013400152140 00555538
	纳税人识别号				
	地址、电话				
	开户行及账号				

货物或应税劳务名称	规格型号	计量单位	数量	单价	金额	税率（%）	税额
合计							

价税合计（大写）		（小写）

销售单位	名称		备注
	纳税人识别号		
	地址、电话	.	
	开户行及账号		

收款人：　　　　复核：　　　　开票人：　　　　销货单位（章）：

第一联　记账联　销货方记账凭证

图 5.62　业务 2 增值税专用发票

安徽增值税专用发票

记账联

| 3401060066 | | | 开票日期: 20　年　月　日 | | | | No.23009679 |

购货单位	名称		密码区	1257－1＜8－6－333962848 ＜032/52＞9/29533－4974 1626＜8－3024＞82906－2 －47－6＜7＞2*－/＞*＞6/	加密版本: 013400152140 00555538
	纳税人识别号				
	地址、电话				
	开户行及账号				

货物或应税劳务名称	规格型号	计量单位	数量	单价	金额	税率（%）	税额
合计							

价税合计（大写）		（小写）

销售单位	名称		备注
	纳税人识别号		
	地址、电话	.	
	开户行及账号		

收款人：　　　　复核：　　　　开票人：　　　　销货单位（章）：

第一联　记账联　销货方记账凭证

图 5.63　业务 21 增值税专用发票

安徽增值税专用发票

记账联

3401060066		开票日期：20　年　月　日					No.23009680		

购货单位	名称		密码区	1257－1＜8－6－333962848 ＜032/52＞9/29533－4974 1626＜8－3024＞82906－2 －47－6＜7＞2*－/＞*＞6/		加密版本： 013400152140 00555538
	纳税人识别号					
	地址、电话					
	开户行及账号					

货物或应税劳务名称	规格型号	计量单位	数量	单价	金额	税率（%）	税额
合计							

价税合计（大写）		（小写）

销售单位	名称		备注
	纳税人识别号		
	地址、电话	.	
	开户行及账号		

收款人：　　　　　复核：　　　　　开票人：　　　　　销货单位（章）：

第一联　记账联　销货方记账凭证

图 5.64　业务 23 增值税专用发票

安徽增值税专用发票

记账联

3401060066		开票日期：20　年　月　日					No.23009681		

购货单位	名称		密码区	1257－1＜8－6－333962848 ＜032/52＞9/29533－4974 1626＜8－3024＞82906－2 －47－6＜7＞2*－/＞*＞6/		加密版本： 013400152140 00555538
	纳税人识别号					
	地址、电话					
	开户行及账号					

货物或应税劳务名称	规格型号	计量单位	数量	单价	金额	税率（%）	税额
合计							

价税合计（大写）		（小写）

销售单位	名称		备注
	纳税人识别号		
	地址、电话	.	
	开户行及账号		

收款人：　　　　　复核：　　　　　开票人：　　　　　销货单位（章）：

第一联　记账联　销货方记账凭证

图 5.65　业务 34 增值税专用发票

产成品出库单

购货单位：　　　　　　　　　年　月　日　　　　　　　　　No：003115

产品名称	规格型号	计量单位	出库数量	单价（元）	金额（元）	备　注

销售部负责人：　　　　　　　　仓库经办人：　　　　　　制单：

第二联　财务记账

图 5.74　业务 39 产成品出库单

产成品出库单

购货单位：　　　　　　　　　年　月　日　　　　　　　　　No：003116

产品名称	规格型号	计量单位	出库数量	单价（元）	金额（元）	备　注

销售部负责人：　　　　　　　　仓库经办人：　　　　　　制单：

第二联　财务记账

图 5.75　业务 40 产成品出库单

产成品出库单

购货单位：　　　　　　　　年 月 日　　　　　　No：003117

产品名称	规格型号	计量单位	出库数量	单价（元）	金额（元）	备　注

销售部负责人：　　　　　　　仓库经办人：　　　　　　制单：

第二联　财务记账

图 5.76　业务 52 产成品出库单

产成品出库单

购货单位：　　　　　　　　年 月 日　　　　　　No：003118

产品名称	规格型号	计量单位	出库数量	单价（元）	金额（元）	备　注

销售部负责人：　　　　　　　仓库经办人：　　　　　　制单：

第二联　财务记账

图 5.77　业务 56 产成品出库单

5.11　材料发出汇总表

材料发出汇总表 2 张，具体应用业务如图 5.78 和图 5.79 所示。

原材料、周转材料发出汇总表

年　月

单位：元

附单据　　　张

材料名称	发出材料用途																			合计	
	基本生产成本												制造费用						辅助生产成本			
	CPU		中频处理器		耦合器		放大模块		接收机		混合器		一车间		二车间		装配车间		机修车间			
	数量	金额	数量	金额	数量	金额	数量	金额	数量	金额	数量	金额	数量	金额	数量	金额	数量	金额	数量	金额	数量	金额
合计																						

负责人：　　　　　合计审核：　　　　　材料保管员：　　　　　复核：

图 5.78　业务 94 材料发出汇总表

自制半成品发出汇总表

年　月　　　　　　　　　　　No: 5612　单位：元

自制半成品名称	发出产品用途								合计		附单据
	基本生产成本				管理费用		销售费用				
	接收机		混合器								
	数量	金额	数量	金额	数量	金额	数量	金额	数量	金额	
											张
合计											

负责人：　　　　会计审核：　　　　　　材料保管员：　　　　　复核：

图 5.79　业务 100 材料发出汇总表

5.12 资产负债表和利润表

资产负债表如图 5.80 所示；利润表如图 5.81 所示。

资产负债表

会企 01 表

编制单位：　　　　　　　　　　　年　月　日　　　　　　　　　　单位：元

资　产	期末余额	年初余额	负债和所有者权益 （或股东权益）	期末余额	年初余额
流动资产：			流动负债：		
货币资金			短期借款		
交易性金融资产			交易性金融负债		
应收票据			应付票据		
应收账款			应付账款		
预付账款			预收账款		
应收利息			应付职工薪酬		
应收股利			应交税费		
其他应收款			应付利息		
存货			应付股利		
一年内到期的非流动资产			其他应付款		
其他流动资产			一年内到期的非流动负债		
流动资产合计			其他流动负债		
非流动资产			流动负债合计		
可供出售金融资产			非流动负债		
持有至到期投资			长期借款		
长期应收款			应付债券		
长期股权投资			长期应付款		
投资性房地产			专项应付款		
固定资产			预计负债		
在建工程			递延所得税负债		
工程物资			其他非流动负债		
固定资产清理			非流动负债合计		
生产性生物资产			负债合计		
油气资产			所有者权益（或股东权益）：		
无形资产			实收资本（或股本）		
开发支出			减：库存股		
商誉			资本公积		
长期待摊费用			盈余公积		
递延所得税资产			未分配利润		
其他非流动资产			所有者权益（或股东权益）合计		
非流动资产合计					
资产总计			负债和所有者权益（或股东权益）总计		

公司负责人：　　　　　　　　会计主管：　　　　　　　　　　　制表人：

图 5.80　资产负债表

利　润　表

会企 02 表

编制单位：　　　　　　　　　　　　　年　　月　　　　　　　　　　　　单位：元

项　　目	本期金额	上期金额
一、营业收入		
减：营业成本		
营业税金及附加		
销售费用		
管理费用		
财务费用		
资产减值损失		
加：公允价值变动损益（损失以"−"号填列）		
投资收益		
其中：对联营企业和合营企业的投资收益		
二、营业利润（亏损以"−"号填列）		
加：营业外收入		
减：营业外支出		
其中：非流动资产处置损失		
三、利润总额（亏损总额以"−"号填列）		
减：所得税费用		
四、净利润（净亏损以"−"号填列）		
（一）基本每股收益		
（二）稀释每股收益		

公司负责人：　　　　　　　　　　　　　　　　　　制表人：

图 5.81　利润表

5.13 地方税、增值税和企业所得税纳税申报表

用于业务9的地方税纳税申报表和增值税纳税申报表（见书后插页），用于业务106的企业所得税纳税申报表。

地方税纳税申报表

金额单位：元（列至角分）

纳税人名称（盖章）		地址		纳税人编码	
税务登记证号	开户银行	电话		经济类型	
	账号				

税　种	应税项目	税款所属时期	计税总值或课税数量	税率（征收率）	应纳税额	减免税额	已纳税额	应补（退）税额	备注
						本　期			
合计									

如纳税人填报，由纳税人填写以下各栏

纳税人（公章）

会计主管（鉴章）

收到申报表日期

如委托代理人填报，由代理人填写以下各栏

代理人名称		
地　址		
经办人	电话	

代理人（公章）

以下由税务机关填写

接收人

单位负责人：　　　　　　　　财务负责人：

申报日期：　　年　　月　　日

中华人民共和国企业所得税年度纳税申报表（A 类）

税款所属期间　　年　月　日至　　年　月　日

纳税人名称：

纳税人识别号：□□□□□□□□□□□□□□□　　　　　　金额单位：元（列至角分）

类别	行次	项　　　　目	金　　额
利润总额计算	1	一、营业收入（填附表一）	
	2	减：营业成本（填附表二）	
	3	营业税金及附加	
	4	销售费用（填附表二）	
	5	管理费用（填附表二）	
	6	财务费用（填附表二）	
	7	资产减值损失	
	8	加：公允价值变动	
	9	投资收益	
	10	二、营业利润	
	11	加：营业外收入（填附表一）	
	12	减：营业外支出（填附表二）	
	13	三、利润总额（10＋11－12）	
应纳税所得额计算	14	加：纳税调整增加额（填附表三）	
	15	减：纳税调整减少额（填附表三）	
	16	其中：不征税收入	
	17	免税收入	
	18	减计收入	
	19	减：免税项目所得	
	20	加计扣除	
	21	抵扣应纳税所得额	
	22	加：境外应税所得弥补境内亏损	
	23	纳税调整后所得（13＋14－15＋22）	
	24	减：弥补以前年度亏损（填附表四）	
	25	应纳税所得额（23－24）	
应纳税额计算	26	税率（25%）	
	27	应纳所得税额（25×26）	
	28	减：减免所得税额（填附表五）	
	29	减：抵免所得税额（填附表五）	
	30	应纳税额（27－28－29）	

续表

类别	行次	项　　　　目	金　　额
应纳税额计算	31	加：境外所得应纳所得税额（填附表六）	
	32	减：境外所得抵免所得税额（填附表六）	
	33	实际应纳所得税额（30＋31－32）	
	34	减:本年累计实际已预缴的所得税额	
	35	其中:汇总纳税的总机构分摊预缴的税额	
	36	汇总纳税的总机构财政调库预缴的税额	
	37	汇总纳税的总机构所属分支机构分摊的预缴税额	
	38	合并纳税（母子体制）成员企业就地预缴比例	
	39	合并纳税企业就地预缴的所得税额	
	40	本年应补（退）的所得税额（33－34）	
附列资料	41	以前年度多缴的所得税额在本年抵减额	
	42	以前年度应缴未缴在本年入库所得税额	

　　谨声明：此纳税申报表是根据《中华人民共和国企业所得税法》、《中华人民共和国企业所得税法实施条例》和国家有关税收规定填报的，是真实的、可靠的、完整的。

法定代表人（签字）：

年　　月　　日

纳税人公章：

会计主管：

填表日期：　　　　年　　月　　日

代理申报中介机构公章：

经办人

经办人执业证件号码：

代理申报日期：　　　年　　月　　日

5.14　社会保险费缴费申报表

用于业务 26 的社会保险费缴费申报表。

安徽省社会保险费缴费申报表

缴费单位（人）代码：

缴费单位（人）全称：

填表日期：　年　月　日

费款所属时期：　年　月　日至　年　月　日

金额单位：元（列至角分）

费别	项目		缴费人数	缴费基数	缴费率	应缴金额	批准缓缴金额	已缴金额	实缴金额	欠缴金额
			1	2	3	4＝2×3	5	6	7	8＝4－6－7
基本养老保险费	单位									
	个人									
医疗保险费	基本医疗	单位								
		个人								
	公务员补助									
	职工救助									
失业保险费	单位									
	个人									
工伤保险费										
生育保险费										
合　计										

如缴费单位（人）填报，请填写下列各栏			如委托代理人填报，请填写下列各栏		
经办人		代理人名称		代理人	
(盖章)		代理人地址		(盖章)	
单位（人）		经办人			
(盖章)		电话			

以下由地税机关填写		
受理人		
收到申报表日期		

第 6 章　会计电算化实训

6.1　系统初始化

系统初始化也称为系统初始设置，是指将通用会计软件根据本企业的管理需要转成专用会计软件、将手工会计业务数据转置到计算机中的一系列准备工作，是使用会计软件进行核算和管理的基础。本章的会计电算化实训环境为"用友 ERP-U8"软件。

6.1.1　建立账套

会计软件的使用是从账套的建立开始的。账套就是指以电子数据库的形式存放在计算机中的一套完整的会计资料，包括企业的所有会计信息。在每一个账套里，可以存放不同年度的会计数据，由于系统保存了不同会计年度的历史数据，为利用历史数据进行查询和分析提供了方便。

安徽惠源有限责任公司（账套号 001）的账套启用日期为 2010 年 12 月，地址为合肥市蜀山区泰和路 158 号，电子邮件为 AHHY@sina.com.cn，经营范围为生产、销售接收机和混合器，要求按行业性质预置会计科目；记账本位币为人民币，有外币业务，要求定义外币和汇率，对存货进行分类，对数量、单价核算时，小数位为两位；生产成本和期间费用采用项目核算；会计科目分为四级，编码级次为 4222，部门分类编码为 12，存货分类编码为 12。安徽惠源有限责任公司账套建立的步骤如下。

（1）以系统管理员身份注册后登录系统管理模块。

● 执行"开始"→"所有程序"→"用友 ERP-U8"→"系统服务"→"系统管理"命令，进入"系统管理"窗口；

● 在"系统管理"窗口中，执行"系统"→"注册"命令，进入"注册系统管理"对话框；

● 在"注册系统管理"对话框中的"操作员"文本框中输入"Admin"，然后单击"确定"按钮即可。

（2）执行"账套"→"建立"命令，打开"创建账套——账套信息"对话框，输入账套号"001"、账套名称"安徽惠源有限责任公司"和启用会计期间"2010 年 12 月"。

（3）单击"下一步"按钮，依次输入单位名称、单位简称、单位地址、法人代表、联系电话和税号等有关信息。

（4）单击"下一步"按钮，打开"创建账套——核算类型"对话框，依次输入记账本位币代码如"RMB"、名称如"人民币"，选择企业类型为"工业企业"，行业类型为"股份制"，账套主管暂用 DEMO（以后修改），并选中"按行业性质预置科目"复选框，如图 6.1 所示。

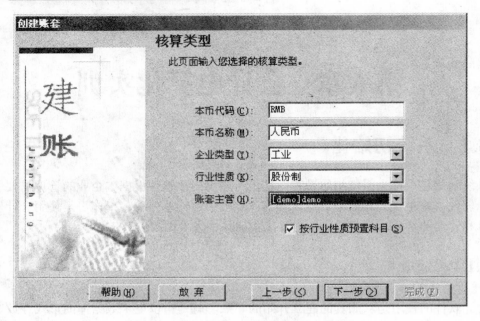

图 6.1 "创建账套——核算类型"对话框

（5）单击"下一步"按钮，打开"创建账套——基础信息"对话框，选中"存货分类"和"有无外币核算"复选框，单击"完成"按钮；弹出"创建账套"对话框，询问"可以创建账套了吗？"，单击"是"按钮，确认创建账套。

（6）打开"分类编码方案"对话框，分别设置会计科目、部门、结算方式、供应商、客户等编码级次，如图 6.2 所示。

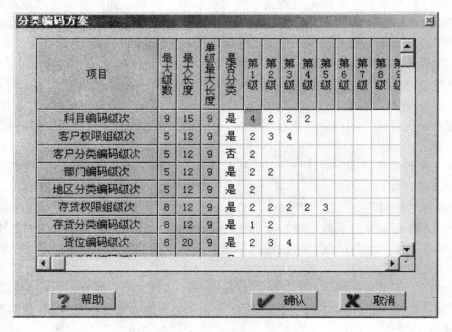

项目	最大级数	最大长度	单级最大长度	是否分类	第1级	第2级	第3级	第4级	第5级	第6级	第7级	第8级	第9级
科目编码级次	9	15	9	是	4	2	2	2					
客户权限组级次	5	12	9	是	2	3	4						
客户分类编码级次	5	12	9	否	2								
部门编码级次	5	12	9	是	2	2							
地区分类编码级次	5	12	9	是	2								
存货权限组级次	8	12	9	是	2	2	2	2	3				
存货分类编码级次	8	12	9	是	1	2							
货位编码级次	8	20	9	是	2	3	4						

图 6.2 "分类编码方案"对话框

（7）单击"确认"按钮，打开"数据精度定义"对话框，确认数量、单价核算的小数位为 2。

（8）单击"确认"按钮，打开"创建账套"对话框，如图 6.3 所示；单击"否"按钮，暂不进行系统启用的设置，账套创建成功。

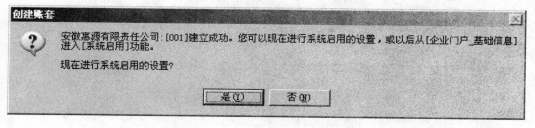

图 6.3　"创建账套"对话框

6.1.2　用户和权限的设置

账套建立完毕后，针对不同的使用者设定不同的使用权限是会计电算化管理制度的要求，同时也是会计核算和监督职能的体现。权限的设置包括操作权限和管理权限的设置。安徽惠源有限责任公司会计核算软件的操作员及权限如下。

（1）唐志诚（编号 001）：账套主管，隶属财务部，负责账套的管理、凭证的审核、各种账表的查询、报表管理和财务分析，是整个系统安全运转的责任人。

（2）陈慧（编号 002）：隶属财务部，负责凭证的审核、成本核算、月末结转、总分类账、编制报表。

（3）李国忠（编号 003）：隶属财务部，负责往来、存货、固定资产、工资核算和各种明细分类账的登记工作。

（4）柏茹（编号 004）：隶属财务部，负责记账凭证的编制工作。

（5）杨瑶霞（编号 005）：隶属财务部，负责办理现金、银行存款日记账的登记、银行对账。

以系统管理员的身份注册后登录系统管理模块，进行增加用户和权限设置的操作。

1．增加用户

（1）在"系统管理"窗口中，执行"权限"→"用户"命令，进入"用户管理"窗口。

（2）单击"增加"按钮，打开"增加用户"对话框，依次输入编号"001"、姓名"唐志诚"、口令（密码）"123456"、所属部门"财务部"等有关信息，如图 6.4 所示。

（3）单击"增加"按钮，完成该记录的添加。

（4）参照上述操作，可以增加其他操作员。完成全部用户的设置之后，单击"退出"按钮返回。

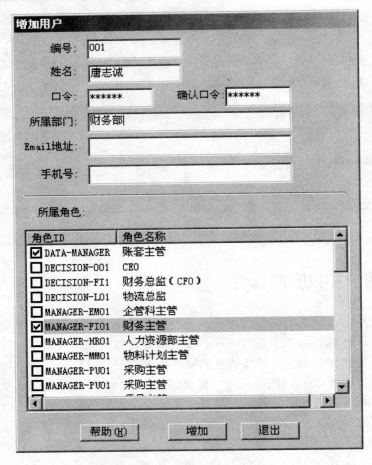

图 6.4 "增加用户"窗口

2．权限设置

（1）以系统管理员身份，在"系统管理"窗口中执行"权限"→"权限"命令，进入"操作员权限"窗口；选择左边窗口中的操作员 ID、全名，右边窗口就会显示该操作员的相应权限。

（2）设置账套主管。选择操作员"唐志诚"，选择窗口上方的账套"001，安徽惠源有限责任公司"，在年度选择框中选择会计年度为 2010 年，选中"账套主管"复选框，在弹出的对话框中单击"是"按钮，如图 6.5 所示。

（3）增加操作员权限。继续在"操作员权限"窗口操作，选择操作员"陈慧"，单击"修改"按钮，打开"增加和调整权限"对话框。

（4）在"增加和调整权限"对话框中，选中相应的权限。

（5）如需取消某个权限，则取消相应的复选框即可。

（6）单击"确定"按钮，返回"操作员权限"窗口。

（7）重复步骤（3）至（6），对其他操作员权限进行设置；设置完成后，单击"退出"按钮返回。

图 6.5 "操作员权限"窗口

6.1.3 数据备份

数据备份即账套输出，操作步骤如下。

（1）在 D 盘根目录下建立"001 账套备份"文件夹。

（2）以系统管理员 Admin 的身份注册登录系统管理。

（3）执行"账套"→"输出"命令，打开"账套输出"对话框。

（4）单击"账套号"下拉列表框的下拉按钮，在下拉列表框中选择"［001］安徽惠源有限责任公司"，如图 6.6 所示。

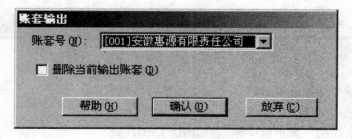

图 6.6 "账套输出"对话框

（5）单击"确认"按钮，经过压缩过程，打开"选择备份目标"对话框，选择存放备份数据的"D：\账套备份"文件夹。

（6）单击"确认"按钮，系统提示"硬盘备份完毕"，单击"确定"按钮。

6.2 总账系统初始化

完成会计任务有一套专门的方法，即设置账户、复式记账、填制和审核凭证、登记账簿、成本结算及编制会计报表。为适应计算机管理的需要，把设置账户、复式记账、填制和审核凭证、登记账簿等具有总账处理功能的系统称为总账系统。总账系统是会计软件系统的核心模块，其主要功能有基础设置、凭证管理、出纳管理、账簿管理、辅助核算管理和期末处理等。

6.2.1 启动总账系统

1．启动总账系统

（1）执行"开始"→"所有程序"→"用友 ERP-U8"→"企业门户"命令，弹出"注册【企业门户】"对话框，如图 6.7 所示。

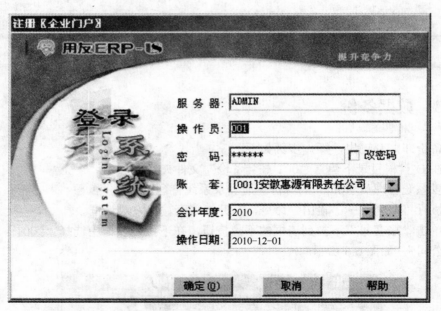

图 6.7 "注册【企业门户】"对话框

（2）单击选择"［001］安徽惠源有限责任公司"账套。

（3）单击选择"2010"会计年度。

（4）在"操作日期"文本框中输入"2010-12-01"。

（5）在"操作员"文本框中输入"001"（账套主管"唐志诚"），在"密码"文本框中输入"123456"。

（6）单击"确定"按钮，进入"用友 ERP-U8 门户"界面，如图 6.8 所示。

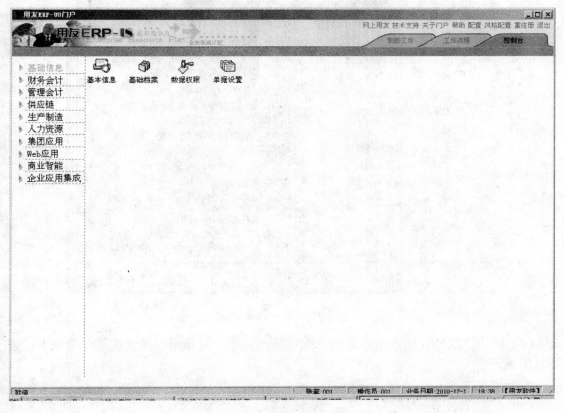

图 6.8 "用友 ERP-U8 门户"界面

（7）在"控制台"——"基础信息"下双击"基本信息"，打开"基本信息"对话框；双击"系统启用"，打开"系统启用"对话框；选中"总账"复选框，输入启用日期"2010-12-01"，即可启用"总账系统"。

（8）回到"控制台"，双击"财务会计"下的"总账"，即可进入总账系统；也可采用执行"开始"→"所有程序"→"用友 ERP-U8"→"财务会计"→"总账"命令，直接进入总账系统。

2．设置核算规则

利用建账向导完成账套参数设置。进入"总账"系统后，单击"设置"下的"选项"命令，对总账系统业务控制参数逐一进行设置。

（1）单击"凭证"选项卡，弹出总账系统"选项"对话框中的"凭证"选项卡，如图 6.9 所示。根据需要，选中"制单序时控制"、"资金及往来科目"、"打印凭证页脚姓名"等复选框。

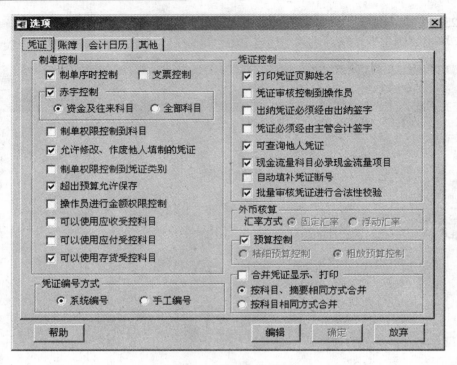

图 6.9　"凭证"选项卡

（2）单击"账簿"选项卡，弹出总账系统"选项"对话框中的"账簿"选项卡，如图 6.10 所示。

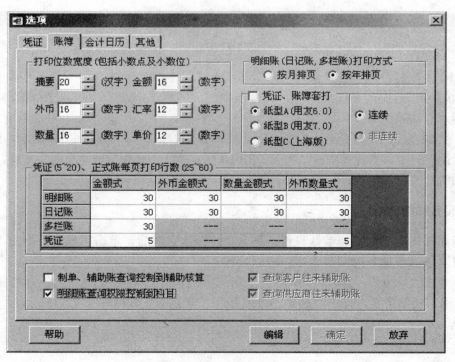

图 6.10　"账簿"选项卡

根据需要，选中"按年排页"单选钮和"明细账查询权限控制到科目"复选框等。

6.2.2　基础数据设置

1. 部门档案和职员档案

安徽惠源有限责任公司的企业组织机构如表 6.1 所示。安徽惠源有限责任公司各部门的部分职员名单如表 6.2 所示。

表 6.1　企业组织机构

编　码	部 门 名 称	负 责 人	部 门 属 性
01	办公室	黄奇	管理
02	财务部	唐志诚	管理
03	人力资源部	闻玉	管理
04	采购部	陶远方	采购
05	销售部	刘方	销售
06	生产技术部	章明清	管理
07	一车间	雷鸣	生产
08	二车间	谢中兴	生产
09	装配车间	方类龙	生产
10	机修车间	苏小清	生产

表 6.2　部分职员名单

序 号	编 号	姓 名	部 门	职员属性	序 号	编 号	姓 名	部 门	职员属性
01	0101	方云洲	办公室	公司管理人员	15	0502	王静	销售部	销售人员
02	0102	黄奇	办公室	公司管理人员	16	0503	王胜利	销售部	销售人员
03	0103	王芳	办公室	公司管理人员	17	0504	金强	销售部	销售人员
04	0104	赵忠	办公室	公司管理人员	18	0601	章明清	生产技术部	公司管理人员
05	0105	马宜	办公室	公司管理人员	19	0602	赵怀怀	生产技术部	公司管理人员
06	0201	唐志诚	财务部	公司管理人员	20	0701	雷鸣	一车间	生产人员
07	0202	陈慧	财务部	公司管理人员	21	0702	方文宾	一车间	生产人员
08	0203	李国忠	财务部	公司管理人员	22	0703	景慧灵	一车间	生产人员
09	0204	柏茹	财务部	公司管理人员	23	0801	谢中兴	二车间	生产人员
10	0205	杨瑶霞	财务部	公司管理人员	24	0802	叶子	二车间	生产人员
11	0301	闻玉	人力资源部	公司管理人员	25	0901	方类龙	装配车间	生产人员
12	0401	陶远方	采购部	采购人员	26	0902	陶倩星	装配车间	生产人员
13	0402	陈新	采购部	采购人员	27	1001	苏小清	机修车间	生产人员
14	0501	刘方	销售部	销售人员	28	1002	张又涛	机修车间	生产人员

（1）以账套主管身份注册登录总账系统，执行"设置"→"编码档案"→"部门档案"命令，进入"部门档案"窗口，如图6.11所示。

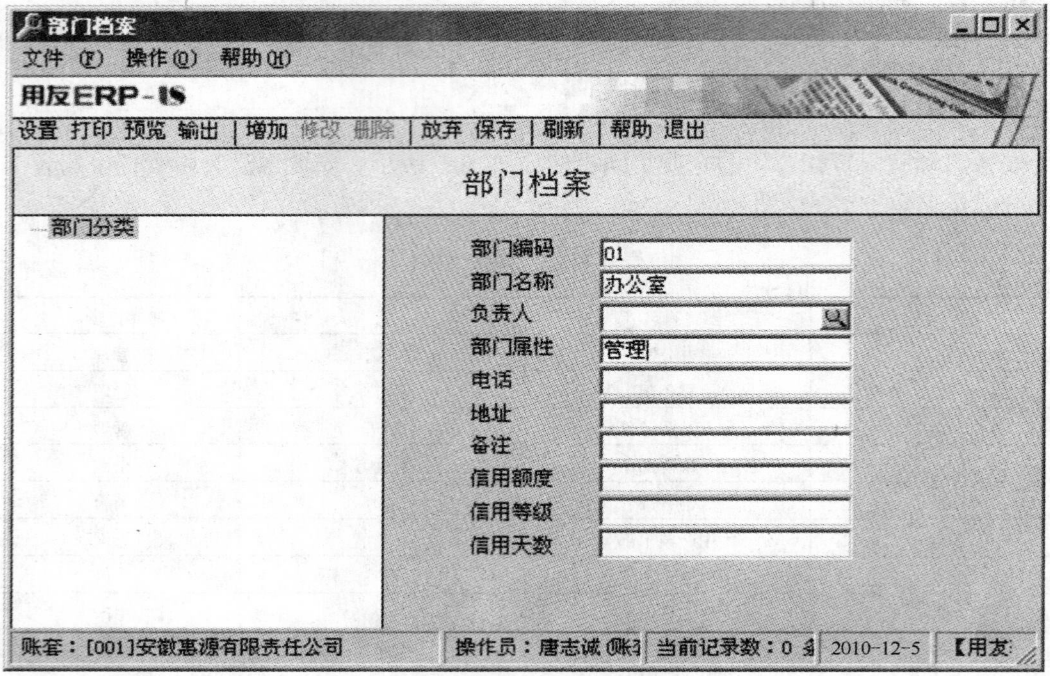

图6.11 "部门档案"窗口

（2）单击"增加"按钮，依次输入部门编码"01"、部门名称"办公室"、部门属性"管理"，单击"保存"按钮。重复上述步骤，增加财务部、人力资源部等所有部门后，单击"退出"按钮。

（3）执行"设置"→"编码档案"→"职员档案"命令，进入"职员档案"窗口，如图6.12所示。

（4）选择部门"办公室"，单击"增加"按钮，依次输入职员编码"0101"、职员名称"方云洲"、部门名称"办公室"、职员属性"公司经理"，单击"保存"按钮。重复上述步骤，依次增加所有职员档案后返回"部门档案"窗口，单击"修改"按钮补充设置部门负责人资料。

2. 客户和供应商档案

安徽惠源有限责任公司对客户和供应商不分类，客户和供应商名单如表6.3和表6.4所示。

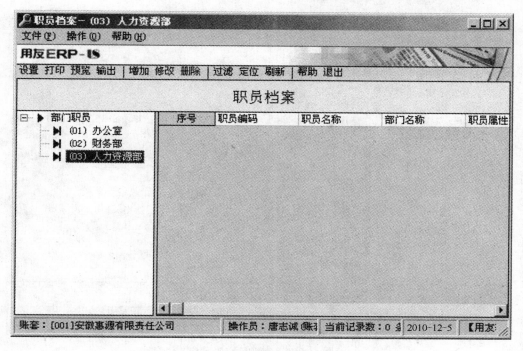

图 6.12　"职员档案"窗口

表 6.3　客户名单

序　号	名　称	序　号	名　称
001	蚌埠智能公司	006	马钢公司
002	合肥华普公司	007	芜湖惠普公司
003	安庆东方电子公司	008	南京三花公司
004	上海家华公司	009	南京嘉乐公司
005	湖北安天机械厂	010	合肥昌达元件厂

表 6.4　供应商名单

序　号	名　称	序　号	名　称
001	上海宝申有限公司	004	美国汤姆公司
002	马鞍山钢铁公司	005	芜湖通用机械厂
003	南京合力有限责任公司	006	南京志邦公司

（1）执行"设置"→"编码档案"→"客户档案"命令，进入"客户档案"窗口，如图 6.13 所示。

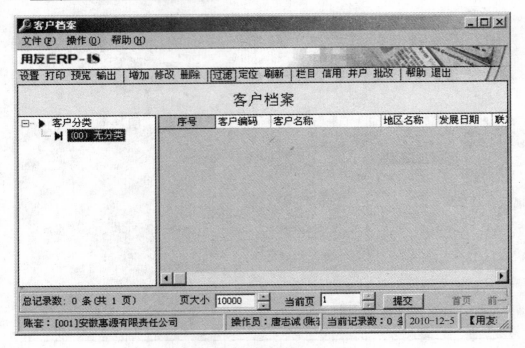

图 6.13　"客户档案"窗口

（2）单击"增加"按钮，依次输入客户编码"001"、客户名称"蚌埠智能公司"等信息，单击"保存"按钮。重复上述步骤，依次增加所有客户档案资料。

（3）执行"设置"→"编码档案"→"供应商档案"命令，进入"供应商档案"窗口，如图 6.14 所示。

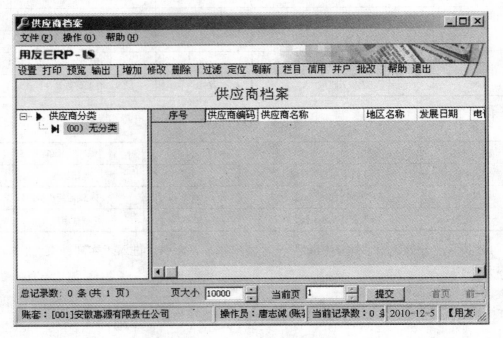

图 6.14　"供应商档案"窗口

（4）单击"增加"按钮，依次输入供应商编码"001"、供应商名称"上海宝申有限公司"等信息，单击"保存"按钮。重复上述步骤，依次增加所有供应商档案资料。

3．设置凭证类别

执行"设置"→"凭证类别"命令，进入"凭证类别预置"窗口，如图 6.15 所示。选中"记账凭证"单选钮，单击"确定"按钮结束。

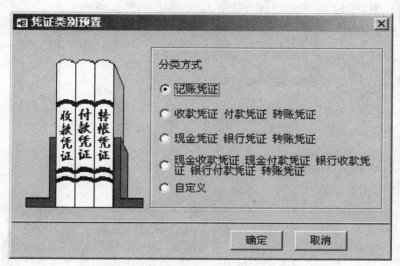

图 6.15　"凭证类别预置"窗口

4．设置会计科目

会计软件已预先设置总账科目，明细科目根据本教材第 3 章的账户余额表中的资料设置，以此建立安徽惠源有限责任公司的会计科目体系。

1）新增会计科目

如果系统内置的总账科目与所使用的会计科目一致，在设置会计科目时，只需增加缺少的会计科目和增加明细科目即可，如在"银行存款"一级科目下增加"光大银行"明细科目。

（1）执行"设置"→"会计科目"命令，进入"会计科目"窗口，如图 6.16 所示。

（2）单击"增加"按钮，依次输入科目编码"100201"和科目中文名称"光大银行"，选中"日记账"和"银行账"复选框。

如果系统内置的总账科目与所使用的会计科目不一致，可以根据需要自行设置会计科目。

2）定义需要进行辅助核算的会计科目

为满足企业对某些会计业务核算和管理要求，企业除完成一般总账和明细账核算设置外，还可以设置辅助账。辅助核算主要包括个人往来、客户往来、供应商往来、部门核算和项目核算。例如：将"应收账款"账户设置为客户往来；将"生产成本——基本生产成本"账户设置为项目核算；将"管理费用"账户设置为项目核算和部门核算。

图 6.16 "会计科目"窗口

（1）在"会计科目"窗口选中"1131 应收账款"，单击"修改"按钮；打开"会计科目_修改"窗口，选中"客户往来"复选框，单击"确定"按钮，如图 6.17 所示。

图 6.17 "会计科目_修改"窗口

（2）选中"基本生产成本——CPU"，单击"修改"按钮；打开"会计科目——修改"窗口，选中"项目核算"复选框，单击"确定"按钮。

（3）选中"管理费用"，单击"修改"按钮；打开"会计科目——修改"窗口，选中"项目核算"和"部门核算"复选框，单击"确定"按钮。

5. 核算项目设置

手工会计科目体系往往庞大且难以统计，为了满足企业管理的需要，可以将一些具有共同特性的项目定义为一个项目大类，并对这些项目进行分级管理，如在建工程、产品成本、现金流量等。在手工方式下，一般通过按具体项目开设明细账进行核算，这样就增加了明细科目的级次，给会计核算和管理资料的提供带来很大的困难。在计算机账务系统中，设置了项目核算管理功能，可以定义多个种类的项目核算，将具有共同特性的项目定义为一个项目大类，一个项目大类可以核算多个项目，为了便于管理，还可以对这些项目进行分级管理。

"项目目录"功能用于项目大类的设置及项目目录及分类的维护，可以在此增加或修改项目大类、项目核算科目、项目分类、项目栏目结构及项目目录。

1）定义项目大类

根据表6.5、表6.6和表6.7中的资料，定义安徽惠源有限责任公司的项目目录。

表 6.5　项目目录档案 1

项目大类	费 用 项 目							
项目分类 定义	无 分 类							
项 目 目 录	项目编号	项目目录名称	是否结算	分类码	项目编号	项目目录名称	是否结算	分类码
	1	工资福利费	false	1	13	工会经费	false	1
	2	办公费	false	1	14	财产保险费	false	1
	3	折旧费	false	1	15	差旅费	false	1
	4	交通费	false	1	16	其他	false	1
	5	业务招待费	false	1	17	广告宣传费	false	1
	6	水电费	false	1	18	业务费	false	1
	7	车辆费	false	1	19	运输费	false	1
	8	税费	false	1	20	展销费	false	1
	9	聘请 中介机构费	false	1	21	产品质量保证	false	1
	10	社会保险	false	1	22	修理费	false	1
	11	住房公积金	false	1	23	材料费	false	1
	12	职工教育经费	false	1	24	分配转出	false	1

表 6.6　项目目录档案 2

项目大类	成 本 对 象			
项目分类定义	无 分 类			
项 目 目 录	项目编号	项目目录名称	是否结算	分类码
	1	直接材料	False	1
	2	直接人工	False	1
	3	燃料动力	False	1
	4	制造费用	False	1
	5	自制半成品	False	1

表 6.7　项目目录档案 3

名　　称	项 目 大 类	
	费 用 项 目	成 本 对 象
6601 销售费用	√	
6602 管理费用	√	
5101 制造费用	√	
5001 生产成本——基本生产成本——CPU		√
5001 生产成本——基本生产成本——中频处理器		√
5001 生产成本——基本生产成本——耦合器		√
5001 生产成本——基本生产成本——放大模块		√
5001 生产成本——基本生产成本——接收机		√
5001 生产成本——基本生产成本——混合器		√
5001 生产成本——基本生产成本——机修车间		√

（1）执行"设置"→"编码档案"→"项目目录"命令，进入"项目档案"对话框。

（2）单击"增加"按钮，进入"项目大类定义_增加"向导窗口，输入新项目大类名称"费用项目"，如图 6.18 所示。

（3）单击"下一步"按钮，打开"定义项目级次"对话框，选择项目级次"一级"、"1"位。

（4）单击"下一步"按钮，打开"定义项目栏目"对话框，采用系统默认值，单击"完成"按钮，即可保存设置后退出。

（5）参照步骤（2）至步骤（4），可继续定义项目大类"成本对象"。

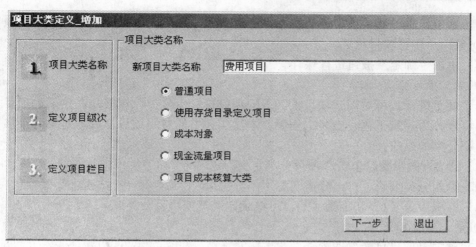

图 6.18　"项目大类定义_增加"窗口

2）指定核算科目

（1）在"项目档案"对话框中单击"核算科目"选项卡，选择项目大类"费用项目"。

（2）在待选科目列表框中，单击选中要进行费用项目核算的科目"管理费用"，然后单击">"按钮，将待选科目添加到已选科目列表框中，如图 6.19 所示。

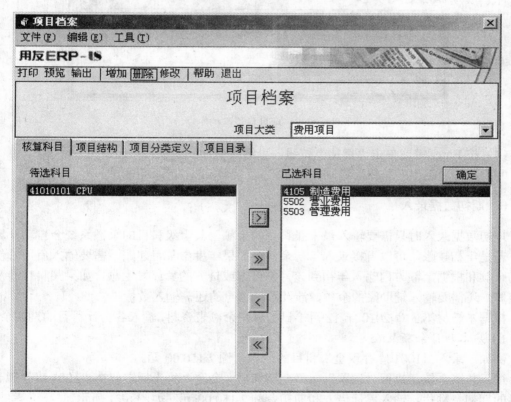

图 6.19　"核算科目"选项卡窗口

（3）参照步骤（2），可将销售费用、制造费用、生产成本相应指定为"费用项目"、"成本对象"，进行项目核算。

（4）单击"确定"按钮进行保存。

3）定义项目分类

为了便于统计，可对同一项目大类下的项目进一步分类。例如，在建工程项目大类下的项目可划分为建筑工程、安装工程等。本次实训中的费用项目、成本对象两个项目大类可采用不分类的办法。

（1）接2）的步骤，单击"项目分类定义"选项卡。

（2）输入分类编码"1"，分类名称"不分类"，单击"确定"按钮进行保存。

（3）参照步骤（1）和步骤（2），可继续定义其他项目分类。

4）定义项目目录

（1）单击"项目目录"选项卡。

（2）单击"维护"按钮，进入"项目目录维护"窗口。

（3）单击"增加"按钮，依次输入项目编号、项目名称，选择该项目目录所属的项目编号，如图6.20所示。

图6.20　"项目目录维护"窗口

（4）按 Enter 键或单击"增加"按钮，可继续增加其他项目目录。

（5）单击"退出"按钮后返回。

6．期初数据录入

期初数据录入时只需要输入最末级科目的余额，其上级科目的余额系统会自动计算填列。若是年初建账，可以直接录入年初余额；如果年度中某月建账，需要输入启用月份的期初余额和根据余额方向输入年初到该月的借方或贷方的累计发生额。如果某科目涉及辅助核算，还需要输入辅助账的余额，涉及数量核算的还需输入数量。

根据本教材第3章2010年12月1日的账户余额表资料，输入各会计科目的期初余额。

1）基本科目余额录入

例如，录入"1001库存现金"科目的期初余额2 150.00元。

进入总账系统，执行"设置"→"期初余额"命令，将光标定位在"1001库存现金"科目的期初余额栏，输入累计借方和期初余额2 150.00元，如图6.21所示。

图 6.21 "期初余额录入"窗口

2）个人往来科目余额录入

例如，录入"1191 其他应收款——采购部陈新"科目的期初余额 2 000.00 元。在"期初余额录入"窗口会计科目列表中，双击"1191 其他应收款"余额栏，进入"个人往来期初"窗口；单击"增加"按钮，在"采购部"在职员列表中，选择"陈新"，录入期初余额 2 000.00 元，如图 6.22 所示。

日期	凭证号	部门	个人	摘要	方向	金额
2010-11-30		采购部	陈新	采购备用	借	2,000.00

合计: 借 金额		外币		数量	

图 6.22 "个人往来期初"窗口

3）部门科目余额录入

参照"2）个人往来科目余额录入"步骤，选择"销售部"后录入相应的期初余额。

4）供应商往来科目余额录入

（1）进入总账系统，执行"设置"→"期初余额"命令，将光标定位在"2121应付账款"科目栏，输入累计贷方"123 000.00"。

（2）双击"期初余额"栏，打开"供应商往来期初"窗口，单击"增加"按钮，输入"2010-11-30"；双击"供应商"所在单元格，再单击"参照"按钮，打开"参照"对话框，双击选择"上海宝申"，再依次输入摘要"采购材料"、金额"100 000.00"元。

（3）单击"增加"按钮，参照步骤（2）继续增加"马钢公司"的应付账款"23 000.00元"，如图6.23所示。

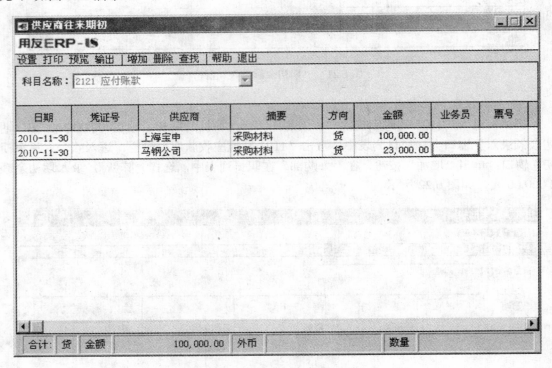

图6.23 "供应商往来期初"窗口

5）客户往来科目余额录入

（1）进入总账系统，执行"设置"→"期初余额"命令，将光标定位在"1111应收票据"科目栏，输入累计借方"234 000.00"。

（2）双击"期初余额"栏，打开"客户往来期初"窗口，单击"增加"按钮，输入"2010-11-30"；双击"客户"所在单元格，再单击"参照"按钮，打开"参照"对话框，双击选择"南京三花"，再依次输入摘要"销售产品"、金额"175 500.00"元。

（3）单击"增加"按钮，参照步骤（2）继续增加"蚌埠智能"的应收票据"58 500.00元"；单击"退出"按钮返回，如图6.24所示。

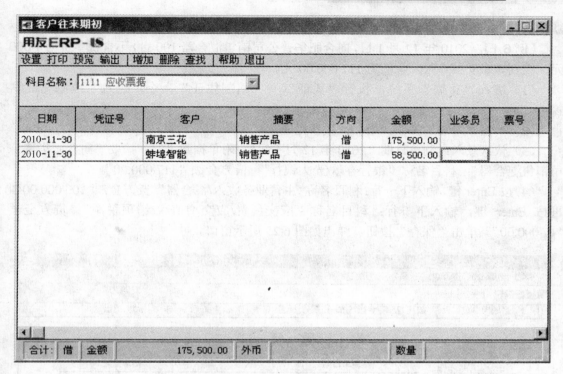

图 6.24　"客户往来期初"窗口

7．试算平衡

录入所有余额后，单击"试算"按钮，查看期初余额试算平衡表，检查余额是否平衡。

6.3　日常账务处理

日常账务处理包括填制凭证、记账、账簿查询，以及对部门、项目、个人往来、单位辅助账的管理。

6.3.1　凭证填制

1．增加凭证

记账凭证是登记账簿的依据，电子账簿的完整和准确依赖于记账凭证。凭证类别在初始设置时定义，凭证编号一般由计算机按月连续编制。摘要栏各行可以相同也可以不同，一般情况下，当前会计分录完成并按 Enter 键后，系统会将摘要自动复制到下一行，每行摘要随相应的会计科目出现在明细账和日记账中。会计科目可以通过科目编码或科目助记码输入，金额不能为零，红字以在金额数字前加"－"号输入。制证人员签字由系统默认，"附单据数"由手工填制。

【例 6.1】 2010 年 12 月 1 日，向合肥华普公司销售混合器 100 台，不含税单价为 1 000 元，收到转账支票一张，金额为 117 000.00 元。

（1）进入"总账"系统，执行"凭证"→"填制凭证"命令，进入"填制凭证"窗口。

（2）单击"增加"按钮，增加一张新凭证。

（3）依次录入：制单日期"2010 年 12 月 1 日"；附单据数"3"；摘要"向合肥华普公司销售混合器"；科目名称"银行存款/光大银行"；借方金额"117 000.00"。

（4）按 Enter 键，输入下一行：科目名称"主营业务收入/混合器"；贷方金额"100 000.00"。再按 Enter 键，输入下一行：科目名称"应交税费/应交增值税/销项税额"；贷方金额"17 000.00"。单击"保存"按钮，弹出如图 6.25 所示窗口。

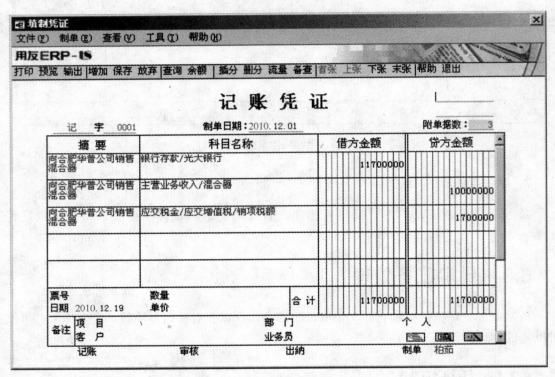

图 6.25 "填制凭证"窗口

2. 输入辅助核算信息

当所输入的会计科目涉及辅助核算信息时，屏幕会弹出辅助信息窗口，要求输入相应的辅助核算内容。输入辅助核算信息有三种方法：一是直接输入；二是输入代码；三是参照输入。不管采用哪种方法，都要求在相应的部门档案、职员档案、客户档案、供应商档案、项目目录中预先定义相应的辅助信息。否则，系统会发出警告，要求先对辅助核算信息进行定义，然后再进行制单。

【例 6.2】 2010 年 12 月 2 日，接中国光大银行通知，安庆东方电子公司偿还所欠货款 234 000.00 元。

进入"填制凭证"窗口，输入"1131 应收账款"科目（该科目为客户往来辅助核算），在弹出的"辅助项"和"填制凭证"对话框中依次输入或参照输入客户名称等信息，如图 6.26 所示。

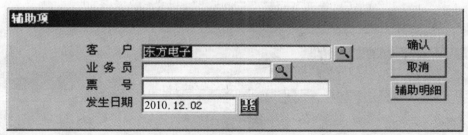

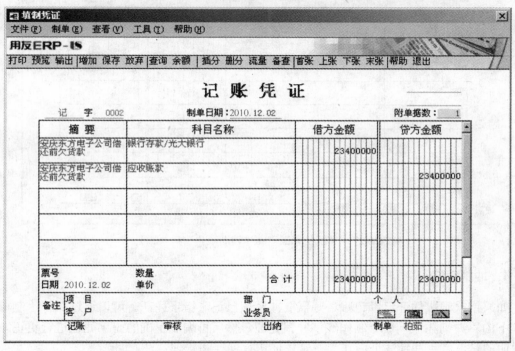

图 6.26　"填制凭证"和"辅助项"窗口（一）

【例 6.3】　2010 年 12 月 5 日，偿还马鞍山钢铁公司（简称马钢公司）货款。

进入"填制凭证"窗口，输入"2121 应付账款"科目（该科目为供应商往来辅助核算），在弹出的"辅助项"和"填制凭证"对话框中依次输入或参照输入供应商名称等信息，如图 6.27 所示。

3. 修改凭证

记账凭证若存在错误，可通过系统提供的修改功能进行修改。未经审核的错误记账凭证可通过"制单"功能直接修改；已审核的错误记账凭证应先取消审核，再通过"制单"功能进行修改。

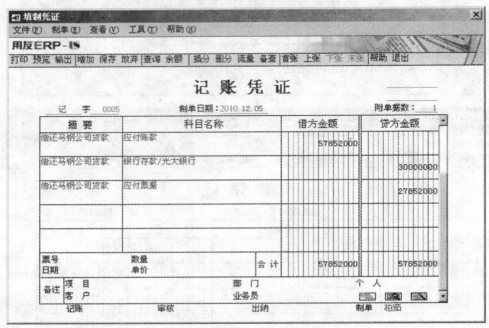

图 6.27 "填制凭证"和"辅助项"窗口（二）

4．冲销凭证

如果错误记账凭证已经记账，则需要冲销该已记账错误凭证。可以通过执行"制单"菜单下的"冲销凭证"命令制作红字冲销凭证，然后再编制正确的蓝字凭证进行更正。需要说明的是，红字冲销凭证应作为正常凭证进行保存和管理。

5．删除凭证

错误的凭证需要作废时，可使用"作废/恢复"功能。作废的凭证上显示"作废"字样，但仍在系统内保留内容及编号。如果不想保留作废凭证，可以通过"整理凭证"功能将其彻底删除，并对未记账凭证重新编号。

6.3.2 凭证审核

凭证审核应由具有审核权限的操作员按《中华人民共和国会计法》、《企业会计准则》、《企业会计制度》的规定，对制单人填制的记账凭证进行检查，以防止错误和舞弊。

1. 出纳签字

为了加强对货币资金的管理，出纳会计可通过"出纳签字"功能对制单人员填制的涉及现金和银行存款收入、支出的凭证进行检查核对，以确定"库存现金"和"银行存款"科目的金额是否正确。若有错误或异议，应提交制单人员修改后再核对。

【例 6.4】　出纳会计杨瑶霞审核例 6.1 生成的凭证。

（1）以杨瑶霞的账号注册进入用友"总账"，打开系统菜单，执行"凭证"→"出纳签字"命令，弹出"出纳签字"对话框，如图 6.28 所示；选中"全部"单选钮，期间选择"2010.12"。

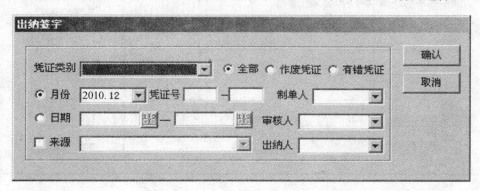

图 6.28　"出纳签字"对话框

（2）单击"确认"按钮，系统弹出符合出纳签字条件的凭证列表，如图 6.29 所示。

凭证共 8 张　　已签字 0 张　　未签字 8 张

制单日期	凭证编号	摘要	借方金额合计	贷方金额合计	制单人	签字人
2010.12.01	记 - 0001	向合肥华普公司销售混合	117,000.00	117,000.00	柏茹	
2010.12.02	记 - 0002	安庆东方电子公司偿还前	234,000.00	234,000.00	柏茹	
2010.12.02	记 - 0003	报销办公费	350.00	350.00	柏茹	
2010.12.02	记 - 0004	提取现金备用	12,000.00	12,000.00	柏茹	
2010.12.05	记 - 0005	偿还马钢公司货款	578,520.00	578,520.00	柏茹	
2010.12.08	记 - 0006	发放工资	173,307.60	173,307.60	柏茹	
2010.12.15	记 - 0007	报销三八妇女节组织女职	5,855.00	5,855.00	柏茹	
2010.12.30	记 - 0008	支付四季度长期借款利息	16,000.00	16,000.00	柏茹	

图 6.29　"出纳签字"对话框——凭证列表

（3）单击"确定"按钮，系统弹出相应的记账凭证，如图 6.30 所示；单击"签字"按

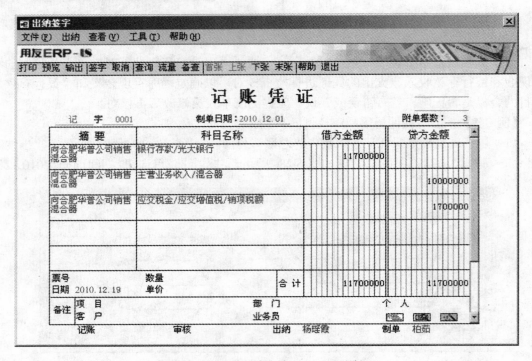

图 6.30　"出纳签字"窗口——记账凭证

钮或执行"出纳"→"出纳签字"命令，即可完成出纳签字。

2．凭证审核

审核记账凭证时应以原始凭证为依据。对审核无误的凭证，发出签字指令，由系统在记账凭证上填入审核人姓名。

【例 6.5】　操作员陈慧对记账凭证进行审核。

（1）以陈慧的账号注册进入用友"总账"系统，打开系统菜单，执行"凭证"→"审核凭证"命令，弹出"凭证审核"对话框，如图 6.31 所示；选中"全部"单选钮，期间执行"2010.12"。

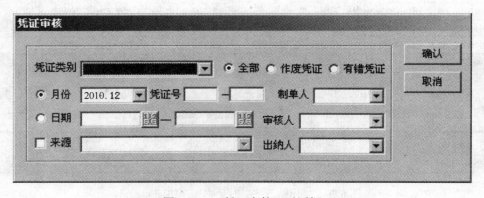

图 6.31　"凭证审核"对话框

（2）单击"确认"按钮，系统弹出符合凭证审核条件的凭证列表，如图 6.32 所示。

凭证审核

凭证共 10 张　□ 已审核 0 张　　□ 未审核 10 张

制单日期	凭证编号	摘　要	借方金额合计	贷方金额合计	制单人	审核
2010.12.01	记 – 0001	向合肥华普公司销售混合器	117,000.00	117,000.00	柏茹	
2010.12.02	记 – 0002	安庆东方电子公司偿还前欠货款	234,000.00	234,000.00	柏茹	
2010.12.02	记 – 0003	报销办公费	350.00	350.00	柏茹	
2010.12.02	记 – 0004	提取现金备用	12,000.00	12,000.00	柏茹	
2010.12.05	记 – 0005	偿还马钢公司货款	578,520.00	578,520.00	柏茹	
2010.12.08	记 – 0006	发放工资	173,307.60	173,307.60	柏茹	
2010.12.15	记 – 0007	报销三八妇女节组织女职工旅游费	5,855.00	5,855.00	柏茹	
2010.12.30	记 – 0008	支付四季度长期借款利息	16,000.00	16,000.00	柏茹	
2010.12.31	记 – 0009	分配材料费用	669,402.00	669,402.00	柏茹	
2010.12.31	记 – 0010	计提12月份固定资产折旧	60,000.00	60,000.00	柏茹	

对照式审核　　取消审核　　确定　　退出

图 6.32　"凭证审核"对话框——凭证列表

（3）单击"确定"按钮，系统弹出相应的记账凭证，如图 6.33 所示；单击"审核"按钮或执行"审核"→"审核凭证"命令，即可完成凭证审核。

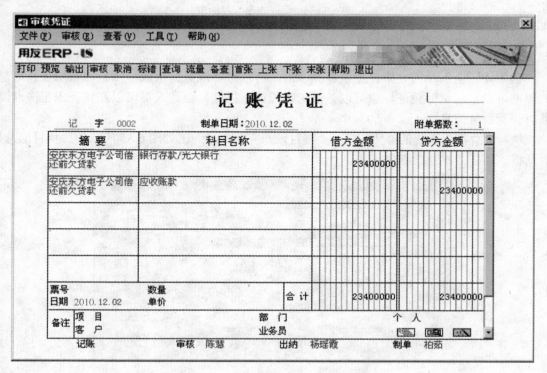

图 6.33　"审核凭证"对话框——记账凭证

在平时已对凭证进行审核但未签字的情况下，可定期使用"成批审核凭证"功能，以加快审核签字的速度。

6.3.3 凭证查询和汇总

1．凭证查询

在制单过程中，可以通过"查询"功能对凭证进行查看，以便随时了解经济业务的发生情况，保证填制凭证的正确性。

执行"总账"系统的"凭证"→"查询凭证"命令，弹出如图6.34所示的"查询凭证"对话框；输入组合查询条件，单击"确认"按钮，即可获得所需要的信息。

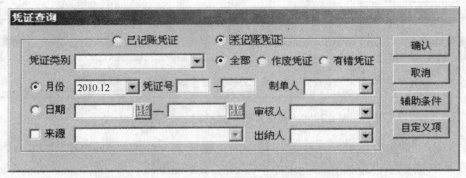

图6.34 "凭证查询"对话框

2．凭证汇总

记账凭证全部输入完毕并经审核签字后，可以进行汇总并生成一张科目汇总表。汇总的凭证可以是已记账凭证，也可以是未记账凭证。因此，会计人员可以在凭证未记账前，随时查看财务信息。

执行"总账"系统的"凭证"→"科目汇总"命令，弹出如图6.35所示的"科目汇总"对话框，单击"汇总"按钮即可。

图6.35 "科目汇总"对话框

6.3.4　记账

1. 记账

采用导向式记账，可使记账过程更加清晰。

【例 6.6】　将 2010 年 12 月填制的记账凭证进行记账处理。

（1）执行"总账"系统中的"凭证"→"记账"命令，进入"记账"向导一——选择本次记账范围，如图 6.36 所示。

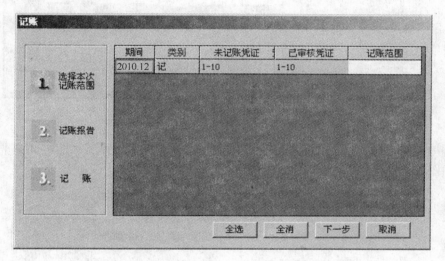

图 6.36　"记账"向导一——选择本次记账范围

（2）单击"下一步"按钮，进入"记账"向导二——记账报告，如图 6.37 所示。

图 6.37　"记账"向导二——记账报告

（3）单击"下一步"按钮，进入"记账"向导三——记账，如图 6.38 所示。

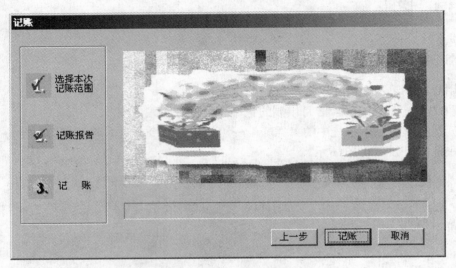

图 6.38 "记账"向导三——记账

（4）单击"记账"按钮，记账完毕；单击"试算"按钮，弹出"期初试算平衡表"对话框，如图 6.39 所示。

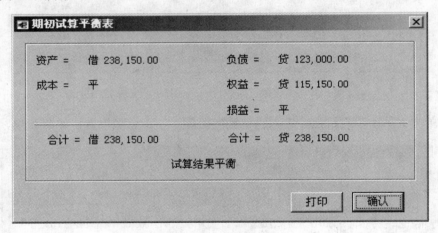

图 6.39 "期初试算平衡表"对话框

2．取消记账

记账后，如果发现账簿记录有误而又不想通过其他方式更正时，可以通过"恢复记账前状态"功能，将数据恢复到记账前状态。

（1）以账套主管身份登录总账系统，执行"总账"系统中的"期末"→"对账"命令，进入"对账"对话框；按下"Ctrl+H"组合键，弹出如图 6.40 所示的"提示信息"对话框；单击"确定"按钮，则"恢复记账前状态功能已被激活"。

图 6.40　"提示信息"对话框

（2）执行"总账"系统中的"凭证"→"恢复记账前状态"命令，弹出"恢复记账前状态"对话框，如图 6.41 所示。

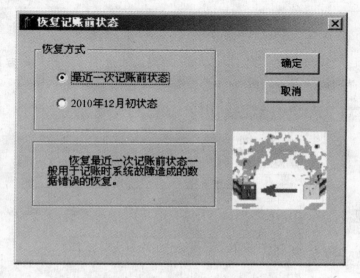

图 6.41　"恢复记账前状态"对话框

（3）选中"最近一次记账前状态"单选钮，单击"确定"按钮，即可恢复记账前状态，对凭证进行修改。

6.3.5　出纳管理与账簿管理

1. 出纳管理

出纳管理功能是出纳人员进行资金管理的工具，包括现金和银行存款日记账的输出、支票登记簿的管理及银行对账功能。

1）现金日记账

【例 6.7】　查询 12 月份的现金日记账。

（1）执行"总账"系统中的"出纳"→"现金日记账"命令，弹出"现金日记账查询条件"对话框，如图 6.42 所示。如果尚未记账，可选中"包括未记账凭证"多选框。

图 6.42　"现金日记账查询条件"对话框

（2）选择科目"1001 库存现金"，默认系统提供的查询方式和月份或自行选择查询方式和月份；单击"确认"按钮，进入"现金日记账"窗口，如图 6.43 所示。

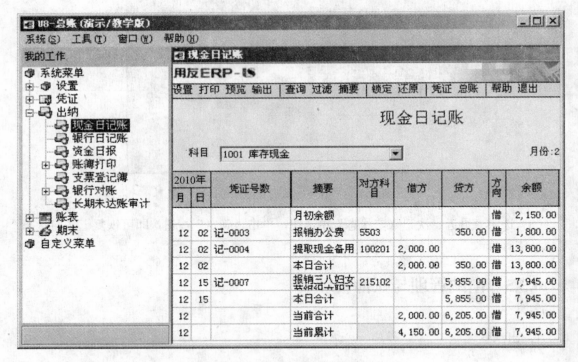

图 6.43　"现金日记账"窗口

2）银行存款日记账

【例 6.8】　查询 12 月份的银行存款日记账。

（1）执行"总账"系统中的"出纳"→"银行日记账"命令，弹出"银行日记账查询条件"对话框，如图 6.44 所示。如果尚未记账，可选中"包括未记账凭证"多选框。

图 6.44 "银行日记账查询条件"对话框

（2）选择科目"1002 银行存款"，默认系统提供的查询方式和月份或自行选择查询方式和月份；单击"确认"按钮，进入"银行日记账"窗口，如图 6.45 所示。

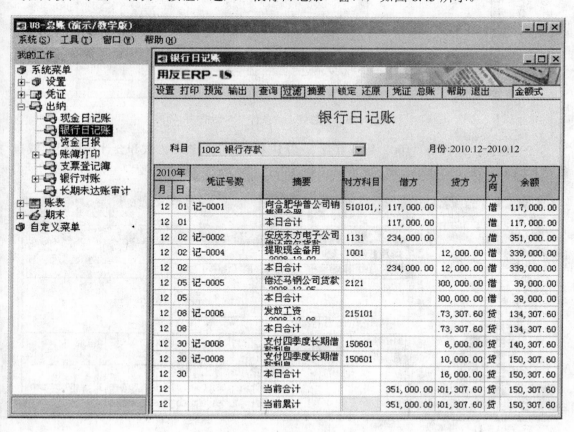

图 6.45 "银行日记账"窗口

2. 账簿管理

若要对所发生的经济业务进行查询、分析，可通过账簿管理功能予以实现，其中包括对基本会计核算账簿和各种辅助核算账簿的查询输出。

1）三栏式总账

通过三栏式账簿的查询，不仅可以查询各总账科目的年初余额、各月发生额合计和月末余额，而且可以查询各级明细账的年初余额、各月发生额合计和月末余额。

（1）执行"总账"系统中的"账表"→"科目账"→"总账"命令，弹出"总账查询条件"对话框，如图 6.46 所示。

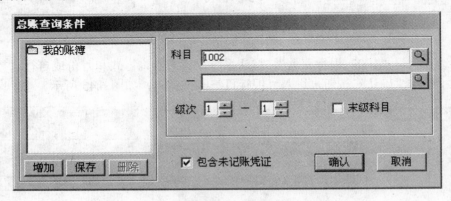

图 6.46　"总账查询条件"对话框

（2）选择会计科目"1002 银行存款"，默认系统提供的查询方式和会计科目级次或自行选择查询方式和会计科目级次；单击"确定"按钮，进入"总账"窗口，如图 6.47 所示。

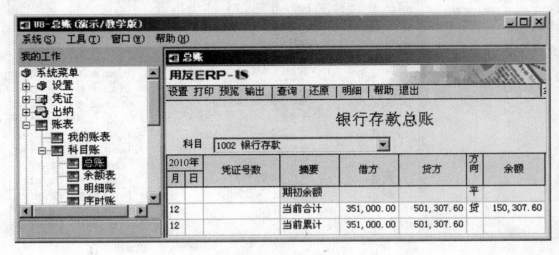

图 6.47　"总账"窗口

2）发生额及余额表

发生额及余额表用于查询和统计各级科目的本月发生额、累计发生额和余额。

【例 6.9】　查询 12 月份的发生额和余额。

（1）执行"总账"系统中的"账表"→"科目账"→"余额表"命令，弹出"发生额及余额查询条件"对话框，如图 6.48 所示。

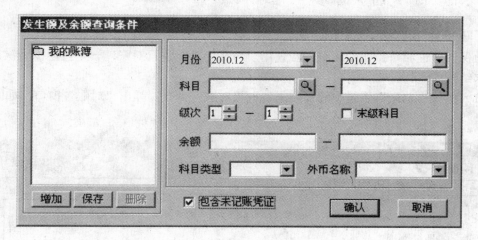

图 6.48　"发生额及余额查询条件"对话框

（2）默认系统提供的查询方式和会计科目级次或自行选择查询方式和会计科目级次；单击"确认"按钮，进入"发生额及余额表"窗口，如图 6.49 所示。

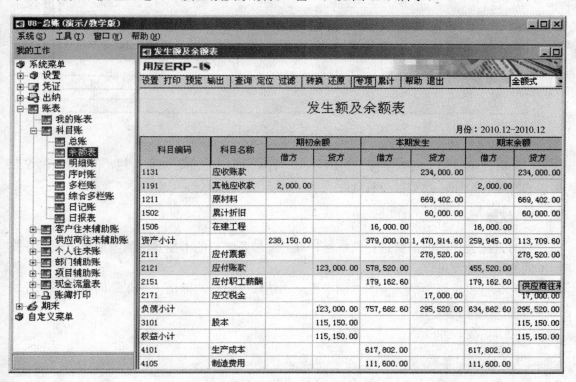

科目编码	科目名称	期初余额		本期发生		期末余额	
		借方	贷方	借方	贷方	借方	贷方
1131	应收账款				234,000.00		234,000.00
1191	其他应收款	2,000.00				2,000.00	
1211	原材料				669,402.00		669,402.00
1502	累计折旧				60,000.00		60,000.00
1506	在建工程			16,000.00		16,000.00	
资产小计		238,150.00		379,000.00	1,470,914.60	259,945.00	113,709.60
2111	应付票据				278,520.00		278,520.00
2121	应付账款		123,000.00	578,520.00		455,520.00	
2151	应付职工薪酬			179,162.60		179,162.60	
2171	应交税金				17,000.00		17,000.00
负债小计			123,000.00	757,682.60	295,520.00	634,682.60	295,520.00
3101	股本		115,150.00				115,150.00
权益小计			115,150.00				115,150.00
4101	生产成本			617,802.00		617,802.00	
4105	制造费用			111,600.00		111,600.00	

图 6.49　"发生额及余额表"窗口

6.3.6 对账和结账

1. 对账

为保证账证相符、账账相符,应使用"对账"功能进行对账,一个月至少一次,一般在月末结账前进行。

(1)执行"总账"系统中的"期末"→"对账"命令,弹出"对账"窗口,如图 6.50 所示。

图 6.50 "对账"窗口

(2)将光标定位于对账月份"2010 年 12 月",双击"是否对账"栏,使其显示"Y";单击"对账"按钮,开始自动对账。

2. 结账

每月月底会计部门都要进行结账,计算并结转各账户的本期发生额和期末余额,并终止本期的账务处理工作。

(1)执行"总账"系统中的"期末"→"结账"命令,弹出"结账"向导——开始结账,如图 6.51 所示。

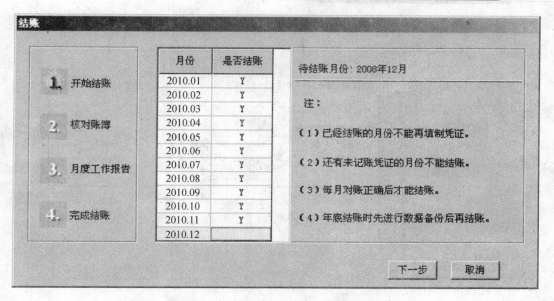

图 6.51　"结账"向导一——开始结账

（2）单击"下一步"按钮，弹出"结账"向导二——核对账簿，如图 6.52 所示。

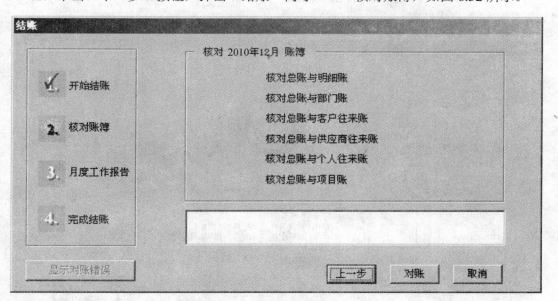

图 6.52　"结账"向导二——核对账簿

（3）单击"对账"按钮；对账完成后单击"下一步"按钮，弹出"结账"向导三——月度工作报告，如图 6.53 所示。

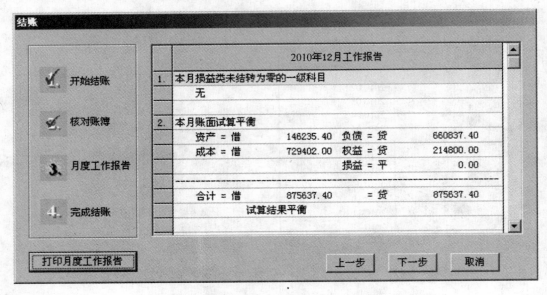

图 6.53 "结账"向导三——月度工作报告

（4）单击"下一步"按钮，弹出"结账"向导四——完成结账，如图 6.54 所示。单击"结账"按钮，完成结账。

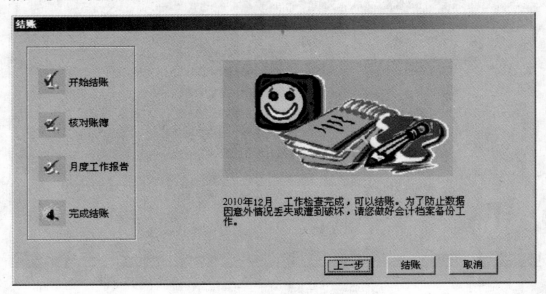

图 6.54 "结账"向导四——完成结账

6.4 编制报表

"用友 ERP-U8"软件的 UFO 报表管理系统可将含有数据的报表的处理工作分为两大部分，即报表格式设计工作和报表数据处理工作。报表格式设计工作和报表数据处理工作在不同的状态下进行，状态切换的实现依赖于一个特别重要的按钮——"格式/数据"按钮。单击这个按钮，系统即可在格式状态和数据状态之间切换。

在格式状态下可设计报表的格式，如报表尺寸、行高列宽、单元属性、单元风格、组合单元、关键字及可变区等。报表的三类公式，即单元公式（计算公式）、审核公式、舍位平衡公式也在格式状态下定义。

在格式状态下所做的操作对本报表所有的表页都发生作用。在格式状态下不能进行数据的录入和计算等操作。

格式状态下所看到的只是报表的格式，报表的数据全部都被隐藏了。

在数据状态下可管理报表的数据，如输入数据、增加或删除表页、审核、舍位平衡、作图形、汇总、合并报表等。在数据状态下不能修改报表的格式。

数据状态下所看到的是报表的全部内容，即包括报表的格式和数据。

6.4.1　资产负债表的编制

【例 6.10】　生成并输出安徽惠源有限责任公司 2010 年 12 月的资产负债表。

（1）执行"开始"→"所有程序"→"用友 ERP-U8"→"财务会计"→"UFO 报表"命令，进入"注册 UFO 报表"窗口；"操作员"文本框中输入"001"（账套主管"唐志诚"），密码文本框中输入"123456"；单击选择 "001 安徽惠源有限责任公司"账套；选择"会计年度"为 2010；在"操作日期"文本框中输入"2010-12-31"；单击"确定"按钮，进入用友"UFO 报表系统"。

（2）执行"文件"→"新建"命令，新建一个空白报表文件。

（3）执行"格式"→"报表模板"命令，如图 6.55 所示。

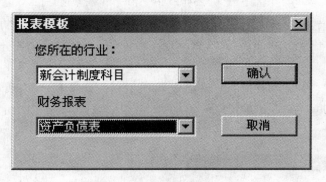

图 6.55　"报表模板"对话框

（4）在"您所在的行业"列表框中选择"新会计制度科目"，在"财务报表"列表框中选择"资产负债表"；单击"确认"按钮，系统将自动建立一张资产负债表，如图 6.56 所示。

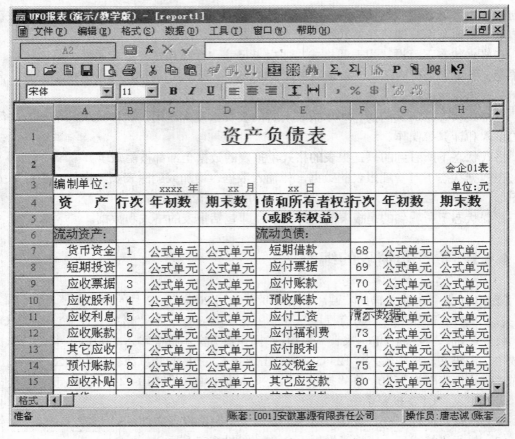

图 6.56　资产负债表（格式状态）

（5）单击报表工作区左下角的"格式/数据"按钮，切换到"格式状态"。

（6）双击"编制单位："单元格，将光标定位在"："后面，输入"安徽惠源有限责任公司"。

（7）单击报表工作区左下角的"格式/数据"按钮，切换到"数据状态"。

（8）执行"数据"→"关键字"→"录入"命令，输入"年：2010；月：12；日：31"，如图 6.57 所示。

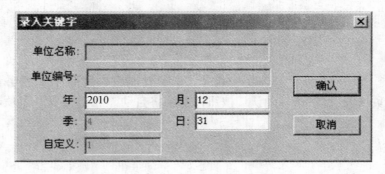

图 6.57　"录入关键字"对话框

（9）单击"确认"按钮，系统提示是否重算本表，单击"是"按钮，结果如图 6.58 所示。

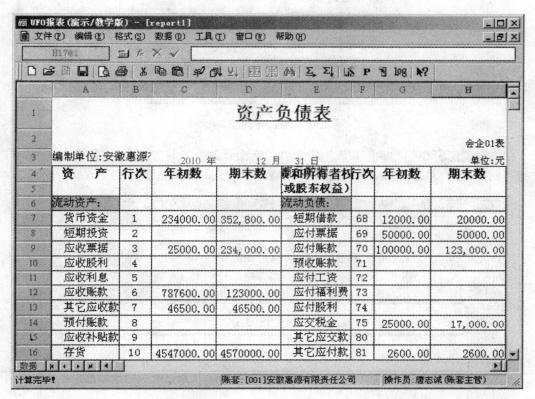

图 6.58 资产负债表（数据状态）

6.4.2 利润表的编制

【例 6.11】 生成并输出安徽惠源有限责任公司 2010 年 12 月的利润表。

（1）执行"开始"→"所有程序"→"用友 ERP-U8"→"财务会计"→"UFO 报表"命令，进入"注册 UFO 报表"窗口；在"操作员"文本框中输入"001"（账套主管"唐志诚"），在密码文本框中输入"123456"；单击选择账套"[001] 安徽惠源有限责任公司"，选择会计年度"2010"；在"操作日期"文本框中输入"2010-12-31"。单击"确定"按钮，进入用友"UFO 报表系统"。

（2）执行"文件"→"新建"命令，新建一个空白报表文件。

（3）执行"格式"→"报表模板"命令，如图 6.59 所示。

图 6.59 "报表模板"对话框

（4）在"您所在的行业"列表框中选择"新会计制度科目"，在"财务报表"列表框中选择"利润表"；单击"确认"按钮，系统将自动建立一张利润表，如图 6.60 所示。

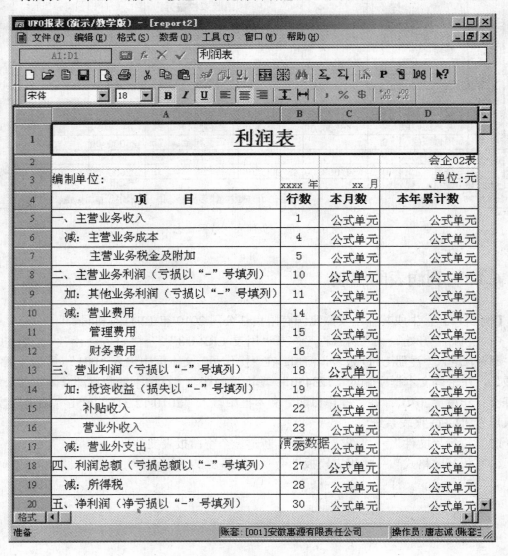

图 6.60 利润表（格式状态）

（5）单击报表工作区左下角的"格式/数据"按钮，切换到"格式状态"。

（6）双击"编制单位:"单元格，将光标定位在":"后面，输入"安徽惠源有限责任公司"。

（7）单击报表工作区左下角的"格式/数据"按钮，切换到"数据状态"。

（8）执行"数据"→"关键字"→"录入"命令，输入"年：2010；月：12"，如图 6.61 所示。

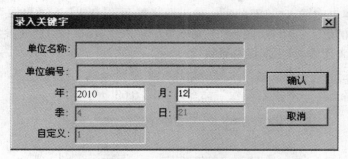

图 6.61　"录入关键字"对话框

（9）单击"确认"按钮，系统提示是否重算本表；单击"是"按钮，结果如图 6.62 所示。

项　　目	行数	本月数	本年累计数
一、主营业务收入	1	100,000.00	100000.00
减：主营业务成本	4	80,000.00	80000.00
主营业务税金及附加	5	10,000.00	10000.00
二、主营业务利润（亏损以"－"号填列）	10	10000.00	10000.00
加：其他业务利润（亏损以"－"号填列）	11		
减：营业费用	14	6,000.00	6000.00
管理费用	15	3,100.00	3100.00
财务费用	16	350.00	350.00
三、营业利润（亏损以"－"号填列）	18	550.00	550.00
加：投资收益（损失以"－"号填列）	19		
补贴收入	22		
营业外收入	23		
减：营业外支出	25		
四、利润总额（亏损总额以"－"号填列）	27	550.00	550.00
减：所得税	28		
五、净利润（净亏损以"－"号填列）	30	550.00	550.00

图 6.62　利润表（数据状态）

6.4.3 现金流量表的编制

【例6.12】 生成并输出安徽惠源有限责任公司2010年的现金流量表。

（1）执行"开始"→"所有程序"→"用友 ERP-U8"→"财务会计"→"UFO 报表"命令，进入"注册 UFO 报表"窗口；在"操作员"文本框中输入"001"（账套主管"唐志诚"），在密码文本框中输入"123456"；单击选择账套"[001]安徽惠源有限责任公司"，选择会计年度"2010"；在"操作日期"文本框中输入"2010-12-31"（参见图 6.7）；单击"确定"按钮，进入用友"UFO 报表系统"。

（2）执行"文件"→"新建"命令，新建一个空白报表文件。

（3）执行"格式"→"报表模板"命令，如图 6.63 所示。

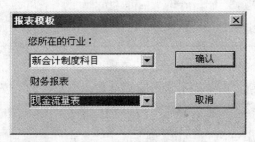

图 6.63 报表模板

（4）在"您所在的行业"列表框中选择"新会计制度科目"，在"财务报表"列表框中选择"现金流量表"；单击"确认"按钮，系统将自动建立一张现金流量表，如图 6.64 所示。

项　　目	行次	金额
现金流量表		
		会企03表
编制单位：	年度	单位：元
一、经营活动产生的现金流量：		
销售商品、提供劳务收到的现金	1	
收到的税费返还	2	
收到的其他与经营活动有关的现金	3	
现金流入小计	4	公式单元
购买商品、接受劳务支付的现金	5	
支付给职工以及为职工支付的现金	6	
支付的各项税费	7	
支付的其它与经营活动有关的现金	8	
现金流出小计	9	公式单元
经营活动产生的现金流量净额	10	公式单元
二、投资活动产生的现金流量：		

图 6.64 现金流量表（格式状态）

（5）单击报表工作区左下角的"格式/数据"按钮，切换到"格式"状态。

（6）双击"编制单位："单元格，将光标定位在"："后面，输入"安徽惠源有限责任公司"。

（7）双击"年度"单元格，将光标定位在"年度"前面，输入"2010"。

（8）单击报表工作区左下角的"格式/数据"按钮，切换到"数据"状态。

（9）输入相关数据，如图 6.65 所示。

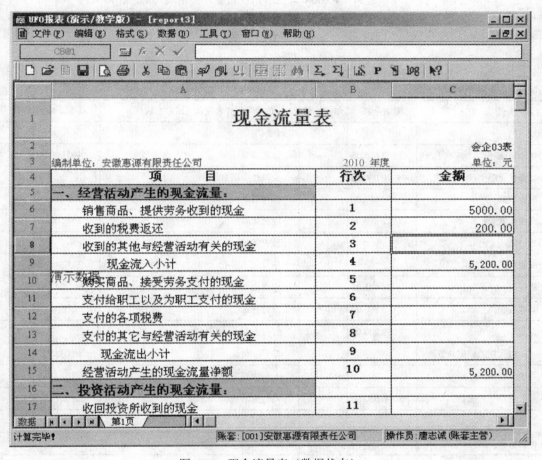

图 6.65 现金流量表（数据状态）

附录 A 报表资料

表 A.1 2009 年 12 月 31 日资产负债表

资产负债表

会企 01 表

编制单位：安徽惠源有限责任公司　　　　　2009 年 12 月 31 日　　　　　单位：元

资　产	期末余额	年初余额	负债和所有者权益（或股东权益）	期末余额	年初余额
流动资产：			流动负债：		
货币资金	2 103 675.05		短期借款	400 000.00	
交易性金融资产	120 000.00		交易性金融负债		
应收票据	552 600.00		应付票据	502 310.00	
应收账款	922 870.00		应付账款	1 194 500.05	
预付款项			预收款项		
应收利息			应付职工薪酬	245 347.55	
应收股利	24 675.75		应交税费	301 941.44	
其他应收款	3 500.00		应付利息		
存货	1 379 230.00		应付股利		
一年内到期的非流动资产			其他应付款	105 386.22	
其他流动资产			一年内到期的非流动负债		
流动资产合计	5 106 550.80		其他流动负债		
非流动资产：			流动负债合计	2 749 485.26	
可供出售金融资产			非流动负债：		
持有至到期投资			长期借款	800 000.00	
长期应收款			应付债券		
长期股权投资	525 000.00		长期应付款		
投资性房地产			专项应付款		
固定资产	15 152 069.65		预计负债	35 000.00	
在建工程	358 000.00		递延所得税负债		
工程物资			其他非流动负债	835 000.0	
固定资产清理			非流动负债合计		
生产性生物资产			负债合计	3 584 485.26	

续表

资 产	期末余额	年初余额	负债和所有者权益（或股东权益）	期末余额	年初余额
油气资产			所有者权益（或股东权益）：		
无形资产	235 500.00		实收资本（或股本）	15 500 000.00	
开发支出	62 000.00		资本公积	500 000.00	
商誉			减：库存股		
长期待摊费用	615 932.50		盈余公积	865 329.00	
递延所得税资产			未分配利润	1 555 238.69	
其他非流动资产			所有者权益（或股东权益）合计	18 470 567.69	
非流动资产合计	16 948 502.15				
资产总计	22 055 052.95		负债和所有者权益（或股东权益）总计	22 055 052.95	

表 A.2   2009 年和 2010 年 1—11 月利润表资料

利 润 表

会企 02 表

编制单位:: 安徽惠源有限责任公司　　　　　　　年　月　　　　　　　　　　　单位：元

项　　目	2009 年金额	2010 年 1—11 月金额
一、营业收入	12 008 000.00	11 340 630.00
减：营业成本	7 056 320.00	6 055 030.60
营业税金及附加	196 532.50	192 761.74
销售费用	605 825.50	520 107.48
管理费用	1 675 900.65	1 561 130.68
财务费用	11 023.50	7 920.40
资产减值损失	43 210.00	
加：公允价值变动收益（损失以"-"号填列）	12 000.00	
投资收益（损失以"-"号填列）	65 600.00	8 580.00
其中：对联营企业和合营企业的投资收益	49 500.00	
二、营业利润（亏损以"-"号填列）	2 496 787.85	3 003 679.10
加：营业外收入	5 000.00	35 000.00
减：营业外支出	63 000.00	128 635.00
其中：非流动资产处置损失	35 640.00	67 525.00
三、利润总额（亏损总额以"-"号填列）	2 438 787.85	2 918 624.10
减：所得税费用	721 356.78	963 145.95
四、净利润（净亏损以"-"号填列）	1 717 431.07	1 955 478.15
五、每股收益：		
（一）基本每股收益		
（二）稀释每股收益		

附录 B 经济业务会计处理提示及说明

（下列圆括号数字序号表示 4.1 节中 2010 年 12 月的经济业务序号）

（1）退回的备用金应由出纳会计填制收款收据，作为收入现金的原始凭证。

（2）收到购货方开具的转账支票，应由销售方填写一式三联的"银行进账单"，交购货方开户银行；银行审核无误后，在收账通知联加盖银行业务章，返还企业作为收款的原始凭证，附在记账凭证之后。

增值税一般纳税人销售商品，开具增值税专用发票，发票联和抵扣联交购货方，记账联作为确认销售收入的原始凭证。

（5）出纳会计填写现金支票，在支票上加盖预留银行的印鉴后交银行；银行审核后，发放现金，出纳会计当面点清现金，并在现金支票背面加盖印鉴；支票存根联作为编制记账凭证和登记现金、银行存款日记账的原始凭证。

（6）通过银行付款时，应填制"付款申请书"，由经办人、财务负责人、单位负责人签字后，交出纳会计办理。采用转账支票结算方式付款时，由出纳会计填写转账支票和一式三联的"银行进账单"，在支票上加盖预留银行的印鉴后交银行；银行审核无误后，在"银行进账单"回单联加盖银行业务章，返还企业；转账支票存根联和银行进账单回单联作为付款的原始凭证，附在记账凭证之后。

企业外购材料取得的增值税专用发票，其发票联作为记账的原始凭证，抵扣联作为扣税证明，均应妥善保存。

采购材料支付的运输费 7 956.99 元，虽然不能取得增值税专用发票，但按税法规定，可以根据运输业税务发票注明的运费金额（不包括装卸费、保险费等）按 7%扣除率计算进项税额 556.99 元（7 956.99×0.07），其余 7 400 元计入材料采购成本。

对于两种原材料共同发生的，不能直接分清归属的运输费等采购费用，按两种原材料的买价金额比例在 1#芯片和 2#芯片之间进行分配，计入其采购成本。

（7）会计人员后续教育培训费等职工教育费用，通过"应付职工薪酬——职工教育经费"账户核算；其来源为按每月工资总额的 1.5%提取的职工教育经费。

（9）企业缴纳各项税费时，纳税人按税务机关要求，事先与开户银行达成协议；纳税人向税务机关纳税申报后，授权开户银行在收到税务机关的通知时，将税款拨付给指定的国库账户。企业缴纳的各项税费，除税务机关开具的税收缴款书外，付款银行另为每一税种出具一张电子缴税付款凭证。本教材为减少同类原始凭证数量，图 4.17 将 4 种地方税的电子缴税付款凭证合并为一张；业务 26 缴纳社会保险费时采用同样的处理方法。

交纳上月未交增值税时不能通过"应交税费——应交增值税（已交税金）"明细分类账户核算，而应通过"应交税费——未交增值税"明细分类账户核算，依据见第（103）题提示。当月交纳当月的增值税，仍然通过"应交税费——应交增值税（已交税金）"明细账户核算。

（10）购入的 3 年期国债，因其公允价值可以计量，且到期期限不足 1 年，不具有持有至到期投资应有的长期性质，应作为交易性金融资产核算。

（12）采用银行汇票结算方式，由出纳会计填写一式三联的"银行汇票申请书"，加盖预留银行的印鉴后交银行；银行审核无误后，签发银行汇票和解讫通知，并将"银行汇票申请书"加盖银行业务章，返还企业；银行汇票申请书的存根联作为付款的原始凭证附在记账凭证之后；银行汇票和解讫通知由采购员携带外出采购。

（13）因劳动保护用品已发放，可以采用简化处理，不在各部门分摊；销售部发生的费用应作为销售费用核算，购买支票款应作为"财务费用——手续费"核算。

（14）预付材料款应作为预付账款核算。

（16）商业承兑汇票到期时，收款人填写委托收款凭证，连同商业承兑汇票第二联送交银行，委托银行收款。与银行承兑汇票不同，商业承兑汇票到期时，付款人的开户银行只是代为收款，没有代为付款的义务。

（18）发放给职工的外购商品款应作为"应付职工薪酬——非货币性福利"核算，取得的增值税专用发票注明的进项税额不能用于抵扣销项税额。

（23）现金缴款应缴至基本存款账户。

（24）投资会计准则规定：采用权益法核算长期投资的，对接受投资方实现的年度净利润，投资方应按所持股权比例计算确认投资收益，同时增加长期投资的价值；收到现金股利或确认应收股利时，应相应冲减长期投资的账面价值。

（26）企业应缴纳的各项社会保险目前由税务机关代征，税务机关开具社会保险通用缴款书作为缴费凭证，付款银行开具电子缴税凭证作为付款凭证。

（27）债务重组会计准则规定：债务人以低于账面价值的货币资产清偿债务的，债权人对豁免的债务确认为债务重组损失，计入当期营业外支出；如已计提坏账准备，应先冲减计提的坏账准备，不足部分计入当期营业外支出。

（30）发放工资时，从工资中代扣的应由职工个人承担的养老保险、医疗保险、失业保险、住房公积金等应转入"其他应付款"账户，代扣的应由职工个人承担的个人所得税转入"应交税费——应交个人所得税"账户，同时减少"应付职工薪酬——工资"。

（31）按规定比例计提的工会经费和职工教育经费，应按照职工提供服务的受益对象分别计入相关资产成本或当期损益。第（32）题中计提的养老保险、失业保险、医疗保险、住房公积金按同样方法进行会计处理。

（33）按增值税会计处理方法，外购原材料改变用途时应将相应的进项税额转出，不得用于抵扣销项税额。

（37）对于进口的电子设备，所支付的进口关税计入设备价值；美元价值按市场即期汇率折合成人民币金额计入设备价值和"应付账款"账户。

（38）职工旅游费用通过"应付职工薪酬——工会经费"账户核算；其来源为按每月工资总额的2%提取的工会经费。

（43）采用电汇结算方式时，应填写一式三联的电汇凭证，第一联为汇出行给汇款人的回单，第二联汇出行作为借方凭证，第三联汇出行凭以拍发电报；汇款人应在第二联上加盖预留银行印鉴，银行审核无误后，给汇款人签发回单（第一联），作为记账的原始凭证。

按相关税法规定，铁路运输发票只能按其注明的运费金额，以7%扣除率计算进项税额，装卸费、保险费、使用费等费用不允许计算进项税额抵扣。

（49）上月采购的高频器，在上月末计入"在途物资"账户，本月收到货物，应转入"原材料"账户。

（52）托收承付结算方式是指收款单位根据经济合同发货后，委托银行向异地付款单位收取款项，由付款单位向银行承认付款的结算方式，分为验单付款和验货付款两种。

收款单位应将托收承付凭证及货物发运证件、发票等符合托收承付结算方式的有关证明和交易单证送交银行，办理托收手续。付款单位开户银行收到托收承付证件及其附件后，应当及时通知付款人，付款单位应在规定的承付期内（验单付款为 3 天，验货付款为 10 天）进行审查核对，如承付期满付款单位未提出异议，银行则视为同意付款，以承付支款通知联和发票等原始凭证作为填制付款凭证的依据，于承付期满次日主动将款项从付款单位账户按收款人指定的方式划到收款单位账户。

（58）用于日常周转的借款，利息费用计入"财务费用"账户。借款利息按月预提，按季支付，短期借款计提的利息记入"应付利息"账户的贷方，支付时冲减"应付利息"账户。

（60）根据相关税法规定，一般纳税人开具增值税专用发票后发生销货退回、开票有误的，或者因销货部分退回及发生销售折让的，购买方应向主管税务机关填报《开具红字增值税专用发票申请单》；购买方主管税务机关对《开具红字增值税专用发票申请单》和对应的蓝字增值税专用发票进行审核和认证后，出具《开具红字增值税专用发票通知单》。该通知单一式三联：第一联，购买方主管税务机关留存；第二联，购买方送交销售方留存；第三联，购买方留存。通知单应与申请单一一对应。销售方凭购买方传递来的《开具红字增值税专用发票通知单》的第二联开具红字增值税专用发票，在防伪税控系统中以销项负数开具。销售方应在开具红字增值税专用发票后到主管税务机关进行核销，作为当期扣减销项税额的凭证。购买方暂依《开具红字增值税专用发票通知单》中所列增值税税额从当期进项税额中转出，未抵扣增值税进项税额的可列入当期进项税额，待取得销售方开具的红字增值税专用发票后，与《开具红字增值税专用发票申请单》的留存联一并进行账务处理。

（61）非货币性交易会计准则规定：具有商业实质的非货币性交易，在不涉及补价的情况下，企业换入的资产一般按换出资产的公允价值加上应支付的相关税费，作为换入资产的实际成本；换出资产为固定资产的，其公允价值与账面价值之间的差额，作为营业外收入或营业外支出。

（64）印花税、房产税、车船使用税等不作为营业税金及附加核算，而应在"管理费用——税费"明细科目核算。

（66）发放职工困难补助应计入"应付职工薪酬——福利费"账户。

（69）存货盘亏应区别不同原因作为当期的费用或损失，定额内正常损耗应计入当期的管理费用。

（71）银行承兑汇票由在承兑银行开设存款账户的存款人签发，委托开户银行承兑。银行承兑汇票的第一联由承兑行留存备查，到期支付票款时作为支付凭证；第二联由收款人开户银行随委托收款凭证寄付款（承兑）行作为付款传票；第三联由收款人开户银行收取票款时随报单寄回承兑行作为付出传票；第四联由签发人留存备查。签发人在票据的"签发人盖章"处加盖预留银行印鉴，同时填写"银行承兑协议"，连同购销合同一并交承兑银行，银行审核同意后加盖专用章交付款人。

（72）采用银行汇票结算方式，多余款由银行将银行汇票第四联多余款收账通知交汇票申请人作为收款的原始凭证。

（73）捐赠支出应计入营业外支出，向希望工程办公室捐款属公益性捐赠，企业发生的公益性捐赠支出，不超过年度利润总额 12%的部分，准予扣除。

（74）企业接受应税劳务，加工方出具的增值税专用发票注明的增值税额可以作为进项税抵扣。

（77）至 12 月份资本化支出累计金额超过专门借款金额，且未使用其他带息债务，因而应予资本化的利息费用为全部借款利息 16 000 元，计入一车间扩建工程价值。

（79）产生弃置费用的固定资产，企业应当根据《企业会计准则第 13 号——或有事项》的相关规定，将弃置费用的现值计入固定资产成本并确认相应的预计负债。

（80）由产品质量保证产生的预计负债，应按确定的金额借记"销售费用"账户，贷记"预计负债"账户。

（84）工资费用和职工福利费应按照职工提供服务的受益对象，分别计入相关资产成本或当期损益。

（86）因外汇市场汇率变动引起应付债务的增加属汇兑损失。

（89）和（91）交易性金融资产和投资性房地产采用公允价值计量。资产负债表日，其公允价值高于账面余额的差额，借记"交易性金融资产（投资性房地产）——公允价值变动"账户，贷记"公允价值变动损益"账户；公允价值低于账面余额的差额，作相反的会计分录。

（94）在全公司采用分步法计算产品成本的情况下，先分配原材料、周转材料等材料费用，计算自制半成品成本，然后在第（100）题分配领用的自制半成品费用后，即可计算接收机、混合器两种产成品的成本。

材料费用分别按材料领用部门和用途计入 CPU、中频处理器、耦合器、放大模块、接收机、混合器等产品成本、各车间制造费用和辅助生产成本。

（97）分配辅助生产费用的依据为机修车间为各车间提供的劳务量，即按修理工时比例分配。

（98）各车间制造费用应按产品生产工时比例分配并计入各产品成本。

（101）计算 CPU、中频处理器、耦合器和放大模块的成本，月末在完工产品和在产品之间分配生产费用，要正确确定在产品的约当产量。

（103）"应交税费——应交增值税"多栏式明细账，反映增值税的抵扣和交纳情况。为避免企业用以前月份欠交增值税抵扣以后月份的进项税，保证企业及时足额上交增值税，月度终了，企业计算出本月应交未交增值税后，应将本月未交增值税自"应交税费——应交增值税"明细账户中的"转出未交增值税"专栏转至"应交税费——未交增值税"明细账户，即"借：应交税费——应交增值税——转出未交增值税；贷：应交税费——未交增值税"。

（104）"营业税金及附加"账户核算企业计提交纳的消费税、营业税、城市维护建设税、教育费附加、地方教育费附加等；增值税为价外税，不在"营业税金及附加"账户核算，应交城市维护建设税、教育费附加、地方教育费附加以纳税人应交增值税、消费税、营业税税额合计作为计算征收的依据，教育费附加、地方教育费附加的征收率分别为 3%和 1%，省辖市的城市维护建设税税率为 7%。

根据营业税计提的城市维护建设税、教育费附加、地方教育费附加作为其他业务成本。

（106）限于资料，应纳税所得额的调整未提供全年资料。假定该公司企业所得税以 12 月份的利润总额为基础进行纳税调整，计算应纳税所得额，则

$$\begin{aligned}
\text{应纳税所得额} &= \text{利润总额} + \text{预计负债} + \text{计提的资产减值损失} - \text{长期股权投资收益} - \\
&\quad \text{公允价值变动损益} - \text{开发支出} \times 150\% \\
&= 533\,602.59 + 60\,625 + 45\,000 - 111\,827.50 - 35\,000 - 83\,000 \times 150\% \\
&= 367\,900.09 \text{ 元}
\end{aligned}$$

其他调整如业务招待费等的调整省略不计。

其中：在计提的资产减值损失中，计提的坏账准备符合所得税扣除规定，其余的资产减值损失和预计负债中的未支付的产品质量保证费用均为未实现的损益，企业所得税法不允许扣除；预计负债中的固定资产弃置费用不影响本期损益，不予调整；公允价值变动损益为未实现的损益，不计入应纳税所得额；本期发生的开发支出 83 000 元，按税法规定的加计比率 150% 扣除，即

可抵扣暂时性差异 = 60 625 + 45 000 = 105 625（元）

递延所得税资产 = 105 625 × 25% = 26 406.25（元）

应纳税暂时性差异 = 35 000 + 83 000 = 118 000（元）

递延所得税负债 = 118 000 × 25% = 29 500（元）

反侵权盗版声明

电子工业出版社依法对本作品享有专有出版权。任何未经权利人书面许可，复制、销售或通过信息网络传播本作品的行为；歪曲、篡改、剽窃本作品的行为，均违反《中华人民共和国著作权法》，其行为人应承担相应的民事责任和行政责任，构成犯罪的，将被依法追究刑事责任。

为了维护市场秩序，保护权利人的合法权益，我社将依法查处和打击侵权盗版的单位和个人。欢迎社会各界人士积极举报侵权盗版行为，本社将奖励举报有功人员，并保证举报人的信息不被泄露。

举报电话：（010）88254396；（010）88258888

传　　真：（010）88254397

E-mail:　　dbqq@phei.com.cn

通信地址：北京市万寿路 173 信箱

　　　　　电子工业出版社总编办公室

邮　　编：100036